MARIE-CHRISTIN FUCHS

Mord
kennt kein
Alter

rütten & loening

MARIE-CHRISTIN FUCHS

Mord kennt kein Alter

Kriminalroman

rütten & loening

ISBN 978-3-352-00987-7

Rütten & Loening ist eine Marke
der Aufbau Verlage GmbH & Co. KG

1. Auflage 2024
© Aufbau Verlage GmbH & Co. KG, Berlin 2024
www.aufbau-verlage.de
10969 Berlin, Prinzenstraße 85
Der Verlag behält sich das Text- und Data-Mining nach § 44b UrhG vor,
was hiermit Dritten ohne Zustimmung des Verlages untersagt ist.
Satz Greiner & Reichel, Köln
Druck und Binden CPI books GmbH, Leck, Germany

Printed in Germany

*Für all die starken und wunderbaren
alten Frauen in meinem Leben*

*»Sie sank dahin.
Und lebt seitdem, stumm und blass,
als seine Königin.«*

AGNES LIEBHERR,
»DER BÖSE WASSERMANN« (1932)

Post Mortem

1

- *Blumen gießen*
- *Medikamente für Hannes bestellen*
- *13 Uhr Mittagessen mit Ute und dem Professor*
- *Blaue Bluse waschen*
- *Joost besuchen*
- *Mord aufklären*

Lotte lehnte sich im Terrassenstuhl zurück, ließ ihren Blick über die weitläufige Parkanlage von Schloss Bucheneck schweifen und tippte nachdenklich mit dem Bleistift gegen ihre Zähne. Bis ihr einfiel, was diese sie gekostet hatten, und sie den Stift sinken ließ. Vor ihr lag ein neuer Tag – und ein neuer Tag erforderte eine neue Liste.

Diese hier war auf der herausgetrennten Rückseite einer Keksschachtel geschrieben. Fertige Notizbücher waren überflüssiger Luxus. Für Leute, die ihr Geld lieber zum Fenster herausschmissen, als es beisammenzuhalten.

Sie hatte schon immer jeden Morgen eine Liste mit den Dingen geschrieben, die am Tag anstanden. Und dafür schon immer ein Stück Papier oder Pappe genommen, das sonst unbenutzt in den Papierkorb gewandert wäre.

Mit einem leisen Lächeln erinnerte sie sich, wie sie einmal in einer Verhandlung mit einem Bauunternehmer gesessen hatte, er mit einem protzigen silbernen Füllfederhalter und einem dicken, in Leder gebundenen Notizbuch, feinstes Papier, keine Frage – und sie mit ihren eigenen Zahlen und Notizen auf der Rückseite eines alten Kalenderblattes.

Er, groß, stattlich, ein wahrer Pfeffersack, wie man in Hamburg sagte – und sie, die Eigentümerin eines kleinen Dorfladens in Schleswig-Holstein mit einer großen Idee. Er in einem grauen Anzug, sie in ihrer liebsten blauen Bluse.

Am Ende hatten sie und die Zahlen auf ihrem kleinen Zettel überzeugt – er investierte, und Lotte wusste in dem Moment, in dem sie den glänzenden Fahrstuhl verließ, dass sie es geschafft hatte.

Unten hatte Hannes auf sie gewartet, vor dem alten Lieferwagen seines Vaters, einem Tempo Matador von 1952, dem Wagen, mit dem sie, frisch verheiratet, ihre Waren zu den Wochenmärkten nach Hamburg gebracht hatten. Eier und Honig, den Lotte in großen Mengen im Supermarkt kaufte und dann in kleine, hübsche Gläser umfüllte. Und mit einem Vielfachen des Einkaufspreises auszeichnete. Betrug? Nein. Vielleicht ein wenig gemogelt, aber wenn die feinen Großstadtleute glaubten, Honig aus kleinen Gläsern sei um so vieles besser als der Honig aus großen Gläsern, war es doch nicht an ihr, sie aufzuklären.

Hannes hatte vor dem schnieken Bürohaus gewartet, die Hände lässig in die Hosentaschen gesteckt, seine blaue Mütze frech auf den leicht abstehenden Ohren thronend. Auf der Rückfahrt hatte er fröhlich und wie immer mit mehr Inbrunst als Können alle seine Lieblingslieder von Elvis gesungen. Elvis – seine große Leidenschaft, die er in dem kleinen Dorf, in dem sie lebten, sorgsam geheim hielt. Nicht aus Angst vor Spott – Hannes hatte sich noch nie sonderlich darum geschert, was die Leute von ihm dachten. Vielmehr wollte Hannes einfach etwas haben, was nur ihm gehörte. So wie ein Kind seine wertvollsten Schätze in kleinen Dosen oder Schachteln vor den Augen anderer verbarg. Hannes liebte Elvis seit seiner frühen Jugend – und wie oft hatte Lotte beobachtet, wie ihr knapp ein Meter fünfundsechzig großer Ehemann mit seinen hellblonden Lockenkopf und dem hageren Körper so tat, als wäre er ein ein Meter zweiundachtzig großer, dunkelhaariger Bluessänger aus Amerika.

Sie sah hinüber zum zweiten Stuhl, auf dem Hannes in seiner an den Knien ausgebeulten Cordhose saß, seine heißgeliebte Mütze auf dem Kopf, ein abgegriffenes Vogelbestimmungsbuch in der Hand, und sie mit seinen umwerfend blauen Augen ansah. Dieselben Augen, die ihr damals beim Tanz op de Deel im Gasthof »Zur Tanne« den Kopf verdreht hatten.

»Was für ein schöner Ort das hier doch ist, Lottchen. Gefällt es dir auch?«

Lotte nickte.

»Sehr.«

»Das ist gut. Wollen wir einfach noch bleiben? Glaubst du, wir können Joost ein, zwei Tage länger allein mit den Läden lassen? Der Junge macht doch keinen Blödsinn, oder?«

Lotte lächelte ihren Mann an. Sie lebten mittlerweile seit drei Jahren auf Schloss Bucheneck.

»Ach, das geht sicher. Er ist ja nicht auf dem Kopf gefallen. Das hat er von seinem Vater.«

Hannes zog sich die Mütze vom Kopf und strich sich über seine noch erstaunlich vollen, lockigen Haare. Für einen kurzen Moment sah Lotte diese dicken Haare, nur nicht in einem Silbergrau, sondern in einem dunklen Blond vor sich. Sie schluckte. Hannes setzte seine Mütze wieder auf. Sie sah, wie sich seine Augen kurz verwirrt trübten. *Bitte, bitte lass ihn sich nicht erinnern!* Sie hielt die Luft an und atmete erst wieder aus, als er wieder nach seinem Buch griff und durch die Seiten blätterte. Vergessen konnte auch eine Gnade sein.

Sie erlaubte sich noch einen letzten nachdenklichen Blick auf die sonnenbeschienenen Wiesen bis hin zu dem rot-weißen Flatterband, hinter dem ein großes Zelt aufgebaut war, aus dem Polizisten in weißen Schutzanzügen ein und aus gingen. Dann sah sie wieder auf ihre Liste.

Es gab einiges zu tun.

2

Ute blickte aus dem Fenster des Raumes ihrer großen Wohnung im zweiten Stock des Schlosses, den sie selbst nur ihr »Atelier« nannte.

Ihre rechte Hand mit den langen und schlanken Fingern hielt ein kleines, aber leistungsstarkes Fernglas umklammert, die linke Hand einen Kaffeebecher, dessen wertvoller Inhalt – nur einen Kaffee am Tag wegen des astronomisch hohen Blutdrucks – leider schon kalt geworden war. Das Fernglas war ein Geschenk von Joachim gewesen oder von Jens? Sie war sich nicht mehr sicher, konnte sich aber sehr wohl noch an den Moment erinnern, an dem sie 1993 in Baden-Baden durch genau dieses Glas den Zieleinlauf von Lando beobachtet hatte. Was für ein Pferd! Sensationelle 2:28.20, ein traumhafter Sieg – und ein traumhafter Gewinn für sie. Den sie im Casino noch hatte verdoppeln können. Ute hob das Fernglas wieder an ihre Augen. Am Flatterband war Ruhe eingekehrt, die meisten der weiß gekleideten Figuren, unter ihnen auch der so gut aussehende junge Mann, der sie an Jens oder vielleicht auch Joachim erinnerte, hatten das Zelt verlassen und schienen auf etwas oder jemanden zu warten. Sie drehte sich um und trank nachdenklich einen Schluck ihres kalten Kaffees.

Sie könnte sich einen neuen Kaffee kochen, mit der schicken, silbernen Maschine in ihrer ansonsten ungenutzten Küche. Aber vielleicht war es so angemessener. Ziemlich kalter Kaffee für eine sicherlich schon ziemlich kalte Leiche.

Langsam ging sie zur Tür ihres Ateliers, schlüpfte hinaus und schloss dann sorgfältig zweimal ab. Das alte Türschloss hatte sie durch ein modernes Sicherheitsschloss ersetzt. Ein Eingriff in die Unversehrtheit des denkmalgeschützten Schlosses, der die Freifrau sicherlich wahnsinnig aufregen würde – wenn sie denn davon wüsste. Doch Ute hatte erst gar nicht gefragt. Wer fragt, riskierte ein Nein. Und sosehr sie das Risiko im Allgemeinen schätzte, in diesem Fall hatte sie auf Nummer sicher gehen wollen. Vorsicht war besser als Nachsicht. Und Ute wusste, dass die anderen Mieter in Schloss Bucheneck nichts lieber täten, als einen Blick hinter die Tür in ihr Atelier zu werfen. Aber sie war noch nicht so weit. Und sie wusste auch nicht, ob sie jemals so weit sein würde. Ein weiterer Schluck kalter Kaffee, während sie barfuß über den schneeweißen und weichen Teppich ging, der in ihrer gesamten Wohnung das altehrwürdige dunkle Eichenparkett bedeckte. Dunkles Parkett war etwas für Museen. Sorgfältig steckte sie den schmalen Schlüssel in ein verstecktes Fach ihrer Handtasche. Nicht irgendeiner Handtasche, sondern einer Hermès Constance. Sie fühlte sich jedes Mal wie Catherine Deneuve in *La Chamade*, wenn sie die Tasche über ihre Schulter warf. Zumindest ein wenig.

Heute standen wichtige Dinge an. Summend trat sie an ihren großen Kleiderschrank und ließ die verspiegelten Schiebetüren zur Seite gleiten. Sorgfältig nebeneinander aufgereiht und nach Farbe geordnet wie ein bunter und seidiger Regenbogen, strahlten sie ihre Blusen, Kostüme und Röcke an. Sie liebte Farben und weiche Stoffe, wahrscheinlich, weil sie zu viele Jahre ihren schlanken, fast hageren Körper in graue oder blaue Kostüme oder Hosenanzüge hatte zwängen müssen. Inklusive der dazugehörigen flachen, praktischen Schuhe. Sie warf einen glücklichen Blick auf die ebenfalls farbigen und in allen Höhen und Formen prangenden Schuhe, die unter den Kleidern ordentlich nebeneinander aufgereiht standen.

Aber heute würde sie zu etwas gedeckten Farben greifen müssen. Immerhin lag am Rande des Parks, hinter dem rot-weißen Flatterband und unter dem schützenden Dach des Zeltes der Spurensicherung die tote Sängerin. Sicherlich würde die Polizei sie befragen. Sie sollte sich bemühen, glaubhaft zu wirken. Vertrauenswürdig. Harmlos. Eine graue schmale Hose und der dunkelgrüne Kaschmirpullover – das sollte gehen. Und flache Schuhe, leider. Ute liebte ihre hohen Schuhe, denn mit denen konnte sie ihre auch so schon beeindruckenden ein Meter achtundsiebzig Körpergröße noch um etliche Zentimeter verlängern. Es brachte einen bestimmten Typ Männer aus der ihnen so oft eigenen selbstherrlichen Ruhe, von einer Frau so von oben angeschaut zu werden. Andere provozierte es. Und nur die, die es mit einem bewundernden Lächeln – und sei es ein Lächeln aus einigen

Zentimetern unter ihr – zu schätzen wussten, waren in ihren Augen einen zweiten Blick wert. Aber darum sollte es heute nicht gehen. Weniger die Deneuve daher, mehr die Hepburn.

3

Rosa, liebe, liebe Rosa. Wo in aller Welt habe ich bloß das Buch gelassen?«

Der Professor drehte sich suchend im Wohnzimmer seiner Wohnung im ersten Obergeschoss des Schlosses um. Zumindest war der Raum bei seinem Einzug als Wohnzimmer gedacht gewesen, doch nachdem die Möbelpacker einen Karton nach dem anderen voller Bücher in sein neues Zuhause getragen hatten, war bald nicht mehr allzu viel von den historischen Möbeln zu sehen gewesen.

Mangels einer ausreichenden Menge an Regalen und seiner Abneigung dagegen, mit seinem nach der Sache in Kambodscha nie wieder ganz geheilten Bein auf eine Leiter zu steigen, war ein Großteil seiner Bücher in mehr oder weniger stabilen Stapeln an den Wänden entlang aufgetürmt. Das minimierte für ihn das Risiko, von einer Leiter zu fallen, erhöhte aber, wie ihm seine gegen das Chaos ankämpfende Reinigungsfrau Victoria regelmäßig versicherte, immens das Risiko, von einem Bücherstapel erschlagen zu werden.

Der Professor konnte sich jedoch schlimmere Todesarten vorstellen – und hatte einige davon auch schon tatsächlich und zu seinem Leidwesen auf seinen Reisen gesehen. Da war damals auf Madagaskar der junge Bauer gewesen, der mit seiner Hand in die Zuckerrohrpresse geraten war und ...

Er schüttelte sich und blickte Rosa, die sich keinen Zentimeter von ihrem angestammten Platz entfernt hatte, vorwurfsvoll an.

»Du bist mir wahrlich keine Hilfe!«

Das Buch mit der Sammlung deutscher Balladen hätte in dem Stapel im hinteren ungenutzten Schlafzimmer sein müssen. Der Raum, den er für schlechte Krimis, unsauber recherchierte Fachbücher und grundsätzlich für Zweifelhaftes und Dummes aller Art reserviert hatte. Und eine Gedichtsammlung mit dem Titel »Volkes Seele« von 1935 mit einer persönlichen Widmung des Reichskulturministers an den Großonkel des Professors gehörte nun eben genau in diesen Raum. Genauer gesagt in die allerallerallerhinterste Ecke dieses Raumes.

Aber dort war sie nicht zu finden. Da der Professor nicht immer wusste, wo seine Socken oder auch seine Medikamente gegen Bluthochdruck gelagert waren, sich aber normalerweise an den Standort eines jeden seiner Bücher erinnerte, war er nicht ohne Grund aufgebracht. Sollte er nicht mehr in der Lage sein, seine Bücher wiederzufinden, dann wäre er verloren! Seit er nicht mehr reisen konnte und wollte, waren die Bücher zu seiner Welt geworden. Und der Plan, in einer stillen Wohnung am Ende der Welt in Ruhe und Abgeschiedenheit zu lesen und sich allem zu entziehen, war ja auch im Prinzip gut gewesen. Nur dass damals Lotte und Ute das Prinzip nicht gekannt hatten.

Rosa rührte sich immer noch nicht und sah ihn mit dem für sie so typischen melancholischen Gesichtsausdruck einfach nur an.

Was aber auch kein Wunder war, immerhin hatte er der

Präparatorin, die Rosa für ihn gegen eine nicht unerhebliche Summe Geld ohne viele Nachfragen ausgestopft hatte – was man nicht alles im Internet finden konnte –, nicht nur ihre weltliche Hülle, sondern auch einen Stapel Nahaufnahmen der lebenden Rosa mitgegeben, die er eben für diesen Zweck vorausschauend angefertigt hatte. Und so war Rosa bei seinem Umzug nach Schloss Bucheneck in einem der größten Kartons, gut in Luftpolsterfolie gewickelt und mit Mottenkugeln gegen alle Eventualitäten geschützt, von zwei der ahnungslosen Helfer schwitzend in die Wohnung getragen worden.

Sie saß jetzt immer neben dem Kamin, und der Professor freute sich, so vorausschauend und pragmatisch dem Tod eine Art Schneppchen geschlagen zu haben. Denn Rosa war auch zu Lebzeiten nicht gerade die Agilste gewesen. Daher war er auch nicht allzu streng mit sich ins Gericht gegangen, als er erst nach einer gewissen Zeit in seiner damaligen Berliner Wohnung bemerkt hatte, dass Rosa sich nicht mehr bewegte. Also noch weniger bewegte als sonst. Und komisch roch. Was sie aber auch vorher schon getan hatte.

»Das Buch muss doch irgendwo sein.«

Gerade als er entnervt aufgeben und sich Lottes strengem Blick und Utes Spott über sein mangelndes Ordnungssystem stellen wollte, fiel es ihm wieder ein. Er schlug sich mit der flachen Hand gegen seine hohe Stirn und eilte zu seiner Balkontür. Der Balkon, der an seine kleine Küche angrenzte, war nicht mehr als eine kleine Nische.

Der Architekt hatte 1890 auf Wunsch des Bauherrn, eines reichen Berliner Industriellen, Schloss Bucheneck nach dem Vorbild russischer Jagdschlösser gebaut – und kein Balkon sollte die reichlich verzierte Fassade stören. Die Frau des Bauherrn wollte allerdings auch im Winter aus ihren Räumen im ersten Stock den Tag frühmorgendlich an der frischen Luft begrüßen und Flora und Fauna bewundern. Der Professor freute sich lieber auf den Spaziergängen mit Hannes an allem und war ohnehin kein Frühaufsteher, er nutzte daher den Balkon, um dort bei drohender Schlaflosigkeit eine seiner seltenen Zigaretten zu rauchen.

Seit einigen Monaten leistete ihm dabei allerdings ein Eichhörnchen Gesellschaft, das geschickt über die Balken und Vorsprünge der Fassade – dem schlechten Geschmack des Bauherrn sei Dank – bis zu ihm heraufkam. Er hatte ihm einen erhöhten Futterplatz gebaut und dafür mangels Bauholzes das genommen, was in seiner Wohnung im Überfluss vorhanden war. Und aus Respekt vor den Büchern hatte er dafür diejenigen Werke genommen, für die ein »Scheiß drauf« in seinen Augen keine unangemessene Reaktion war.

»Heureka.«

Er blätterte, bis er die gesuchten Seiten fand, und las, was die Sängerin, die jetzt unten am Bach unter dem weißen Zelt versteckt und ebenso unbeweglich wie seine Rosa dalag, als wahrscheinlich letztes Lied ihres Lebens gesungen hatte. Der Professor schüttelte den Kopf.

»Welch Böses hast du wohl mit deiner Stimme aufgeweckt?«

Das leise Schlagen der Standuhr aus dem Wohnzimmer brachte ihn dazu, das Buch aus der Hand zu legen und nach einem sauberen Hemd zu suchen. Lotte mochte es nicht, wenn man sie warten ließ. Er stopfte das Buch in die abgegriffene Lederumhängetasche, die ihn seit Jahrzehnten begleitete, griff nach seinen Schlüsseln und warf Rosa einen letzten Blick zu.

Aber die treue Bulldogge sah ihn nur – wie sie es schon immer getan und nun für immer tun würde – trübsinnig an.

4

»Was wissen wir bisher?«
Kriminalhauptkommissarin Selin Özcan stand vor der Absperrung, die die Kollegen der Spurensicherung weiträumig um den Fundort der Leiche aufgespannt hatten. Vor ihr blickte Kriminalkommissar Timo Zander in Richtung Schloss, in dessen Park sie standen.

Selin hatte die Leitung der Mordkommission erst vor wenigen Tagen übernommen, und der aktuelle Fall würde die erste Ermittlung sein, bei der sie ihr neues Team leitete. Zander war nach ihr der ranghöchste Beamte und hatte bisher vorübergehend das Team geleitet, nachdem ihr Vorgänger vorzeitig in den Ruhestand getreten war.

Bisher hatte sie ihre Zeit am Schreibtisch in der Ulmenstraße verbracht und versucht, sich einen Überblick zu verschaffen. Rostock war ihre Heimat, privat wie beruflich, aber sie hatte die letzten fünfzehn Jahre in Berlin gelebt und gearbeitet. Berlin – wo ihr Mann bald mit den beiden Töchtern auf dem kleinen Balkon in der Sonne sitzen und frühstücken würde. Sie schüttelte den Kopf. Es gab Dinge, über die sie besser nicht zu viel nachdenken sollte.

»Zander? Wo stehen wir?«
Eine gute Frage, wie sie fand. Was wusste Zander bisher über den Mord und den merkwürdigen Ort, an dem sie sich befanden? Und grundsätzlicher: Wie stand er überhaupt zu ihr als seiner neuen Vorgesetzten?

Bisher schien er nichts dagegen gehabt zu haben, die Leitung in ihre Hände abzugeben. Aber vielleicht war er auch einfach gut darin, seine Gefühle zu verbergen. Sie würde spätestens in den nächsten Tagen herausfinden, wie er wirklich zu ihr stand. Zander schien in Gedanken zu sein, so dass sie die Frage ein wenig lauter wiederholte.

»Wo stehen wir?«

»Oh, Entschuldigung.«

Er drehte dich um und lächelte sie an. Sie unterdrückte einen Seufzer. Bei seinem Aussehen hatte er es wahrlich nicht leicht gehabt. Es war die eine Sache, als Mann und Polizist gut auszusehen. Das war in Ordnung, vielleicht nervte die Abteilung Öffentlichkeitsarbeit, die einen auf ein Werbeplakat bringen wollte. Aber Timo Zander sah nicht einfach nur gut aus, er war schön. Große hellbraune Augen mit langen Wimpern, ebenmäßige helle Haut, volle Lippen und dunkelblonde dichte Haare, die ihm so gerade eben über die Ohren fielen. Seine Nase musste einmal gebrochen gewesen sein, doch auch das tat seiner Schönheit keinen Abbruch. Und er hatte auch noch ein umwerfendes Lächeln. Sie versuchte, ihn nicht allzu mitleidig anzusehen.

»Das Opfer heißt Imken Wegener, dreiunddreißig Jahre alt. In der Tasche, die neben ihr lag, waren neben Noten auch ein Autoschlüssel und ihre Brieftasche. Laut Ausweis wohnt sie in Rostock nahe der Hochschule. Keine weitere Person ist unter der Adresse gemeldet. Zwei Kollegen warten vor Ort auf die Schlüssel und die Erlaubnis, in die Wohnung zu gehen. Ihr Auto, der rote Kleinwagen, steht vor dem Schloss auf dem Parkplatz und war nicht abgeschlossen. Hier in Rostock gemeldet und auf sie zugelassen seit sieben Monaten. Zwei der Reifen sind platt. Keine Treffer zum Opfer bisher in unseren Datenbanken.«

Zander hatte also beschlossen, die Frage als Frage nach den Fakten zu verstehen. Selin nickte ihm zu. Mit Fakten als Basis konnte sie gut leben.

»Sie hat eine eigene Webseite, auf der sie für sich als Sängerin wirbt. Und die Kollegen sehen sich gerade ihre Profile in den sozialen Netzwerken an und stellen uns das Wichtigste zusammen.«

»Handy?«

»Ja und nein.«

Fakten, Zander, Fakten. Sie schluckte einen Kommentar hinunter und lächelte ihn an.

»Was meinen Sie damit?«

»Ja, wir haben das Handy gefunden. Und nein, wir konnten es noch nicht ansehen, da es neben der Leiche seit Stunden im flachen Wasser des Baches lag. Die Techniker vom LKA werden sehen, was zu retten ist. Wir warten ebenfalls auf das Okay für eine Datenabfrage.«

Noch etwas, wofür sie ihn dringend brauchte. An ihrer Seite, auf ihrer Seite. Alle ihre in Berlin lang gehegten und gepflegten Kontakte zu den Entscheidungsträgern und insbesondere zu den zahlenmäßig deutlich selteneren Entscheidungsträgerinnen nützten ihr hier nichts. Sie musste von vorn anfangen und auf Zander bauen, um schnell an die richterlichen Genehmigungen zu kommen.

Sie sah von Zander, der sie geduldig anschaute, auf das weiße Zelt, dann auf die auf den zweiten Blick leicht verwilderte Parklandschaft bis hinüber zu dem im Sonnenlicht hell leuchtenden Schloss. Wobei Schloss vielleicht nicht das richtige Wort war. Eher eine Art riesiges Hexenhäuschen mit Fachwerkelementen, Giebeln und Bögen an allen möglichen und auch an einigen unmöglichen Stellen. Schloss war auf jeden Fall nicht das Wort, das ihr als Erstes durch den Kopf gegangen war, als sie in ihrem Wagen auf den großen Parkplatz eingebogen war.

»Warum war sie genau hier? Was ist das hier eigentlich genau?«

»Das Opfer war hier wegen eines Auftritts. Schloss Bucheneck ist vor Jahren in eine Art Wohnanlage für Senioren umgebaut worden. Sehr reiche Senioren. Im Schloss gibt es neun Wohnungen – von denen alle vermietet, aber zurzeit nur fünf bewohnt sind. Die Besitzerin, Freifrau von Sonneborn, veranstaltet zusammen mit einem der Mieter, Chris Christiansen, einmal im Monat ein Konzert in der Eingangshalle des Schlosses. Sie nennen es Soiree – es gibt Musik, dazu ein Buffet und Wein. Neben den Bewohnern sind auch Gäste aus dem Hotel und aus dem Umland eingeladen. Das Hotel hat ein Restaurant und ein Tagungszentrum und ist im zum Schloss gehörigen Gutshaus untergebracht.«

Selin war beeindruckt, ließ es sich aber nicht anmerken. Zander hatte eine Menge Informationen in kurzer Zeit gesammelt, und er war in der Lage, sie knapp und klar wiederzugeben. Kein Wunder, dass er es so schnell auf seine Position gebracht hatte.

»Wo ist das Hotel?«

»An der Einfahrt zum Schloss vorbei und dann etwa einen Kilometer die Straße weiter in Richtung des Dorfes Pfuhlhagen. Die Straße ist eine Sackgasse und geht hinter dem Dorf nur in einen alten Kolonnenweg über.«

Selin nickte, merkte aber, dass sie an einem anderen Punkt hängen geblieben war.

»Wie Chris Christiansen, der Schauspieler?«

»Ja. Der *Dr. Himmel*. Er lebt hier seit einigen Jahren und taucht auch in Rostock regelmäßig bei allen möglichen Veranstaltungen auf.«

Selin hörte sofort in ihrem Kopf die ersten Takte der Titelmelodie der Vorabendserie *Dem Himmel sei Dank*. Wahrscheinlich ginge das jedem so, der in Deutschland aufgewachsen und älter als fünfundzwanzig Jahre war. Das braun gebrannte und meist beruhigend lächelnde Gesicht der Hauptfigur der über Jahrzehnte gelaufenen Vorabendserie *Dr. Klaus Himmel* tauchte ebenfalls sofort vor ihrem inneren Auge auf.

»Er war wohl für die Auswahl der Künstler zuständig und suchte immer nach jungen neuen Talenten.«

Da war ein leichter Unterton in Zanders Stimme bei dem Wort *jung,* aber da er weiterredete, machte sich Selin nur innerlich eine Notiz, später nachzufragen.

»Gestern Abend war das Opfer also hier für einen Liederabend engagiert – sie hat eine Mischung aus bekannten Volksliedern und Balladen vorgetragen.«

»Allein?«

»Ja. Sie hat sich selbst am Klavier begleitet. Alles lief laut der ersten Aussage der Freifrau von Sonneborn wie immer, bis das Opfer nach der Pause ein weiteres Lied vortrug. Beziehungsweise vortragen wollte, denn sie wurde durch laute Zwischenrufe gestört und musste abbrechen. Laut der Freifrau waren es einige Besucher aus dem Dorf, die für die Störungen verantwortlich waren.«

»Warum sollten jemand einen Liederabend stören?«

»Das Lied war eine Vertonung eines Gedichtes von Agnes Liebherr. Einer Dichterin, die vor hundert Jahren hier in der Gegend geboren wurde. Sie ist wegen ihrer Gedichte und ihrer Rolle im Nationalsozialismus ziemlich umstritten Es gab in den letzten Jahren schon häufiger Ärger wegen des Umgangs mit ihr hier bei uns.«

»Ärger welcher Art?«

»In Rostock sollte vor einigen Jahren eine Straße nach ihr benannt werden, und es gab Proteste der Anwohner und einiger Initiativen, bis die Pläne von der Stadt fallen gelassen wurden. Es war auch überall in den Zeitungen. Ich habe mich an den Namen erinnert – meine Kollegen und ich aus der Polizeischule mussten damals einige der Demonstrationen begleiten. Auch an der Uni hat es Ärger gegeben, irgendetwas mit einer geplanten Biografie. Aber da erinnere ich nichts Genaueres.«

Bevor Selin etwas erwidern konnte, hatte Zander schon weitergesprochen.

»Ich habe aber schon eine Kollegin im Revier um detaillierte Informationen gebeten.«

Sie nickte. Er war schnell, dass wusste sie zu schätzen.

»Und gestern?«

»Wurde die Veranstaltung abgebrochen. Die Sängerin ist rausgestürmt, und die Freifrau hat, und das sind ihre eigenen Worte ›den Pöbel aus dem Dorf‹ rausgeworfen.«

»Wer hat die Leiche gefunden?«

»Lotte Hansen, zweiundsiebzig Jahre alt. Lebt mit ihrem Mann im Schloss. Sie war heute bei Morgengrauen spazieren wie wohl jeden Tag und hat die Leiche am Bach gefunden und uns angerufen.«

Selin sah sich wieder auf dem erstaunlich menschenleeren Anwesen um.

»Und warum sind hier keine neugierigen Bewohner? Wenn das hier eine Art Wohnheim ist, sollten dann nicht überall neugierige Senioren herumstehen.«

Timo Zander wies zu den Fenstern.

»Kein Wohnheim, eine Residenz. Das war der Freifrau wichtig. Und die sind schon da. Nur nicht so auffällig wie vielleicht anderswo. Oben am Fenster im zweiten Stock steht eine hagere Frau mit einem Fernglas. Im ersten Stock habe ich das Gesicht eines Mannes gesehen. Einige Fenster weiter, wo die Vorhänge zugezogen sind, bewegt sich der Stoff regelmäßig. Und Frau Hansen sitzt auf der Terrasse dort hinter den Blumenkübeln. Aber auch sie hat uns im Blick.«

Selin drehte sich um und starrte auf die im Sonnenlicht leuchtende Fassade des Schlosses. Dann hörte sie, wie sich hinter ihr die Planen zum Eingang des Zeltes bewegten.

»Wir sind fertig mit den Bildern. Die Rechtsmedizin würde die Leiche gern mitnehmen. Wenn Sie sie sehen wollen?«

Selin griff nach dem weißen Anzug, den ihr eine behandschuhte Hand entgegenhielt. Das Gesicht der Kollegin vom LKA war hinter Maske und Brille kaum zu sehen.

»Zander?«

Selin hatte gesehen, dass ihr Kollege keine Anstalten machte, seinerseits einen Anzug überzustreifen.

»Ich war mit den Kollegen als Erster vor Ort und habe die Leiche schon gesehen.«

Nun drehte Selin sich ganz zu ihm um.

»Als Erster? Heute früh um halb sechs? Hatten sie Bereitschaft?«

»Nein.«

Sie wollte noch etwas sagen, zuckte dann aber mit den Schultern und zog den Anzug über ihre praktischen engen Jeans und den leichten Pullover. Sie würde später herausfinden, was ihr Kollege so früh im Kommissariat zu suchen gehabt hatte.

Selin schloss den Reißverschluss ihres Anzuges, zog die enge Kapuze über den Kopf, holte ein letztes Mal tief Luft und setzte dann die Maske auf.

5

Lotte saß an ihrem üblichen Tisch im Restaurant Liebstöckel, das zu Schloss und Hotel gehörte und in einem der flachen Nebengebäude des Gutshauses untergebracht war. Wen auch immer die Freifrau mit der Innenausstattung beauftragt hatte, derjenige hatte gute Arbeit geleistet. Lotte wusste, dass es nicht die Freifrau selbst gewesen war, die die ehemals als Stall und später als Garage genutzten Räume mit ruhiger und unaufgeregter Eleganz eingerichtet hatte. Denn alles, was der Freifrau in die Hände fiel, wurde früher oder später unweigerlich mit vergoldeten Spiegeln und geschwungenen Holzmöbeln im Louis-quinze-Stil überflutet. Ute vermutete, dass die Freifrau zu viele Folgen von »Kunst und Krempel« gesehen hatte – und Lotte, die erst einmal nachschauen musste, was Louis-quinze überhaupt war, konnte ihr darin nur zustimmen. Das »Liebstöckel« hingegen bot den Augen ihrer Meinung nach eine wohltuend klare Mischung aus hellen Wänden, stabilen Tischen und klaren Linien. Sie war noch nie jemand gewesen, der allzu viel Gedöns zu schätzen wusste.

Sie sah erneut missbilligend auf ihre schlichte Armbanduhr. Unpünktlichkeit war in ihren Augen eine Sünde, und diesmal machte sich nicht nur der Professor ihrer schuldig, der ihr mehr als einmal einen Vortrag über diese angebliche akademische Viertelstunde gehalten hatte – was für ein hanebüchener Unsinn –, sondern auch Ute, die dank ihrer langen Beamtenlaufbahn in Wiesbaden sonst erfreulich pünktlich war.

Die schlichte silberne Uhr zeigte fünf nach eins. Sie war ein Geschenk ihres Sohnes Joost, das er ihr von seinem ersten selbst verdienten Geld gekauft hatte. Auch Hannes hatte eine Uhr bekommen, seine war in Gold und etwas größer. Was gut war, denn Lotte hatte im letzten Jahr, nachdem Hannes sich wiederholt verlaufen und nicht zum Haus zurückgefunden hatte, einen GPS-Tracker in das Gehäuse setzen lassen. Hannes wusste das nicht – aber sie hatte ihn so schon einige Male unauffällig wieder einsammeln können.

Der größte Anteil der Tische war mit Gästen des Hotels besetzt. Den weißen Namensschildern und der für die Jahreszeit, das Wetter und die Nähe zum Meer eindeutig zu förmlichen Kleidung nach zu schließen waren es die Teilnehmer einer Tagung. Sie musterte die Schuhe der Männer, dann die der Frauen. Bisher hatte sie es immer geschafft, von den Schuhen der Teilnehmer auf die Art der Veranstaltung zu schließen. Bankleute, eindeutig Bankleute. Die Kellnerin trat mit einem Lächeln zu ihr.

»Guten Tag, Frau Hansen. Sind die beiden zu spät?«

Lotte nickte.

»Ja. Als ob wir in unserem Alter noch ewig Zeit hätten.«

»Wollen Sie schon bestellen?«

»Ja, danke, Jenny. Wir nehmen alle drei das Tagesgericht, und bitte richten Sie Konstantin aus, er soll nicht wieder mit der Soße geizen.«

Die Kellnerin zögerte kurz.

»Das Tagesgericht hat Pilze als Beilage, und der Professor ...«

»Stimmt. Sie sind ein Schatz.«

Lotte wusste es zu schätzen, wenn Mitarbeiter in der Lage

waren, eigenständig zu denken. Ginge es nach ihr, hätte Jenny Schäfer schon lang keine Tische mehr zu bedienen, sondern würde den Laden schmeißen. Neben der Fähigkeit, zu denken, war sie auch die einzige Kellnerin, die es mit Konstantin, dem cholerischen Küchenchef des Restaurants, aufnahm. Alle anderen – bis auf sie selbst natürlich – ließen sich von dem großen, stets wütenden Mann einschüchtern. Dabei war er harmlos. Hunde, die bellen, beißen nicht. Und Lotte war sich ziemlich sicher, dass der Mann auch gar nicht wirklich Konstantin hieß, sondern Klaus-Dieter oder Heinz-Otto. Ein Schmierenkomödiant, der aber zugegebenermaßen hervorragend kochen konnte. Sie sah Jenny an, die geduldig wartete, und seufzte. Leider ging es seit einigen Jahren immer weniger nach ihr.

»Dann soll Konstantin für den Professor einen Salat statt der Pilze anrichten. Wird ihm guttun.«

Jenny nickte und eilte in Richtung Küche davon.

Lotte reckte sich, um den Raum zu übersehen. Da sie allerdings schon als junge Frau nur die ein Meter sechzig knapp erreicht und das Alter ihr dann noch einmal einige Zentimeter geraubt hatte, war das ein eher nutzloses Unterfangen. Immerhin hatte sie für einen Moment einen Kopf mit einem kurzen, dezent blond gefärbten Pagenschnitt gesehen, der eindeutig zu Ute gehörte. Ute ragte in vielerlei Hinsicht aus der Menge hervor. Sie schien in einem eifrigen Gespräch mit einem der Tagungsteilnehmer zu stecken, dessen Gesichtsausdruck eine beeindruckende Abfolge von Gefühlsregungen von Verwirrung über Unglauben bis hin zu Gier erkennen ließ.

Lotte sank zurück auf ihren Stuhl und trank einen Schluck des kühlen Weißweines, den Jenny mittlerweile nahezu lautlos an den Tisch gebracht hatte.

»Jenny, wissen Sie, mit wem Frau Schneider dahinten spricht?«

Die Kellnerin sah sich um und nickte.

»Einer der Teilnehmer des Finanzseminars. Gunnar Weidel. Sparkassenverband Nordost. Hat gestern seinen Ehering unauffällig abgenommen, als er an der Rezeption bei mir eingecheckt hat. Bisher kein Trinkgeld. Mittlere Führungsebene mit Aufstiegsabsichten. Er nickt ständig, wenn die Bosse etwas sagen, und fällt den anderen ständig ins Wort.«

Sie drehte sich lächelnd wieder zu Lotte um und zwinkerte ihr zu.

»Alles in allem kein Mann, der einen zweiten Blick von uns wert ist, oder?«

Damit ging sie in Richtung Küche davon.

Lotte lächelte und schüttelte dann den Kopf. Was für eine Beobachtungsgabe! Und ein Auge für die kleinen Sachen, die aber in Lottes Augen unabdingbar für das Große waren. Jenny war eindeutig überqualifiziert für den Job. Sie konnte nicht verstehen, warum die junge Frau nicht schon längst das Weite gesucht hatte. Wenn sie das Sagen hätte ... Lotte schüttelte den Kopf. Es hatte noch nie jemandem etwas gebracht, über verschüttete Milch zu klagen.

Endlich hatte Ute sich von dem jungen Mann verabschiedet und kam zum Tisch.

»Hallo, Lotte.«

Sie setzte sich und griff umgehend nach dem schon gefüllten Weinglas.

»Was für ein Morgen, oder?«

»Du bist zu spät.«

Ute zuckte mit den Schultern.

»Ich hatte noch etwas Geschäftliches zu erledigen.«

»Du sollst die jungen Kerle nicht ausnutzen, Ute!«

Ute machte ein unschuldiges Gesicht, was Lotte stark an den Versuch eines Haifisches erinnerte, freundlich zu blicken. Unschuldig war nicht gerade das Wort, das ihr beim Anblick ihrer Freundin einfiel.

»Ausnutzen? Wer sagt denn, dass ich sie ausnutze? Ich habe nur den ein oder anderen Vorschlag ...«

Lotte schüttelte den Kopf und unterbrach Ute.

»Du spielst mit ihnen.«

»O nein, liebste Lotte. Ich spiele nicht mit ihnen, sie spielen *für* mich, und das ist eine völlig andere Sache.«

»Du weiß, wenn jemand herausfindet, woher einer deiner *Spieler* seine Tipps hat ...«

»Wird schon niemand herausfinden. Und es ist nicht verboten, einem jungen Kollegen die ein oder andere Hilfestellung zu geben.«

»Du hast ihm Geld zugesteckt. Er soll für dich spekulieren.«

»Das nennt man heute *traden*. Du bist nicht mehr up to date.«

Ute nahm noch einen Schluck aus ihrem Glas.

»Und solange nur du das weißt und nicht die Börsenaufsicht ...«

Lotte gab auf. Sie hatten alle ihre Schwächen. Und Ute brauchte eine gewisse Menge an Adrenalin in ihrem Leben, und das gab es auf Schloss Bucheneck nun mal nicht gerade im Überfluss. Wobei es vorkam, dass ...

Aus Richtung des Eingangs drang ein Poltern, dann ein Klirren, danach ein unterdrückter Fluch, gefolgt von einigen gemurmelten Entschuldigungen.

»Der Professor scheint da zu sein.«

Ute nippte ungerührt an ihrem Wein, und Lotte beobachtete, wie der Professor seinen großen, ungelenken und in der Mitte deutlich gerundeten Körper durch den Raum manövrierte. Sein Hemd zeigte ein interessantes Muster aus braunen Flecken, die davon zeugten, dass bei dem Klirren auch eine ordentliche Portion von Konstantins Bratensoße beteiligt gewesen war. Wie der Professor es geschafft hatte, allein durch die halbe Welt zu reisen, ohne dabei von einer Katastrophe in die nächste zu stolpern, war Lotte ein Rätsel.

»Entschuldigt, meine Lieben.«

Er griff erst nach Utes und dann nach Lottes Hand und drückte sie kurz, bevor er sich mit einem Seufzer auf den freien Stuhl sinken ließ.

»Wie geht es Hannes heute? Ich war heute Morgen leider zu abgelenkt, um bei euch vorbeizuschauen.«

An normalen Tagen machte der Professor gern einen Morgenbesuch bei Lotte und nahm sich die Zeit, mit Hannes über die Bäume und Vögel im Park zu sprechen. Aber heute war kein normaler Tag, und Lotte winkte ungeduldig ab.

»Hannes geht es gut. Er schläft. Jaro ist bei ihm.«

Jaro war seit einigen Monaten im Schloss und Freifrau von Sonneborns Mann für alles. Er kannte sich hervorragend mit der Heizungsanlage, dem Motor des hauseigenen Transporters und sowieso lauter Nützlichem aus. Zu ihrer Zeit als Geschäftsfrau hätte Lotte sich wirklich auch jemanden wie Jaro an ihrer Seite gewünscht. Und Jaro war pünktlich. Immer.

»Ich habe für euch schon bestellt. Das Tagesgericht.«

Der Professor blickte unglücklich an seinem Hemd hinab und dann Lotte an.

»Das sah aber sehr nach Pilzen aus. Und seit der Sache in Guayana bin ich da leider etwas empfindlich.«

»Ja. Das sind auch Pilze, aber dank Jenny bekommst du einen Salat. Sie hat mitgedacht.«

Er nickte erleichtert.

»Ja, Jenny ist ein Schatz.«

»Sag das der Freifrau. Die sieht das anders.«

Ute lehnte sich vor und senkte ihre Stimme.

»Doch nur, weil ihr notgeiler Hubert damals versucht hat, bei Jenny zu landen.«

»Aber Jenny hat doch nicht etwa …?«

Der Professor machte große Augen und schrak dann zusammen, als hinter ihm eine amüsierte Stimme zu hören war.

»Hat sie nicht. Sie ist nämlich viel zu schlau für so etwas.«

Mit einem Lächeln stellte die junge Kellnerin die Teller auf den Tisch.

»Guten Appetit.«

Lotte schnitt sorgfältig ein Stück des Schmorbratens ab, der neben den Pilzen, einer dunklen Soße und hausgemachten Kartoffelklößen auf ihrem Teller lag. Sie hatte keinen Hunger, wusste aber, dass sowohl Ute als auch der Professor sie neugierig beobachteten. Sie steckte das Stück Fleisch in den Mund. Wie alles, was Konstantin kochte, war auch der Braten perfekt. Nachdem sie so alle schweigend einige Minuten gegessen hatten, spürte sie, wie Ute neben ihr noch unruhiger als sonst wurde, und schließlich hörte sie das Geräusch von Besteck, das etwas lauter als nötig neben einen Teller gelegt wurde. Dann sah Ute sie neugierig an.

»Also gut. Was sollen wir tun?«

Lotte unterdrückte einen Seufzer.

»Tun?«

Sie legte ihr Besteck ebenfalls ab, leise und vorsichtig, und griff betont langsam nach ihrer Serviette. Sie hatte befürchtet, dass es zu dieser Frage kommen würde.

»Ja. Wegen des Mordes.«

»Nichts. Das ist Sache der Polizei, Ute. Wir werden nichts tun.«

Sie tupfte sich den Mund ab.

Ute sah sie ungläubig an.

»Nichts? Sache der Polizei? Hallo? Was ist denn bei dir los?«

Lotte schüttelte den Kopf.

»Bei mir ist alles in Ordnung. Ich habe nur nicht vor, mich einzumischen.«

»Aber, Lotte! Die Frau wurde ermordet. Direkt vor unserer Tür. Das ist doch fürchterlich!«

»Oh, das weiß ich. Immerhin habe ich sie ja gefunden.«

Sie legte die Serviette ab. Sie hasste es, nicht ehrlich mit Ute und dem Professor zu sein, aber diesmal musste es sein. Ihre Freundin ließ sich jedoch nicht abschütteln. Was ja normalerweise auch ein Grund war, warum sie sich so gut verstanden.

»Na, dann lass uns doch versuchen, mehr darüber zu erfahren. Wie letztes Jahr, als wir die Sache mit den Briefen gelöst haben? Oder das Problem mit dem Gärtner? Ganz zu schweigen die Geschichte mit den Augenbrauen des …«

Der Professor schaute von seinem Teller auf und fiel Ute ins Wort.

»Darüber wollten wir nicht mehr reden!«

Lotte seufzte und legte ihre Serviette sorgfältig neben den Teller.

»Ute! Hier geht es um Mord. Nicht um irgendwelche Kinkerlitzchen.«

»Aber wir …«

Lotte stand auf und schüttelte den Kopf. Sie merkte, wie ihre Hände zitterten, und griff nach ihrer Handtasche, um sie zu beruhigen.

»Nein. Ich werde mich da nicht einmischen. Und ich empfehle euch dringend, das auch nicht zu tun. Basta.«

6

Sie hat Basta gesagt. Basta! Zu mir!«

Der Professor hatte Schwierigkeiten, mit Ute Schritt zu halten, die mit ausgreifenden Schritten den gewundenen Weg in Richtung Schloss ging. Auch wenn sie beide gut in Form waren – mit Utes Energie mitzuhalten, würde auch einem zwanzigjährigen Leistungssportler schwerfallen, da war er sich sicher.

Die kleine Straße zwischen dem ausgebauten Gutshaus mit seinen Stallungen und Nebengebäuden und dem Schloss wurde an beiden Seiten von alten Buchen gesäumt und war mit Kopfsteinpflaster versehen. Parallel zur Straße verlief ein schmaler Weg, der dank der hohen Bäume im Halbschatten lag und an dem Jaro vor einigen Wochen auf Lottes Bitte hin mehrere Bänke aufgestellt hatte, damit Hannes sich bei ihren Spaziergängen ausruhen konnte. Gern hätte der Professor sich gesetzt und den Bachstelzen zugesehen, die mit Vorliebe in den für sie typischen wippenden Bögen tief über die warmen Pflastersteine flogen und dort geschickt Mücken und Käfer fingen. Aber Utes Tempo ließ das nicht zu.

»Sie war besorgt.«

Erst seine leise gesprochenen Worte führten dazu, dass Ute langsamer wurde und schließlich stehen blieb. Mit nachdenklichem Blick drehte sie sich zu ihm um. Er konnte die feinen Falten um ihre Augen sehen, die Linien neben ihrem

Mund, die auch das beste Make-up nicht überdecken konnte. Er mochte diese Falten, und er mochte die Frau, die vor ihm stand. Sie hatte ihren großen und etwas ungelenken Körper in für sie ungewohnt gedeckte Farben gekleidet und trug flache Schuhe, weswegen ihre Augen ausnahmsweise einmal auf derselben Höhe wie seine waren. Und diese Augen blitzten ihn nun wütend an.

»Nonsens. Lotte ist nie besorgt. Sie könnte beim Weltuntergang selbst noch die Nerven behalten und dafür sorgen, dass alles geordnet abläuft!«

Utes schmale Hände mit den langen Fingern bewegten sich in schnellen, eleganten Bewegungen durch die Luft. Sie erinnerten ihn an Kolibris, die er vor Jahren einmal auf einer Reise durch Mexiko gesehen hatte. Sie sprach weiter und fixierte ihn dabei.

»Wenn ich eine Expedition zum Mars schicken würde, dann wäre Lotte die Leitung. Wenn ich vorhätte, eine Bank auszurauben, ließe ich Lotte die Pläne machen, und sie würde den Fluchtwagen fahren.«

Der Professor sah sie neugierig an.

»Und was dürfte ich bei deinem Banküberfall tun?«

Ute wurde rot, und er wusste, dass sie um eine Antwort rang.

»Ähm – du wärst die Ablenkung. Du könntest in der Bank ein Durcheinander anrichten, alle Blicke auf dich ziehen, während ich und Lotte den Tresorraum entern.«

»Ablenkung?«

»Ist doch egal. Was ich sagen wollte: Lotte ließe sich doch nie die Gelegenheit entgehen, ihren guten Riecher in einem Mordfall zu testen. Sie ist viel, viel zu neugierig dafür. Und sie würde es auch tun, damit hier möglichst schnell wieder Ruhe einkehrt.«

»Ja, eigentlich schon.«

Er griff nach ihren Händen. Es war, als hielte man etwas fest, was nur auf die Gelegenheit wartete, sich wieder frei zu kämpfen. Er sprach leise weiter.

»Aber heute hatte sie Angst.«

»Lotte hat nie Angst.«

»O doch. Aber anders als viele andere blickt sie ihrer Angst normalerweise so lange, ohne zu zwinkern, in die Augen, bis sie den Schwanz einzieht und sich jaulend unter dem nächsten Bett versteckt. Doch heute war sie besorgt.«

»Du wiederholst dich.«

Vorsichtig ließ er eine ihrer Hände los, behielt die andere jedoch in einem festen Griff, während er schweigend einige Schritte weiterging und sie mit sich zog. An einer der Bänke blieb er stehen, setzte sich und zwang Ute dazu, das Gleiche zu tun.

»Ich denke nach. Und ich glaube, es gibt nur eine einzige Sache, die Lotte so aus der Fassung bringen kann.«

»Ja?«

»Und zwar, wenn Hannes Probleme hat.«

Er sah, wie sie zuerst protestieren wollte, dann bemerkte er den ersten Funken von Akzeptanz in ihren Augen. Schließlich seufzte sie und legte ihren Kopf an seine Schulter.

»Verdammt.«

7

Freifrau Sandra von Sonneborn lauschte mit grimmigem Gesichtsausdruck dem Tuten am anderen Ende der Telefonleitung.

Sie saß, immer noch in der Reitkleidung, in der sie der junge und so unverschämt hübsche Polizist am Morgen im Stall vorgefunden hatte, an ihrem großen Schreibtisch im Westflügel des Schlosses, in dem ihre Wohn- und Geschäftsräume untergebracht waren.

Sie liebte ihr Arbeitszimmer, für das sie über Jahre auf Auktionen die passenden Möbel und Bilder zusammengesucht hatte. Neben ihren Pferden und dem Tierschutz waren alte Möbel ihre größte Leidenschaft. Der Schreibtisch, an dem sie saß, hatte – zumindest mit einiger Wahrscheinlichkeit – einmal in Versailles gestanden und war dann später von Napoleons Frau Joséphine genutzt worden. Es hatte sie einiges an Geld gekostet, ihn zu erwerben. Aber das Gefühl, das sie jedes Mal überkam, wenn sie sich an ihn setzte und über das polierte Holz und die feinen Intarsien strich, war jeden Cent wert gewesen. Hinter ihrem Schreibtisch hing in einem schweren goldenen Rahmen eine Landschaft, die mehrere Reiterinnen im Damensattel zeigte, die auf ihren eleganten Pferden durch eine italienische Landschaft ritten. Zumindest glaubte die Freifrau, dass die sanft gerundeten Hügel, die einzelnen Bäume und Büsche und die Stadt im Hintergrund so nur in Italien zu finden seien. Die Rostocker Heide war es jedenfalls nicht, denn dann müssten auf dem Bild neben einem Haufen Buchen und Kiefern auch noch in grellen Farben gekleidete schwitzende Fahrradfahrer zu sehen sein. Fahrradfahrer, die regelmäßig durch *ihren* Wald fuhren und sich dabei nicht selten verirrten oder sogar plötzlich im Schloss standen, weil sie es für eine Touristenattraktion hielten. Sie würde sehr gern alle Wege, die nach Bucheneck führten, mit Schlagbäumen sperren, aber die zuständige Försterin war dagegen. Also begnügte sie sich damit, bei ihren Ausritten an strategischen Stellen abzusteigen und den ein oder anderen Ast oder kleinen Baum unauffällig quer über die Wege zu ziehen. Für sie und Florentina, ihre Lieblingsstute, waren solche Bäume ein willkommenes Hindernis, für die klapprigen Fahrradfahrer mit ihren engen und bunten Klamotten und schweren E-Bikes bedeuteten sie meist das Ende des Weges.

Sie hasste es, den Tag ohne die ihr ansonsten heiligen Stunden im Stall und im Sattel zu beginnen. Aber mit einer Leiche vor der eigenen Haustür war ein Ausritt wohl nicht angemessen. Sie sollte sich umziehen und sehen, wie sie den Schaden begrenzen konnte. Erst einmal jedoch musste sie ihren Mann erreichen. Sie unterdrückte einen leisen Fluch, als sie statt seiner Stimme nur das Piepen einer Mailbox vernahm. Sie holte tief Luft:

»Hubert! Auf Bucheneck hat es einen Vorfall gegeben. Eine junge Sängerin ist tot – der Park wimmelt von Polizei. Ruf mich an!«

Sie wollte schon auflegen, überlegte es sich dann aber noch einmal anders.

»Und Hubert? Wenn du mit der Presse auch nur ein Wort sprichst, komme ich nach St. Moritz und drehe dir höchstpersönlich deinen faltigen Hals um. Und wen auch immer du gerade mit in unser Bett geschleppt hast, sorge dafür, dass sie oder er schnell verschwindet, und zwar bevor die Fotografen auftauchen. Denk bitte einmal auch an den Ruf der Familie. Und nicht nur mit deinem verfickten Schwanz!«

Sie schüttelte den Kopf und legte auf. Sie blickte auf ihre mit Diamanten besetzte goldene Armbanduhr. Hubert hatte sie ihr nach einem seiner ersten Fehltritte geschenkt – damals hatte sie noch naiv geglaubt, es tue ihm wirklich leid. Dann lächelte sie und wählte eine weitere Nummer. Diesmal wurde nach dem ersten Tuten abgenommen.

»Jonny Heuer, An- und Verkauf. Was kann ich für Sie tun?«

Die tiefe und warme Stimme sorgte dafür, dass Freifrau von Sonneborn augenblicklich entspannte.

»O Papa!«

8

Jenny kam in die Küche und stellte die Teller auf dem seitlichen Edelstahltresen ab. Vielmehr versuchte sie es, da jeder freie Fleck schon mit Tellern und Gläsern bedeckt war. Der Spüler, ein junger Bursche aus dem Dorf, war nirgendwo zu sehen, und die Teller ihrer letzten Fuhren stapelten sich zu bedenklich schwankenden Türmen. Sie unterdrückte einen Fluch, fand ein letztes freies Eckchen und begann, die Teller in die grauen Körbe zu stapeln, die dann hinter die silberne Haube der Spülmaschine geschoben wurden. Sie war ja selber schuld – ein Satz, den sie sich in den letzten Wochen immer und immer wieder gesagt hatte. Statt in Berlin, in London oder gar in Paris das Leben zu führen, das ihr ihre Ausbildung und vor allem ihr Talent ermöglichen würde, lebte sie in einem kleinen Dorf am Ende der Welt und verbrachte ihre Zeit damit, Teller zu schleppen und Gäste an der Rezeption zu empfangen. Für einen Hungerlohn – und nahezu lächerliche Trinkgelder, da die Gäste des »Liebstöckel« vor allem Tagungsteilnehmer waren – und in deren Spesenkonten waren Trinkgelder nicht vorgesehen. Sie zog den schweren Hebel herunter, und das kochend heiße Wasser strömte mit einem befriedigenden Zischen auf die Teller und wusch die Reste von Bratensoße und Dressing ab.

Wenn es im Leben doch auch so einfach wäre, den ganzen Dreck loszuwerden.

Die Küchentür ging auf, und Fabian, der heute als Spüler eingesetzt war, kam herein. Als er Jenny sah, versteckte er schnell etwas hinter seinem Rücken.

Sie seufzte.

»Wenn Konstantin dich beim Kiffen erwischt, wird er dir die Hölle heißmachen.«

»Konstantin ist bei seinen Hühnern. Und er macht mir keine Angst.«

Sein hektischer Blick über die Schulter hinweg strafte ihn Lügen. Fabian hatte wie alle Spüler und Aushilfen einen Heidenrespekt vor dem Koch mit dem cholerischen Temperament. Jenny seufzte wieder.

»Sollte er auch nicht. Hunde, die bellen, beißen nicht.«

In Jennys Augen war Konstantins Gebrüll nur Fassade, die leider immer dann etwas anstrengend wurde, wenn wieder einmal eine der Aushilfen das Handtuch warf und vor den Flüchen und den leeren Drohungen floh. Erstaunlicherweise mochte sie ihn. Immerhin wurde es nicht langweilig, wenn der Küchenchef in der Nähe war. Und da die Freifrau mehrmals sehr deutlich gemacht hatte, dass an Konstantin als Koch kein Weg vorbeiführte, hatte sich Jenny auch mit ihm abgefunden. Als Fabian sie frech angrinste, trat sie einen Schritt auf ihn zu.

»Aber wenn *ich* dich noch einmal beim Kiffen während der Arbeitszeit erwische, dann gehe ich zu deiner Mutter und erzähle es ihr. Und da Konstantin gleich anfängt, das Mise en Place für das Abendessen zu machen, würde ich mich an deiner Stelle doch beeilen, Ordnung in das Chaos hier zu bringen.«

Fabian wurde blass und beeilte sich, die mittlerweile fertig gespülten Körbe auszuräumen und wieder zu befüllen. Jenny unterdrückte ein Grinsen und holte sich aus einem der Schränke einen Teller, auf den sie dann eine große Portion von dem Curry lud, den Konstantin heute als Personalessen gekocht hatte. Curry stand im »Liebstöckel« nicht auf der Karte, dort herrschte das vor, was in den Reiseführern dann »gehobene Landhausküche mit regionalen Zutaten« genannt wurde – aber wie alles, was Konstantin zauberte, schmeckte es phantastisch. Sie setzte sich an den Tisch und begann konzentriert zu essen. Paula, ebenfalls eine Aushilfe, hielt die Stellung bei den Gästen, aber zu lange wollte Jenny ihr nicht die Verantwortung überlassen.

»Jenny?«

Fabian hatte sich zu ihr umgedreht und sah sie neugierig an.

»Ja?«

»Kennst du wirklich Barack Obama?«

»Was?«

Sie verschluckte sich an ihrem Essen und musste husten. Als sich ihr Atem wieder beruhigt hatte, sah sie ihn entgeistert an.

»Wie kommst du denn auf so eine bescheuerte Idee?«

»Na ja, Mama sagt, du hast in Washington gearbeitet und dort alle wichtigen Leute getroffen.«

Jenny wusste nicht, ob sie lachen oder schreien sollte. Was für abenteuerliche Gerüchte ihren Weg bis in das kleine Dorf Pfuhlhagen gefunden hatten! Und wie sehr es immer noch weh tat, an alles erinnert zu werden.

»Nein, ich kenne Obama nicht.«

Was eine kleine Lüge war. Sie hatte die Obamas getroffen und ein Interview mit ihnen geführt, ein kurzes zwar, aber immerhin. Nur dass es nie abgedruckt worden war. Die Sache – sie hatte im letzten Jahr beschlossen, von dem ganzen Scheiß nur noch als »der Sache« zu denken – war dazwischengekommen. Ihre damalige Zeitung und jede andere Redaktion der Welt würde sie nach ihrem persönlichen Armageddon nicht einmal mehr mit einer Zange anfassen. Sie merkte, wie sich die Wut erneut in ihrem Bauch zusammenballte.

»Du solltest wirklich wieder an die Arbeit gehen.«

Fabian war entweder zu jung, zu bekifft oder schlicht zu einfach gestrickt, um die deutliche Warnung in ihrer Stimme gehört zu haben.

»Aber Mama sagte, dein Opa habe immer erzählt, du seist so erfolgreich. Er hatte eine Mappe mit deinen Artikeln und Fotos von dir in Amerika und sowieso überall. Und du hast ihm Geld geschickt, und er konnte das Dach neu decken und ...«

Jenny hörte, wie sie eine Art Knurren von sich gab. Auch Fabian schien es gehört zu haben, und es schien seine Wirkung nicht zu verfehlen. Er schloss den Mund und drehte sich wieder zur Spüle zurück. Jenny war der Appetit vergangen. Gerade als sie die Reste vom Teller in den großen Eimer werfen wollte, in dem die Essensreste für die Schweine gesammelt wurden, kam Konstantin in die Küche. Schuldbewusst zuckte sie zurück, aber es war schon zu spät. Konstantin hatte sie bei etwas erwischt, was in seinen Augen schlicht Majestätsbeleidigung war. Niemand warf sein Essen so einfach weg. Niemand! Sie hatte ihn schon mehrmals davon abhalten müssen, in den Saal zu stürmen, wenn ein Gast seinen Teller halbvoll zurückließ.

»Schmeckt dir mein Essen nicht?«

Seine Stimme war gefährlich leise, und hinter jedem einzelnen seiner Worte schien eine Drohung zu stecken. Jenny war sich sicher, dass er den Tonfall Stunden vor dem Spiegel geübt hatte. Sie wusste, dass er gleich damit beginnen würde, aus der ganzen Sache eine Szene zu machen, die in einem lauten Geschrei und vielleicht sogar mit einigen fliegenden Tellern enden würde. Das Gute war, dass Konstantin zwar ein verdammt geschickter Koch war, jedoch einen erbärmlichen Wurfarm hatte. Das Schlechte war, dass es sie einiges an Zeit und Energie kosten würde, ihn wieder zu beruhigen. Und da die meisten Aushilfen sich von Konstantins Gebrüll einschüchtern ließen und auch noch Gäste hinter der Küchentür im Restaurant saßen, war es in ihrem Interesse, seinen Ausbruch im Keim zu ersticken. Würden die neuen Aushilfen auch verängstigt kündigen, stände sie mit der Arbeit allein da. Und würden sich die Gäste bei Frau von Sonneborn beschweren, würde diese ihr die Schuld in die Schuhe schieben. Die Freifrau war ein großer Fan von Konstantin und gab ihm in allem freie Hand. Eine Lose-lose-Situation. Was an ihr lag. Sie hatte einfach schlechtes Karma. Sie musste eindeutig an ihrem Karma arbeiten. Sie seufzte. Der Zweck heiligte ihrer Meinung nach unter keinen Umständen die Mittel – aber keine Regel ohne Ausnahme.

Langsam drehte sie sich zu Konstantin um, ließ die Arme

und Schultern sinken und ihre Unterlippe zittern. Mit etwas Anstrengung schaffte sie es, ihre Augen feucht werden zu lassen. Noch etwas mehr Hilflosigkeit in die Körperhaltung und ein erstes leises Schluchzen erklingen lassen. Der Koch war nicht der Einzige, der vor dem Spiegel geübt hatte. Konstantin hielt mitten im nächsten Satz seiner Tirade inne und sah sie erschrocken an.

»Heulst du etwa?«

Tapferes Kopfschütteln, angedeutetes Nasehochziehen und heftiges Blinzeln, vielleicht würde ja eine Träne die Wange herunterlaufen, wenn sie sich anstrengte.

»Nein, natürlich nicht.«

Die Schultern hochziehen, dabei die Arme und Hände ganz leicht beben lassen, die Hände daraufhin ineinanderschlingen. Den Kopf leicht schräg legen.

»Ich heule nicht.«

Schluchzen. Nicht zu doll, nur andeuten, androhen, dass da, wo der erste und zweite Schluchzer herkamen, noch mehr von ihnen lauerten.

»Was ist passiert?«

Nun schwang Panik in der Stimme des Kochs mit. Jenny biss sich auf die Wange. Geschafft. Konstantins gerade noch wütenden Augen blickten sie nun besorgt an. Ihr Fauxpas mit dem Essen war vergessen.

»Ach, es ist alles bloß zu viel. Die tote Frau, diese Sängerin. Überall Polizei.«

Konstantin sah alarmiert auf, eilte auf sie zu und legte ihr einen Arm beschützend über die Schulter. Jenny merkte, wie sie den ersten Anflug eines schlechten Gewissens bekämpfen musste. Der Koch schien ernsthaft besorgt zu sein. Das war neu. Normalerweise verdrückte er sich nur schnell, wenn er Tränen witterte.

»Ist die Polizei etwa noch da? Haben die dir etwas getan?«
Etwas in seiner Stimme ließ Jenny aufhorchen.
»Nein, also die haben noch nicht mit mir gesprochen. Aber sie sind noch da. Und da ich gestern ja bei dem Konzert die Getränke ausgeschenkt habe ... Ich denke, sie werden noch kommen.«
»Diese Arschlöcher! Hoffentlich ist es schnell vorbei. Da, wo die beschissenen Bullen auftauchen, wirbeln sie nur lauter Dreck auf. Und es ist ihnen völlig egal, wen sie dabei darunter begraben. Korrupte Schweine. Wenn sie dir Scherereien machen, bekommen sie es mit mir zu tun!«

Er drückte sie zu ihrem Erstaunen noch mal fest und ging dann, weiter vor sich hin fluchend, in die hinterste Ecke der Küche und begann, mit einem großen Messer auf einen Berg von Gemüse einzuhacken.

Jenny holte tief Luft und drückte ihren Teller Fabian in die Hand, der sie fragend ansah. Sie zuckte mit den Schultern und beeilte sich, die Küche zu verlassen. Bevor Konstantin sich doch wieder daran erinnerte, dass sie sein heiliges Essen in den Eimer geworfen hatte.

9

»Was ist das? War das ein Tier?«
Selin stand neben einer Kollegin von der Spurensicherung im Zelt. Sie versuchte, ihre Atmung, die sich bei dem Anblick der Leiche instinktiv beschleunigt hatte, unter der Maske wieder unter Kontrolle zu bringen.

»Wir wissen es nicht. Noch nicht. Der Rechtsmediziner meint aber nach seinem ersten Eindruck, dass es keine tierischen Bissspuren sind. Und die Verletzungen sind ihr eindeutig post mortem zugeführt worden.«

»Das ist doch absurd.« Sie hatte schon Morde gesehen, bei denen das Opfer Spuren von Gewalt und Folter aufwies. Verbrennungen, Schnitte, Wunden. Aber so etwas? Und vor allem post mortem?

»Ist sie vergewaltigt worden?«

Selin blickte in das leblose Gesicht der Frau. Der oder die Täterin hatte es unversehrt gelassen, und unter der starren und kalten Maske des Todes konnte sie noch einen Rest der Lebenskraft erahnen, die den Körper noch vor wenigen Stunden durchflossen hatte. Diese Kälte, diese plötzliche Abwesenheit von Leben sorgten bei ihr jedes Mal dafür, dass sie nach dem Anblick einer Leiche so lange unter der heißen Dusche stand, bis ihre Haut brannte.

Die Tote trug ein enges, weinrotes Samtkleid, neben ihr lag ein dazu passender ebenfalls weinroter hoher Schuh.

»Der Rechtsmediziner glaubt das nicht. Die Kleidung ist intakt, auch die Strumpfhose. Die Verletzungen sind nur an Hals und den Armen zu finden.«

Die Frau von der Spurensicherung, deren Namen Selin noch nicht kannte, hatte kurz vor dem Wort »Verletzungen« gezögert.

Neugierig sah Selin sie an.

»Sie wollten etwas anderes sagen, oder?«

»Ja. Ich wollte ›Bisse‹ sagen. Sie sehen einfach so aus, auch wenn ich mir das Gebiss, das zu den Abdrücken gehören würde, gar nicht vorstellen mag.«

Selin nickte. Der Hals und die Arme des Opfers waren mit mehreren, vielleicht zehn Zentimeter langen und an den

Rändern ausgerissenen schmalen Abdrücken versehen. Als ob etwas oder jemand die Frau immer wieder gebissen hätte.

»Das erinnert einfach an Zahnabdrücke, oder? Lassen Sie uns abwarten, was die Kollegen dazu sagen.«

Selin war es wichtig, nicht zu früh in einer Ermittlungen die ersten Vermutungen laut auszusprechen. Denn oft setzten sich diese dann in ihrem und in den Köpfen der Kollegen fest und beeinflussten alles, was man sah oder hörte. Daher schwieg sie lieber.

»Ist die Frau hier getötet worden?«

»Wahrscheinlich. Das Wasser hat eine Menge der Spuren weggespült.«

Selin sah sich noch einmal das Gesicht der toten Frau an und nickte dann den neben ihr wartenden Kollegen zu.

»Sie kann jetzt mitgenommen werden.«

Selin war fast am Ausgang des Zeltes angekommen, da drehte sie sich noch einmal um. Irgendetwas stimmte nicht.

»Wo, verdammt, ist der zweite Schuh?«

10

Die Kollegen sind in fünfzehn Minuten hier, das Revier hat zur Unterstützung der Suche eine Gruppe Polizeischüler angefordert.«

Timo Zanders Stimme klang gepresst, und Selin konnte spüren, dass der Mann vor ihr nur mühsam seinen Ärger unterdrücken konnte. Aber er war nicht wütend auf sie. Er war wütend auf sich selbst, das konnte sie spüren. Ärger über sich selbst war etwas, das sie gut kannte und auch verstehen konnte. Aber sie würde sich hüten, ihn in irgendeiner Form zu trösten. Er und die Kollegen hatten etwas übersehen, was sie nicht hätten übersehen dürfen. Etwas sehr Offensichtliches sogar, aber manchmal waren es eben genau die Dinge, die einem direkt unter der Nase lagen, jene, die man nicht finden konnte. Trotzdem ein Fehler. Und Zander wusste das.

»Gut. Weisen Sie sie kurz ein – und überlassen Sie dann denen, wie sie vorgehen sollen. Machen Sie nur sehr deutlich, dass es vielleicht auch darum gehen kann, den eigentlichen Tatort zu finden. Sie brauche ich für andere Dinge.«

Bald würden mehr als dreißig Polizisten und Polizeischüler das gesamte Gelände und den Wald in erprobten Suchmustern ablaufen und hoffentlich den Schuh finden.

Sie drehte sich wieder zu Zander um.

»Erstellen Sie eine Liste der Gäste des gestrigen Abends. Ich will wissen, wer die Störer waren. Und ich würde gern mit der Frau sprechen, die die Leiche gefunden hat, sowie mit der Freifrau und auch mit Chris Christiansen. Mich würde interessieren, wie er auf das Opfer als Sängerin gekommen ist und ob es frühere Verbindungen gibt.«

Bevor Zander etwas sagen konnte, sprach sie weiter. Jetzt war es an ihr, den Ton und das Tempo vorzugeben.

»Die Kollegen sollen, wenn sie in der Wohnung des Opfers sind, nach Hinweisen auf einen Freund oder eine Freundin suchen. Rechner und Co gehen sofort an das LKA.«

Sie dachte kurz an das, was Zander ihr über das Gedicht erzählt hatte.

»Und ich will wissen, ob es Verbindungen in rechte Kreise gibt. Ich will alles über das Privatleben des Opfers haben. Und zwar schnell.«

Zanders Lächeln war noch da, hatte aber ein wenig an Wärme verloren.

»Sie glauben nicht, dass sie ein zufälliges Opfer war? Falscher Ort zur falschen Zeit?«

»Ich glaube gar nichts.«

Nach einem kurzen Zögern sprach sie weiter.

»Sie fahren, sobald Sie die Namen und Adressen haben, ins Dorf und zu den Gästen, die gestern den Abend gestört haben, und führen die erste Befragung durch.«

Sie sah sich kurz um.

»Nehmen Sie die Kollegin dort hinten mit. Sie sollten zu zweit sein.«

Mit einem, wie sie hoffte, versöhnlichen Lächeln nickte sie Zander zu, drehte sich um und ging in Richtung Schloss. Mal sehen, wen sie so alles hinter seinen merkwürdigen Mauern aufscheuchen könnte.

11

Jaro mochte es, auf Hannes aufzupassen. Normalerweise schlief Lottes Ehemann, danach aßen sie Kekse auf der Terrasse oder machten einen kleinen Spaziergang, bei dem Jaro jedes Mal aufs Neue so tat, als kenne er die unterschiedlichen Vögel und Bäume, die Hannes ihm zeigte, nicht. Seit Jaro vor vier Monaten auf Schloss Bucheneck angefangen hatte, waren der alte Mann und er immer öfter gemeinsam zu sehen. Lotte hatte versucht, Jaro dafür zu bezahlen, aber es gab Grenzen. Auch für ihn.

Heute jedoch war alles anders. Nicht nur, dass unten am Bach die Polizei ein Zelt aufgebaut hatte, in dem die tote Sängerin lag, deren Stimme er am Abend durch das Treppenhaus des Schlosses bis in seine winzige Wohnung unter dem Dach gehört hatte. Nicht nur, dass er wusste, dass seine Papiere mit Pech, obwohl sie seiner Meinung nach wirklich gut waren, einer genaueren Überprüfung nicht standhalten würden und er diesen Ort dann wohl oder übel verlassen müsste. Nicht, dass die Freifrau ihn fürstlich bezahlte, eher im Gegenteil. Um das Geld ging es ihm wahrlich nicht. Aber das Schloss zu verlassen, bevor er seine Arbeit hier beendet hätte, wäre eine Katastrophe. Er würde also abwarten und im Zweifelsfall einfach schnell verschwinden.

Nun war ihm zu allem Überfluss auch noch Hannes abhandengekommen. Wenn er ihn nicht innerhalb der nächsten fünf Minuten finden würde, müsste er Lotte informieren. *Cholera!*

Normalerweise trug Hannes eine Uhr an seinem Handgelenk, in die Lotte, die oft erschreckend findig und pragmatisch war, einen GPS-Tracker hatte einbauen lassen. Jaro konnte über sein Handy darauf zugreifen. Nur heute nicht. Heute sagte ihm sein dummes Handy, dass es den Sender nicht finden könne. Kein Signal.

Cholera!

Mühsam bahnte er sich einen Weg durch die dichten Brombeerranken, die den Weg an dieser Stelle des Waldes begrenzten. Wohin war der alte Mann bloß so schnell verschwunden? Jaro war nur einmal stehen geblieben, um sich den Schuh zu binden, und als er wieder aufgesehen hatte, war Hannes wie vom Erdboden verschluckt gewesen.

Mit rotem Gesicht blieb er stehen und lauschte. Dann durchflutete ihn Erleichterung. Ein Pfeifen. Hannes, der wie so oft eine Vogelstimme imitierte, nicht weit entfernt. Wobei ihm die Richtung, aus der das Pfeifen kam, einen Schauer über den Rücken laufen ließ. Der Tag würde nicht besser werden.

Mit zusammengebissenen Zähnen schob Jaro sich durch das letzte Stück des Gestrüpps, bis er freien Blick auf die kleine Senke hatte, um die er wohlweislich die Ranken und Sträucher nicht gestutzt hatte. In der Mitte der Senke, auf einer der umgefallenen Steinplatten saß der alte Mann, den Blick nach oben gerichtet, und pfiff unbekümmert sein Lied – in den Händen einen roten, eleganten Damenschuh. *Cholera* – verdammt.

12

Der kleine Ort Pfuhlhagen bedeutete für Dietlind Röge Zuflucht und Fluch zugleich. Wütend schlug sie in der Küche ihres Häuschen immer und immer wieder auf einen dicken Klumpen Teig ein, aus dem sie am Abend ein Brot backen wollte, natürlich mit selbst gezogenem Sauerteig, Mehl aus biodynamischem Anbau und einigen Kräutern, die sie draußen im Garten geerntet hatte. Hoffentlich im Einklang mit der derzeitigen Mondphase oder der Tageszeit oder dem alten Bauernkalender, wobei Dietlind über die Jahre etwas den Überblick darüber verloren hatte, welche der vielen Regeln sie wann befolgen musste. Ehrlich gesagt, war es ihr mittlerweile auch oft egal. Mittlerweile würde sie so einiges geben, einfach nur eine Scheibe weiches, weißes Brot aus einer Plastiktüte zu nehmen und mit einer Scheibe fettiger Salami zu belegen. Was sie beides natürlich nicht täte. Aber der Gedanke daran war verlockend.

Sie schlug ein weiteres Mal auf den Teig ein und legte ihn dann in eine am Rand angestoßene Steingutschüssel, über die sie ein Tuch aus Leinen breitete. Dann wischte sie sich eine Strähne ihrer mit grauen Strähnen durchzogenen Haare aus der Stirn und setzte sich seufzend und mit vor Müdigkeit schmerzenden Gliedern an den großen Küchentisch. Den Küchentisch hatte sie vor zwanzig Jahren, als sie das erste Mal nach Pfuhlhagen gekommen war und sich in das Dorf verliebt hatte, in einer alten Scheune gefunden und in vielen mühsamen Stunden von seinen alten Lackschichten befreit. Die Hinweise der alteingesessenen Bewohner des Dorfes, dass das Ganze mit dem Einsatz von Beize deutlich schneller und vor allem kräfteschonender vonstattengehen würde, hatte sie wortreich und mit Hinweis auf die Gefahren, den Gewässerschutz, giftige Dämpfe und schlechtes Karma abgelehnt. Gedankt hatte sie den Bewohnern damals für den Tipp nicht – was sie heute bedauerte, denn so hatte sie schon zu Beginn mehr als nur einen kleinen Graben zwischen sich und das Dorf gezogen.

Am Anfang hatte sie das nicht gestört, denn ihre Freunde aus Berlin waren an den Wochenenden gekommen, hatten alles bewundert, und einige hatten sich sogar selbst die damals für einen Apfel und ein Ei erhältlichen Arbeiterhäuschen gekauft. Aber schnell waren alle außer ihr wieder in der Stadt gelandet, wo es im Winter Zentralheizungen statt Kohleöfen und warmes Wasser aus der Leitung statt aus einem Kessel gab. Wo es Biomärkte mit einem immer größeren Sortiment statt des mühsam zu bewirtschaftenden kleinen Gartens voller Unkraut und Schädlingen gab. Wo man immer dicht an den neuesten und vermeintlich besten Methoden war, seine Seele und seinen Körper so schön und rein wie möglich zu halten. Und nicht nur die Methoden, sondern auch die Ziele hatten sich mit der Zeit verändert. Selbstoptimierung hatte der Suche nach dem inneren Frieden eindeutig den Rang abgelaufen. Dietlind hatte jedoch keine Lust, sich selbst zu optimieren. Wofür zum Teufel denn auch! Dietlind wollte Frieden. Hatte schon immer Frieden gewollt, aber der machte sich rar.

Sie seufzte wieder. Pfuhlhagen hatte ihr für einige Zeit sogar Frieden gegeben, doch war der Preis wie so oft höher als gedacht. Sie hatte ihr kleines bisschen Frieden mit Einsamkeit bezahlt. Und um dem Ganzen dann die Krone aufzusetzen, hatte diese schreckliche Frau vor einigen Jahren das Schloss gekauft, in dem sie sich selbst in ihren Träumen immer und immer wieder gesehen hatte. Nicht als Schlossherrin auf einem Pferd, so wie die Freifrau sich inszenierte. Nein, eher als strahlender, liebevoller Mittelpunkt einer Gemeinschaft, die es sich zur Aufgabe gemacht hatte, in Frieden und Einklang zu leben und einander Geborgenheit zu geben.

Dietlind lachte, aber das, was aus ihrer Kehle drang, war kaum mehr als ein heiseres Schluchzen. Sie wusste mittlerweile, wie albern diese Träume gewesen waren. Ein kurzes Klopfen an der Haustür ließ sie die Nase hochziehen. Unwillkürlich setzte sie ein Lächeln auf, als sie durch den engen Flur zur Haustür eilte.

13

Kriminalkommissar Timo Zander blickte unbehaglich auf den flachen und merkwürdig geformten Sitzhocker, auf den sein Gegenüber mit einem Lächeln wies. Seine Kollegin Anne Gruber hatte sich schon mit einer fließenden und geschickten Bewegung auf einen baugleichen Hocker sinken lassen, die Beine vor sich gekreuzt, und hielt lächelnd Notizbuch und Stift bereit. Ihr rundes Gesicht unter den kurzen lockigen braunen Haaren strahlte Freundlichkeit aus, und sie machte Dietlind Röge gerade ein Kompliment über das Haus und den Garten. Anne hatte ihr Studium beinahe abgeschlossen und absolvierte bei ihnen ihre letzte Praxisphase. Er hatte sie als Begleitung ausgewählt, weil sie mit ihrer natürlichen Freundlichkeit bei vielen Menschen Vertrauen erweckte und weil sie nie den Versuch unternommen hatte, mit ihm zu flirten. Sie trug einen schmalen goldenen Ring an ihrem rechten Ringfinger und schien das damit verbundene Versprechen ernst zu nehmen. Er hatte keinerlei Interesse daran, in irgendwelche Probleme auf der Arbeit zu geraten. Grundsätzlich lag sein Interesse an einer Beziehung zurzeit an einem absoluten Nullpunkt, was nach seiner letzten sogenannten Beziehung auch nur verständlich war. Auch seine neue Chefin trug einen Ring – wobei sie, wenn der Flurfunk auf dem Revier stimmte, allein nach Rostock gekommen war.

Er wusste, dass er sich nicht so elegant würde setzen können. Zum einen waren seine eigenen Beine deutlich länger als die seiner Kollegin, zum anderen steckten sie in einer engen, dunklen Jeans, die in Sachen Dehnbarkeit an ihre Grenzen kommen würde. Er sah sich in dem kleinen Wohnzimmer um, aber neben mehreren dieser bunten Hocker und einigen Matten waren keine Sitzmöbel zu sehen. Doch dann fiel sein Blick auf den hellen Lehmofen, der die eine Seite des Raumes einnahm, und dankbar ließ er sich auf die schmale Ofenbank sinken, unter der das Holz fein säuberlich gestapelt war.

»O, ja! Da sitze ich im Winter auch gerne.«

Dietlind Röge lächelte ihn an und setzte sich dann auf den Boden, die Beine in einer in seinen Augen höchst unbequemen Art unter dem Körper gekreuzt.

»Als ich das Haus gekauft habe, waren in allen Zimmern noch diese altmodischen Ölöfen installiert, hässliche Dinger, total unzuverlässig. Ich habe sie entfernt und den Lehmofen eingebaut. Er wärmt die Küche, diesen Raum und mein kleines Schlafzimmer völlig ausreichend, und die Gästezimmer sind ja im Anbau und haben eigene Heizungen. Im Winter kommen ohnehin weniger Touristen, die meisten sind Fahrradreisende, die den Ostseeradweg fahren, und das bietet sich natürlich in den kalten Monaten nicht so an und ...«

Sie brach ab. Timo musste nicht auf sein in der Ausbildung erworbenes Wissen über Zeugenbefragung zurückgreifen, um zu sehen, wie nervös sie hinter ihrem dünnen Lächeln war. Ihr Körper war die ganze Zeit in Bewegung. Die Hände zupften an dem Tuch, das sie um den Hals trug, an den offenen, langen Haaren, an der Kante des Teppichs. Und ihre Augen wanderten von ihm zu seiner Kollegin und wieder zurück, in der Hoffnung, sie würden etwas sagen.

Aber Timo schwieg lieber noch. Manchmal war das erstaunlich effektiv. Die meisten Menschen konnten nicht gut mit Stille umgehen. Und Dietlind Röge gehörte anscheinend auch zu dieser Gruppe. Was ihn angesichts des ganzen Yoga- und Meditationskrams um sie herum erstaunte.

»Sie sind wahrscheinlich wegen gestern Abend hier? Wegen dem, was bei dem Konzert passiert ist? Was Martin und ich gemacht haben? Die Freifrau hat also wirklich die Polizei angerufen, aber das habe ich schon vermutet, Martin, also Martin Vogel, er ist Pastor in Rente und war gestern auch da. Er wohnt nur einige Häuser weiter. Also, Martin war der Überzeugung, dass der Vorfall keine Folgen haben würde, dass alle es schön unter den Tisch fallen lassen würden, und obwohl auch jemand von der Presse da war, zumindest glaube ich, dass er von der Presse war, mit dem Fotoapparat und wie die Freifrau mit ihm gesprochen hat und ...«

Wieder hatte Dietlind Röge den Faden verloren und verstummte. Timo schwieg weiter. Offenbar wusste die Frau vor ihm noch gar nicht, dass die Sängerin ermordet worden war. Das fand er ungewöhnlich, mussten die Bewohner des Dorfes doch, um zur Arbeit oder in die nächste Stadt zu kommen, immer die holprige Straße am Gutshaus und am Schloss nehmen – und somit hatte sicherlich schon jemand die Polizeifahrzeuge bemerkt. Seiner Erfahrung nach machten solche Neuigkeiten besonders auf dem Land innerhalb kürzester Zeit die Runde.

»Können Sie mir erzählen, was gestern Abend geschehen ist?«

Er sah, wie Dietlind Röge ihn fast dankbar ansah, weil er das Schweigen gebrochen hatte.

»Es war zuerst wie immer. Die Freifrau und Chris Christiansen haben wieder einmal zu einer ihrer sogenannten Soireen auf das Schloss geladen. Schon seit zwei Jahren besuche ich diese Abende regelmäßig. Ich bin die Vorsitzende des

Geschichtsvereins hier in Pfuhlhagen, daher gehört es natürlich zu meinen Aufgaben.«

»War noch jemand vom Verein dort?«

»Was? Nein. Nur Martin und ich. Ich meine ...«

Sie sah ihn an, und er konnte die hektischen roten Flecken an ihrem Hals sehen.

»Wissen Sie, zurzeit hat der Verein wenige Mitglieder, die hier vor Ort sind und ...«

Zander unterbrach sie. Ihr Verein und die Lüge, die, den roten Flecken nach zu schließen, dahintersteckte, interessierte ihn nicht.

»Sie waren also eingeladen?«

»Die Veranstaltung ist öffentlich.«

Was nicht das Gleiche war, aber er ließ sie lieber weiterreden.

»Die Freifrau hat bei der Sanierung des Schlosses Fördergelder bekommen, die an einige Auflagen gebunden waren. Unter anderem muss sie das Schloss auch für eine breitere Öffentlichkeit zugänglich machen. Sie inszeniert diese Kulturveranstaltungen nicht aus Liebe zur Musik oder gar aus Nächstenliebe. Sie muss es tun.«

Ihr Gesicht war nun wütend verzogen. Zander lehnte sich aufmerksam vor.

»Ich bin also dorthin, Martin Vogel hat mich begleitet, und als wir ankamen, hat uns die Freifrau natürlich nicht einmal begrüßt. Sie ignoriert mich und alle anderen, die ihrer Meinung nach nicht in ihre *Klasse* gehören. So läuft es immer. Sie tut entweder, als wäre ich unsichtbar, oder, als ob ich unangenehm rieche.«

»Warum verhält sie sich so?«

»Weil ich damals dagegen war, dass die Gemeinde das Schloss überhaupt verkauft. Ich und einige andere wollten aus dem Schloss ein Kulturzentrum machen, einen Ort, an dem Menschen zusammenkommen können. Mit Kunstausstellungen, Workshops, Werkstätten, Naturprojekten. Es wäre ...«

Dietlind Röge holte tief Luft, dann atmete sie langsam aus. »Aber die Gemeinde hat 1992 Bucheneck und das Gutshaus an eine Investorengruppe verkauft. Dann stand es lange leer, bis die Freifrau hier auftauchte und es in Privatbesitz verwandelte. Diese Frau ist ...«

Sie brach wieder ab, doch Zander hatte eigentlich genug gesehen und gehört. Hier hatte er es mit mehr als nur einem alten Streit zu tun. Dietlind Röges Gesicht hatte sich kurz, aber deutlich vor Hass verzerrt. Und Hass führte irgendwann zu Gewalt.

»Schildern Sie uns doch bitte den gestrigen Abend.«

»Wir kamen an, wurden *nicht* von den Gastgebern begrüßt und unterhielten uns mit einigen der anderen Gäste. Ich habe mir von Jenny, die im Gutshaus und im Schloss arbeitet, ein Glas Wein geholt und mich dann neben Martin gesetzt. Der war ganz aufgeregt, er hat das Ganze ja geplant. Er hatte ja seit Tagen von nichts anderem mehr gesprochen.«

Wieder sagte Zander nichts, spürte dann jedoch den Blick seiner Kollegin auf sich. Er hatte ihr auf der kurzen Fahrt vom Schloss bis zum Dorf eingeschärft, möglichst keine Fragen zu stellen, bevor er ihr ein Zeichen gab. Also schüttelte er leicht den Kopf und sah Dietlind Röge weiterhin einfach nur an. Sie begann wieder, an ihrer Kleidung zu zupfen.

»Wir haben die erste Hälfte des Konzertes brav zugehört. Die Sängerin hat ja wirklich eine schönes Stimme, aber diese Art, zu singen – ich weiß ja nicht. Das ist doch nicht natürlich, oder? Ich fand es zwischendurch einfach nur anstrengend und hoffte fast, dass es so weit sein würde. Martin wurde auch immer nervöser, er wusste ja nicht genau, wann alles losgehen würde.«

»Was losgehen?«

»Na ja, dass die Sängerin das Gedicht von Agnes Liebherr vortragen würde. Martin hat mir es vorher gezeigt, den ganzen Text und auch erklärt, warum es einfach nicht richtig war, so etwas zu singen.«

»Und teilten Sie seine Meinung?«

»Ja, natürlich. Wie kann die Freifrau es zulassen, dass gerade auf Schloss Bucheneck so etwas gesungen wird? Aber so ist sie, sie will ja auch nicht, dass sich jemand mit der Geschichte des Schlosses beschäftigt, dabei hatten wir damals auch eine Geschichtswerkstatt geplant. Natürlich ist so was für die Freifrau einfach ...«

Zander merkte, wie er ungeduldig wurde. Es wurde zunehmend deutlicher, dass die Frau vor ihm weniger wegen des Gedichtes selbst an der Aktion teilgenommen hatte, als vielmehr um der Freifrau zu schaden. Wieder unterbrach er sie.

»Wie ging es dann weiter?«

»Nach der Pause ... Ich hatte mich mit Martin und dem Professor unterhalten, der Professor wohnt ja im Schloss, und Martin versucht immer, wenn er ihn sieht, mit ihm irgendwelche Diskussionen über Religion anzuzetteln ... Auf jeden Fall ging es dann weiter, und die Sängerin fing an, das Lied mit dem Wassermann vorzutragen. Martin war ganz aufgeregt, und als sie die erste Strophe beendet hatte, holte er seine Trillerpfeife heraus und fing an zu pfeifen und rief etwas von Faschisten und Widerstand. Er hatte auch Flugblätter vorbereitet, die er zu verteilen begann. Die Freifrau ist auf ihn losgestürmt wie eine Furie, und Chris Christiansen war ebenfalls dabei und wütend. Die beiden wollten Martin aus der Halle werfen, doch der hielt sich an seinem Stuhl fest und schrie nach der Presse und der Polizei. Die anderen Besucher mischten sich dann auch ein. Es herrschte ein ziemliches Durcheinander. Schließlich war es Lotte Hansen, die dem Ganzen ein Ende gemacht hat. Sie hat sich zwischen Martin und die Freifrau gestellt und mit ihrer ruhigen Stimme gesagt, dass die Sängerin soeben den Saal verlassen habe. Ich habe mir dann Martin geschnappt und ihn aus der Halle gezogen, denn ich war mir nicht so sicher, ob die Freifrau nicht doch die Polizei rufen würde. Aber das hat sie dann ja auch. Sie hat uns angezeigt, nicht wahr? Doch weswegen genau?«

Zander ignorierte die Frage.

»Was haben Sie denn nach Abbruch des Konzertes gemacht? Sind Sie nach Hause gegangen? Durch den Wald?«

Dietlind Röge sah ihn plötzlich nicht mehr wütend, sondern erstaunt an. Sie mochte vielleicht nervös und geschwätzig sein, aber dumm war sie offensichtlich nicht.

»Danach? Warum wollen Sie das wissen? Worum geht es hier denn eigentlich?«

Als er ihr nicht antwortete, seufzte sie.

»Ich habe meine und Martins Jacke von der Garderobe im Flur gegriffen und bin mit ihm zusammen losgegangen. Die Freifrau hat uns zuvor noch einige unangenehme Drohungen an den Kopf geworfen, aber ich denke, das war nur heiße Luft.«

»Was für Drohungen?«

»Na ja, dass sie ihre Anwälte einschalten würde, dass sie uns verbieten würde, das Schloss oder das Gelände ringsherum zu betreten. Sie droht schon lange damit, die Waldwege nach Pfuhlhagen sperren zu lassen, damit wir aus *ihrem* Wald rausbleiben. Aber da ist sie im Irrtum. Es gibt ein jahrhundertaltes Wegerecht.«

»Um welche Wege geht es?«

»Es gibt ja eigentlich nur die eine Straße, die ins Dorf führt, am Gutshaus vorbei. Über diese Straße sind Sie ja wahrscheinlich gekommen?«

»Ja, wahrscheinlich.«

»Aber es gibt noch einige alte Wald- und Kolonnenwege. Die meisten der Dorfbewohner nutzen diese, wenn sie mit dem Rad oder manchmal auch mit dem Auto zur Bundesstraße wollen. Es ist ein riesiger Umweg, immer am Schloss vorbeizufahren. Das regt die Freifrau wahnsinnig auf, also dass wir einfaches Volk über ihre Wege fahren. Dabei ist sie im Unrecht. Und vor allem ist sie gar nicht so adelig, wie sie immer tut. Ihr Mädchenname ist Heuer, und ihr Vater hat einen Schrotthandel irgendwo bei Hannover. Nichts mit Adel.«

»Sie sind also losgegangen. Um wie viel Uhr war das?«

»Es muss etwa halb zehn gewesen sein.«

»Haben Sie irgendetwas Ungewöhnliches bemerkt?«

»Wieso fragen Sie das denn? Ist etwas passiert? Hat die Freifrau uns angezeigt? Oder hat sie irgendwelche Lügen verbreitet?«

Zander konzentrierte sich bei seinen nächsten Worten auf Dietlind Röges Gesicht.

»Imken Wegener, die Sängerin, ist heute Morgen tot am Bach hinter dem Schloss aufgefunden worden.«

Er sah die Verwirrung, die sich auf Dietlind Röges Gesicht abzeichnete.

»Tot? Ein Unfall?«

»Nein.«

»Nein? Aber dann ...«

»Sie ist ermordet worden.«

14

Zander beobachtete den hageren Mann, der vor ihm stand. Diesmal würde er sich wahrscheinlich und zum Glück nicht auf den Boden setzen müssen, denn Martin Vogels kleines Haus, das fast baugleich mit dem der Röge war, bot eine mehr als ausreichende Menge Möbel. Genauer gesagt gab es kaum einen freien Fleck, der nicht mit großen, schweren Schränken, Regalen, Sesseln und dunklen Holzstühlen bedeckt war. Allesamt Dinge, die von ihren Ausmessungen zu groß für diese Unterkunft waren. Das Ganze wirkte auf Zander, als ob das Haus kontinuierlich schrumpfte, sich um den Bewohner und die Besucher zusammenzöge. Zander war froh, dass seine Kollegin bei Dietlind Röge geblieben war, um deren Aussage aufzunehmen. Denn in diesem Haus gab es einfach keinen Platz mehr für eine weitere Person.

Vogel selbst stakste zwischen den Möbeln wie ein grauer Reiher seltsam verwirrt umher, bis er sich schließlich an die Ecke eines Bücherregals lehnte.

»Erbstücke. Es ist schwer, sich von den Dingen zu trennen.«

Vogel seufzte und räumte eifrig unachtsam nach dem Lesen zusammengelegte Zeitungen, Bücher, Broschüren und in einer kleinen und schief gestellten Handschrift gefüllte Blätter Papier zur Seite. Er stellte eilig einige benutzte Tassen und Teller in die schon volle Spüle, sah sich hilflos um und sank dann selbst auf einen der Stühle. Er setzte sich jedoch nicht in die Mitte der Sitzfläche, sondern belegte nur die linke Hälfte des Stuhles, was Zander merkwürdig vorkam und den leichten Schwindel, den er seit Betreten des Hauses gespürt hatte, noch verstärkte. Er unterdrückte ein wütendes Schnauben.

Konnte denn keiner dieser Leute einfach ein ganz normales Haus haben? Vogel schien sein Unbehagen bemerkt zu haben, er errötete leicht und begann, sich wortreich zu entschuldigen.

»Entschuldigen Sie die Unordnung – ich muss mich erst einmal daran gewöhnen, allein für alles zuständig zu sein. Auf meiner alten Dienststelle hatte ich eine Haushaltshilfe, die sich um alles kümmerte. Ein Segen für mich! Ich war schon immer eher auf der Seite des kreativen Chaos, wissen Sie? Und nun, hier auf dem Dorf, ich habe ja schon überlegt, ob ich jemanden anstelle, aber ich befürchte, dass niemand hier sonderlich verschwiegen wäre, was meine Privatsphäre angeht. So ein Dorf wie Pfuhlhagen lebt ja vom Klatsch und ...«

Am Ende des Raumes konnte Zander zwei Fotokopierer und eine schweres Gerät mit zwei Walzen und einer Handkurbel sehen. Eine alte Druckerpresse? Er konzentrierte sich auf Vogels Gesicht.

»Und wo war das?«

»Was? Ach so, wo ich herkomme? Ich komme aus Berlin. Tempelhof. Ich habe dort fünfunddreißig Jahre als Gefängnisseelsorger gearbeitet.«

Zander, der um Gefängnisse immer einen weiten Bogen gemacht hatte, war erstaunt. Pastor Martin Vogel sah mit seinen langen grauen, zu einem Zopf gebundenen Haaren, der runden Brille und dem bunten T-Shirt mit dem Bild eines Delfins nicht wie jemand aus, der sich als Arbeitsplatz ein Gefängnis aussuchte. Wobei ...

Er sah sich die Zeitungen genauer an und machte sich innerlich eine Notiz, den Hintergrund des guten Pastors genauer unter die Lupe zu nehmen.

»Sie wissen, warum wir da sind?«

»O ja. Dietlind hat mich gerade angerufen – schrecklich. Das arme Mädchen!«

Zander hätte erwartet, dass der Mann vor ihm nun den Kopf senken, sich bekreuzigen oder sonst irgendetwas von den Sachen machen würde, die Priester immer in Filmen taten. Er selbst hatte in seinem Leben kaum Kontakt zur Kirche gehabt. In der hessischen Kleinstadt, in der er aufgewachsen war, hatte er zwar einen kirchlichen Kindergarten besucht, die Geschichte von Jona und dem Wal hatte ihn schwer beeindruckt, aber seine Mutter war nie mit ihm in die Kirche gegangen, und er hatte auch später nie Interesse gezeigt.

Das Gesicht des Geistlichen, über das kurz ein Ausdruck von Mitgefühl gehuscht war, zeigte nun schon wieder Neugier. Und vielleicht noch etwas anderes?

Zander musterte den Mann vor ihm und begriff, dass hinter Vogels Neugier noch etwas lauerte: Wut. Und nicht nur Wut allein, sondern auch eine Form von Entschlossenheit. Eine gefährliche Verbindung. Zander hatte im Laufe seines Lebens gelernt, solche Dinge zu spüren.

Martin Vogel war unter seiner harmlos lächelnden Maske ein wütender und entschlossener Mensch.

»Woher wussten Sie, welche Lieder Frau Wegener gestern singen wollte?«

Vogel nahm die Brille ab und rieb die Brillengläser mithilfe seines T-Shirts sauber.

Zander lächelte. Seine Frage schien Vogel nervös zu machen.

»Woher Sie wussten, was die Sängerin bei ihrem Auftritt

singen würde?«, wiederholte er seine Frage. »Es gab kein Programmheft, in der Ankündigung war nur von einem Liederabend die Rede.«

»Nun ...« Umständlich setzte der Pastor in Rente seine Brille wieder auf. »Ich wusste es, weil mich jemand aus der Musikhochschule angerufen hat.«

»Jemand?«

»Einer der Studenten, der mich von einem Vortrag her kannte.«

»Der Name des Studenten?«

»Muss das sein? Ich möchte nicht, dass jemand deswegen Ärger bekommt. Wissen Sie, es gibt viele Menschen, die lieber den Kopf in den Sand stecken, als den Mund aufzumachen.«

Da war die Wut, diesmal deutlicher zu spüren. Treffer.

»Der Name?«

»Das ist vertraulich.«

Zander sah auf, und nun war es an ihm, seiner Stimme eine ausreichende Schärfe zu verleihen.

»Es geht um Mord, Herr Vogel.«

Der Pastor stand auf und holte sich ein Glas aus einem der Schränke, füllte es am Wasserhahn auf und trank es mit einigen hektischen Schlucken aus.

»Ich will, dass das vertraulich bleibt. Der Junge könnte Ärger bekommen.«

Zander spürte, wie Vogels Blick auf der Suche nach Zustimmung oder Unterstützung über sein Gesicht wanderte.

»Er heißt Bastian Schneider und studiert Klavier und Komposition.«

»Woher kennen Sie ihn?«

»Wir haben uns bei einem Vortrag in Rostock kennengelernt.«

»Was für ein Vortrag war das?«

»Ich weiß das genaue Thema nicht mehr. Es ging um die Rolle Amerikas in Deutschland.«

»Und warum genau rief dieser Bastian Schneider Sie an?«

»Er rief mich an, weil er sich erinnerte, dass ich neben Schloss Bucheneck wohne. Er hatte gehört, wie Imken Wegener in der Hochschule das Lied mit dem unseligen Text von Agnes Liebherr probte, und war zu Recht entrüstet. Agnes Liebherr war eine glühende Verehrerin Adolf Hitlers, Antisemitin und hat für ihn Gedichte geschrieben, in denen sie die völkische Ideologie verherrlichte und verbreitete. Und nach dem Krieg, nachdem viele ihrer Freunde Deutschland verlassen hatten, ins Exil gegangen oder bestialisch in den KZs ermordet worden waren, durfte sie nach einer halbherzigen Entschuldigung einfach weiterschreiben. Und sie war wirklich nicht die Einzige. Bei so vielen Künstlern haben die Deutschen einfach vergessen, dass sie stramme Nazis waren! Eines ihrer Gedichte stand sogar in einem Schulbuch! Ohne Erklärung, ohne Kommentar, als wäre nichts gewesen. Agnes Liebherr war eine überzeugte Nationalsozialistin, und wie das Gedicht, das da gestern Abend von dieser dummen Frau vorgetragen werden sollte, deutlich zeigt, eine Antisemitin, wie sie im Buche steht ...«

Vogel hatte sich in Rage geredet und war immer lauter geworden.

»Bastian hat mir erzählt, dass er selbst Imken Wegener darauf angesprochen und ihr erklärt habe, warum es falsch sei, dieses Gedicht vorzutragen. Und wissen Sie, was ihre Reaktion war?«

Zander schüttelte den Kopf.

»Sie hat ihn ausgelacht und ihm gesagt, er solle sich nicht in die Hose machen. Dass Agnes Liebherr eine hervorragende Dichterin gewesen sei und sein Angriff typisch für die linken Versuche, die Überlegenheit deutscher Kultur in den Schmutz zu ziehen.«

Vogel hatte die letzten Wörter mit stetig wachsender Erregung ausgesprochen.

»Da war ihm klar, dass sie wusste, was sie tat. Wer so etwas sagt und ...«

Er verstummte abrupt und sammelte sich.

»Bastian wollte etwas gegen den Auftritt unternehmen, aber er wusste, dass die Wegener einige Unterstützer an der Uni hat und dass auch einige der Lehrenden sie fördern. Also erzählte er mir davon, und ich versprach ihm ...«

»Was versprachen Sie ihm?«

»Ich versprach ihm, dass ich nicht zulassen würde, dass das Lied vorgetragen werden würde! Dazu stehe ich, und dazu werde ich immer stehen.«

Martin Vogel starrte ihn trotzig an.

»Ich erzählte Dietlind davon. Wir besorgten uns die Trillerpfeifen und warteten, bis sie die erste Zeile gesungen hatte. Wir sind aufgestanden, haben gepfiffen und die Flugblätter verteilt.«

»Sie und Dietlind Röge haben beide gepfiffen?«

»Ja, klar. Die Pfeifen waren doch ihre Idee. Ich wollte ursprünglich einfach nur die Flugblätter verteilen.«

»Und dann wurde abgebrochen?«

»Ja. Die Sängerin tobte und schimpfte – und da sie sowohl mich als auch Dietlind als linke Schweine betitelte, müssen wir uns wohl keine Illusionen darüber machen, ob sie wusste, was sie da tat. Die Freifrau war entrüstet, wobei ich ihr zugutehalten muss, dass sie sichtlich keine Ahnung hatte, worum es bei der Sache eigentlich ging. Chris Christiansen war rot wie eine Tomate vor Wut und lief der Sängerin hinterher ...«

»Er lief ihr nach?«

»Ja.«

»Was haben Sie gemacht, nachdem das Konzert dann abgebrochen wurde?«

»Die Sängerin hatte den Saal verlassen und viele der Gäste auch schon. Dietlind stand der Freifrau gegenüber. Die beiden brüllten sich an. Ich hatte schon Sorge, dass es zu Handgreiflichkeiten kommen würde, aber Lotte Hansen ging dann dazwischen und schaffte es, sie zu beruhigen. Lotte hat so eine Wirkung auf Menschen.«

Da Zander am Morgen selbst schon mit Lotte Hansen gesprochen hatte, schenkte er Vogel in dieser Sache Glauben.

»Ich habe Dietlind dann am Arm genommen und habe sie aus dem Schloss gebracht. Wir sind an der Straße entlang nach Hause gegangen.«

»Nicht durch den Wald?«

»Nein. Nicht in der Dunkelheit. Ich sehe nicht so gut im Dunkeln, und außerdem sind gerade ziemlich viele Wildschweine mit ihren Frischlingen unterwegs. Ich bin lieber auf der Straße geblieben.«

»Haben Sie, als Sie das Schloss verlassen haben, noch jemanden gesehen?«

Martin Vogel schüttelte den Kopf.

»Nein, ich habe niemanden gesehen. Aber kurz hinter dem Schloss, an der kleinen Brücke über den Bach, habe ich etwas gehört. Jemand hat gepfiffen, Vogelstimmen nachgemacht. Das war sicher Hannes, der Mann von Lotte. Er pfeift immer so, wenn er durch den Wald geht. Aber der wird Ihnen nicht helfen können. Er weiß leider die meiste Zeit nicht mal genau, wo er ist. Demenz.«

15

Selin legte auf und steckte das Handy zurück in ihre Tasche. Dann lächelte sie den Mann vor ihr an. Es war verrückt, jemandem gegenüberzusitzen, den man eigentlich das erste Mal sah, dessen Gesicht und dessen Stimme einem aber vertraut waren wie die eines guten Freundes. Chris Christiansens Karriere hatte in den späten siebziger Jahren als Schlagersänger begonnen, dann hatte er in mehreren eher mittelmäßigen Fernsehfilmen mitgewirkt. Bis schließlich die Welle der Arztserien aus Amerika nach Deutschland geschwappt und eine Produktionsfirma auf die Idee gekommen war, die Rolle des Dr. Himmel in der neuen Vorabendserie »Dem Himmel sei Dank« mit ihm zu besetzen. Dreizehn Jahre lang war Chris Christiansen dann auf dem Bildschirm zu sehen gewesen. Auch Selin hatte gemeinsam mit ihrer Mutter jeden Samstagabend um halb acht vor dem Fernseher gesessen und mitgelitten, wie Dr. Himmel, als aufstrebender Chirurg in Amerika arbeitend, durch den Unfall seines Vaters gezwungen war, in die mitteldeutsche Kleinstadt seiner Kindheit zurückzukehren und dort dessen Praxis als Hausarzt übergangsweise zu übernehmen. Natürlich blieb er länger als geplant, verliebte sich, rettete unzählige Leben, stritt sich mit seiner resoluten Sprechstundenhilfe, erlitt Schicksalsschläge und fuhr schließlich in einer letzten Folge mit sensationellen Einschaltquoten mit der richtigen Frau in den Hafen der Ehe ein.

Jahre warteten die Zuschauer dann auf ein Comeback, eine Fortsetzung, ein Lebenszeichen von Dr. Himmel. Aber nichts geschah, und daher war Chris Christiansen nach und nach aus der ersten Reihe der deutschen Stars in die zweite zurückgerückt. Die Hochzeit mit seiner um einiges jüngeren Frau Susanne, von der eine große Illustrierte glänzende Fotos zeigte, erhöhte dann noch einmal die Aufmerksamkeit.

Dann zog sich Chris Christiansen weiter zurück, und seine Frau eroberte als verlässliche Lieferantin von Schlagzeilen die bunten Blätter.

Und nun saß er vor ihr. Es war wirklich schwer, ihn nicht mit Doktor Himmel anzusprechen.

»Entschuldigen Sie die Unterbrechung, Herr Christiansen.«

»Sagen Sie doch einfach Chris zu mir.«

Selin würde einen Teufel tun und »einfach Chris« zu ihm sagen. Sie hatte seine Blicke bemerkt, die zunächst ihr Gesicht und dann den Rest ihres Körpers abgescannt hatten.

»Woher genau kannten Sie Frau Wegener eigentlich, Herr Christiansen?«

Er sah sie an, wahrscheinlich um abzuschätzen, ob sie mit ihm flirtete. Sie konnte den Moment, in dem er erkannte und akzeptierte, dass sie nichts dergleichen im Sinn hatte, gut erkennen. Seine Körperhaltung änderte sich, er entspannte seine Schultern, und seine Stimme wurde um eine Nuance höher. Erstaunt dachte sie, dass er anscheinend ganz erleichtert war, seiner Rolle als Schwerenöter zu entkommen. Sie lächelte über sich selbst. Schwerenöter, was für ein altmodisches Wort, aber auf ihn passte es.

»Das Katharinenstift ist ja, wie Sie sicherlich wissen, seit einigen Jahren Sitz der Hochschule für Musik. Die Freifrau hat mich bei meinem Einzug gefragt, ob ich sie mit dem Hintergrund meiner eigenen künstlerischen Arbeit und meiner Erfahrung dabei unterstützen würde, geeignete Künstler für die Soireen hier im Schloss zu finden. Ich habe ihr da gerne geholfen, man hat ja so seine Kontakte. Und da es in der Halle von Bucheneck den herrlichen Flügel gibt, lag es nahe, insbesondere nach jungen Musikern zu suchen, die die Chance auf einen Auftritt vor einem kleinen, aber feinen Publikum zu schätzen wissen. Daher habe ich Kontakte zur Hochschule geknüpft. Frau Professor Marquart lädt mich daher regelmäßig zu den Konzerten ihrer Schüler ein. Dort habe ich Frau Wegener gehört und war von ihrem Talent sehr begeistert. Sie ist ... sie war ...«

Chris Christiansen hatte bis zu diesem Moment flüssig und klar gesprochen, als hätte er das, was er ihr sagte, vorher geprobt. Nun stolperte er das erste Mal und musste neu ansetzen.

»Sie war natürlich noch ganz am Anfang ihrer Karriere, aber ihr Talent war deutlich zu erkennen. Was für eine Tragödie!«

Für Selin hatte ein Mord selten etwas Tragisches. Vielmehr machte sie es wütend, wenn ein Mensch mit einer einzigen Handlung die Zukunft eines anderen auslöschte. Aber ihr Gegenüber schien keine Wut zu empfinden. Trauer vielleicht auch nicht. Eher so etwas wie ... Resignation? Müdigkeit? Sie war sich nicht sicher.

»Und dann haben Sie Frau Wegener gefragt, ob sie hier auftreten würde?«

»O nein. Also ich muss natürlich immer erst Rücksprache mit der Freifrau halten. Doch diesmal wurde ich von der Künstlerin selbst gefragt. Frau Wegener kannte Schloss Bucheneck wohl. Unsere Abende hier haben sich einen sehr guten Ruf erworben, und viele junge Künstler freuen sich, bei uns auftreten zu dürfen. Es ist mir und der Freifrau ein großes Anliegen, den Nachwuchs zu fördern und ...«

»Wie gut kannten Sie Imken?«

Selin unterbrach ihn mit voller Absicht. Sie hatte über die Jahre herausgefunden, dass es eine bestimmte Art von Männern ganz schön aus dem Tritt brachte, von einer Frau, am besten noch von einer jüngeren Frau unterbrochen zu werden. Und es war gut, wenn Zeugen aus dem Tritt kamen und ihre oft schon vorher im Kopf formulierten Antworten durcheinandergebracht wurden. Auch Chris Christiansen sah sie jetzt mit einer Mischung aus Verärgerung und Erstaunen an. Anscheinend war er es grundsätzlich nicht sehr gewohnt, unterbrochen zu werden. Sie war gespannt auf seine Antwort und fragte sich, ob ihm der Umstand, dass sie nur den Vornamen des Opfers gebraucht hatte, auffallen würde.

»Wie bitte?«

»Kannten Sie und Imken sich vorher?«

Selin registrierte, wie sich seine Kiefermuskeln kurz anspannten und er eine kleine Bewegung mit dem Kopf machte, als wollte er über seine Schulter schauen.

»Imken? Sie meinten Frau Wegener?«

Selin nickte. Es war einen Versuch wert gewesen, aber der Mann vor ihr war auf der Hut – oder schlicht ehrlich. Sie hatte das unbestimmte Gefühl, dass sie sich bei der Befragung eines Schauspielers besser nicht auf ihr normalerweise ziemlich gutes Bauchgefühl verlassen sollte. Schauspieler hatten gelernt, Gefühle hervorzurufen und in eine Rolle zu schlüpfen. Sie beschloss, Chris Christiansen gegenüber sehr vorsichtig zu sein.

»Ich habe Frau Wegener an dem Abend im Katharinenstift kennengelernt.«

»Haben Sie nach dem Abend in Rostock noch Kontakt mir ihr gehabt?«

»Nein, natürlich nicht.«

Sein Gesicht verzog sich missbilligend. Ganz der Chefarzt, der eine der Schwestern tadelte.

»Frau Wegener und ich haben nur per Mail kommuniziert. Und da die Freifrau die finanzielle Seite der Auftritte übernimmt, habe ich sie auch in jeder Mail in Kopie gesetzt.«

Aus irgendeinem Grund glaubte Selin ihm in diesem Moment erstaunlicherweise. Er spielte die Rolle des charmanten und potenten älteren Mannes perfekt. Er war auf jeden Fall ein guter Schauspieler. Selin musste an Sean Connery denken, an eine allerdings provinzielle Version von Sean Connery, aber immerhin. Von dem hatte sie vor Jahren ein Foto in einer Zeitung gesehen, beziehungsweise von seinen Beinen, die mit Krampfadern überzogen gewesen waren. Merkwürdigerweise hatte sie das Bild damals nicht abgestoßen, sondern eher angezogen. Auch Chris Christiansen hatte bei genauerem Hinsehen einiges an Menschlichkeit zu bieten. Selin merkte, wie hinter den weich gezeichneten Zügen eines Dr. Himmel ein Mensch entstand. Dessen Hände mit ersten Altersflecken überzogen waren. Dessen Fingernägel nicht glatt poliert, sondern rillig und leicht uneben waren. Dessen graue Haare nicht mehr ganz so dicht und glänzend lagen, wie sie es auf den Bildern in der Presse taten.

Sie sah ihm in die Augen und merkte, wie er sich unter ihrem Blick kurz anspannte. Sie dachte an die Information, die Zander ihr soeben mitgeteilt hatte. Aber das würde sie sich noch aufsparen.

»Sie leben hier mit Ihrer Frau?«

»Ja.«

Der wortgewandte Gastgeber wurde plötzlich sehr einsilbig.

»Meine Frau war gestern hier in der Wohnung und hat daher nichts von der Sache mitbekommen.«
»Kann ich kurz mit ihr sprechen?«
»Nein.«
»Nein?«
»Der Gesundheitszustand meiner Frau ist nicht gut, und sie schläft gerade. Wir sind hierhergezogen, damit sie ...«
Wieder die Anspannung der Kiefermuskeln, wieder der Impuls, über die Schulter zu blicken.
»... damit sie Ruhe und Frieden findet.«
Selin sah ihn nachdenklich an.
»Und sie war wie gesagt gestern den ganzen Abend hier im Apartment, sie verlässt es nur äußerst selten. Sie wird Ihnen also rein gar nichts sagen können.«
Warum die Menschen sich so wenig unter Kontrolle hatten, dass sie eine Lüge oder zumindest eine Ausrede immer doppelt und dreifach bekräftigen mussten, war Selin ein Rätsel. Aber es war immens hilfreich. Was auch immer mit Chris Christiansens Frau war, Selin interessierte sich nun brennend dafür.
»Trotzdem würde ich sie gerne sprechen.«
»Wie gesagt, meine Frau schläft gerade, und ich werde sie nicht wecken.«
»Wir ermitteln in einem Mordfall.«
»Ich weiß. Aber Sanne war weder auf der Veranstaltung, noch hat sie gestern die Wohnung verlassen. Und gerade schläft sie. Daher geht es gerade leider nicht.«
Selin sah ihn abwägend an, nickte dann jedoch.
»Dann werde ich sie später befragen.«
Bevor Chris Christiansen, zwischen dessen Augen eine kleine Falte aufgetaucht war, etwas sagen konnte, sprach Selin schnell weiter.

»Erzählen Sie mir, was an dem Abend geschah.«

Selin hörte ihm aufmerksam zu und machte sich einige Notizen. Er wurde wieder ruhiger, schilderte den Moment, als Martin Vogel und Dietlind Röge die Trillerpfeifen hervorholten, und endete damit, dass die Sängerin das Schloss verließ.

»Die Freifrau und ich waren wirklich wie vor den Kopf geschlagen. Ich meine, wer kann denn ahnen, dass so etwas passiert? Hier auf Bucheneck. Ich weiß, dass wir uns bei den Gästen entschuldigten, die Freifrau war sehr wütend, das war ja auch nur verständlich, aber sie hatte die Geistesgegenwart, den anwesenden Reporter beiseitezunehmen. Ich denke, sie wollte mit ihm sprechen und versuchen, die Sache nicht unnötig aufzubauschen.«

Selin notierte, dass jemand dringend mit dem Reporter sprechen musste.

»Hatte sie Erfolg?«

»Ich weiß es nicht. Sie kann aber sehr überzeugend sein. Und der junge Mann schreibt eher nebenbei für die lokalen Zeitungen – eigentlich ist er Schriftsteller und hofft, auch einmal bei uns eingeladen zu werden.«

»Sie hat ihn bestochen?«

»Was? Oh, ich war nicht dabei. Aber ich denke, die Freifrau wird vielleicht gute Argumente der ein oder anderen Art dafür gehabt haben, dass er den Vorfall in seinem Artikel nicht erwähnt. Heute Morgen war zumindest nichts in der Zeitung zu finden – wobei sich das jetzt natürlich ändern wird, nicht wahr?«

»Ja, vermutlich.«

»Das habe ich befürchtet.«

Der alte Schauspieler sah ehrlich besorgt aus.

»Auch wenn ich nicht mehr unbedingt für eine Titelge-

schichte tauge, außer ich sterbe vielleicht oder schaffe es, mich zu einem kompletten Narren zu machen, liefere ich immer noch eine ganz gute Geschichte. Und mit dem Mord ...«
Selin lächelte. Chris Christiansen konnte also doch über sich selbst lachen.
Aber da war ja noch der Anruf von Zander.
»Als die Sängerin die Halle verlassen hat, sind Sie also bei der Freifrau geblieben?«
Kurzes Zögern. Er schätzte seine Chancen, zu bluffen, wie ein Pokerspieler ab.
»Nein. Ich bin Frau Wegener hinterhergegangen. Ich wollte mich vergewissern, dass es ihr gut ging.«
Selin meinte nun, Trotz in seiner Stimme zu hören.
»Was ist dann passiert?«
»Frau Wegener ist zu ihrem Auto gestürmt, und als ich sie eingeholt hatte, stand sie da und tobte – sie hatte zwei platte Reifen.«
»Und weiter?«
»Die junge Frau war wirklich sehr wütend. Und angesichts der Ereignisse zuvor ist sie nicht davon ausgegangen, dass das ein Unfall war. Ich auch nicht. Ich meine, ein Reifen wäre vielleicht einfach großes Pech. Aber zwei Reifen? Ich hätte nur nicht gedacht, dass der Vogel so weit gehen würde.«
»Sie verdächtigen also Martin Vogel, die Reifen zerstochen zu haben?«
»Ja, das liegt doch auf der Hand, oder?«
Was auf jeden Fall auf der Hand lag, war die Abneigung Christiansens gegen Vogel.
»Und dann?«
»Ich bot Frau Wegener an, die Polizei zu rufen, aber sie wollte das nicht. Sie lachte sogar und sagte, sie habe schon je-

mandem angerufen, der sie abholen werde. Sie bat mich, wieder ins Schloss zu gehen.«

»Und das haben Sie dann gemacht?«

»Nun ja, die junge Dame hatte Temperament. Sagen wir mal so: Vor die Wahl gestellt, mich beschimpfen zu lassen oder meine eigene Wut an Vogel auszulassen, entschied ich mich, zu gehen. Aber als ich wieder im Schloss war, waren Vogel und diese Röge schlauerweise schon gegangen. Bis auf die Freifrau waren eigentlich alle schon verschwunden.«

Er sah sie Hilfe suchend an und senkte seine Stimme.

»Ich frage mich die ganze Zeit, ob ich schuld bin.«

»Wie kommen Sie darauf?«

»Na ja, wenn ich bei Frau Wegener geblieben wäre, bis sie sicher abgeholt worden wäre ...«

Selin schüttelte den Kopf.

»Wir wissen noch nicht, was passiert ist.«

»Ja, natürlich. Aber trotzdem ... bin ich jetzt hier, und die junge Frau dort unten ist tot.«

Doch diesmal nahm sie ihm die Trauer in seiner Stimme nicht ab.

Selin war froh, als sie die Tür hinter sich ins Schloss fallen hörte. Nachdenklich ging sie den ersten Absatz der großen dunklen Holztreppe hinunter und blieb dann an einem der Fenster mit Blick auf den Park, den Bach und den dahinterliegenden Wald stehen. Das Zelt über dem Fundort der Leiche leuchtete weiß und fremd in der ansonsten grünen Umgebung. Ohne es würde sich ihr wohl fast das gleiche Bild bieten, das ein Besucher des Schlosses vor über hundertzwanzig Jahren gesehen hätte. Abgewandt von der Straße und dem Rest der Welt. Rasen, Büsche und Mauern, die dann fließend in den Wald übergingen. Sie merkte, wie eine Welle der Müdigkeit sich über sie legte wie eine schwere Decke. Sie hatte die letzten Wochen einfach zu wenig geschlafen, hatte auf der Matratze in ihrer neuen Wohnung gelegen und gegrübelt. Sie bräuchte einen Kaffee und dringend etwas zu essen.

Chris Christiansen zu verhören, war eine zähe Angelegenheit gewesen. Keine seiner Antworten war mit einem stärkeren Gefühl hinterlegt gewesen, sein Körper hatte die ganze Zeit eine konzentrierte Spannung gezeigt, die erstaunlich gleichbleibend und ohne aufschlussreiche Schwankungen angehalten hatte. Selin fluchte leise. Wenn ihr Gegenüber sowohl seine Stimmmodulation als auch seinen Körper so unter Kontrolle hatte, war seine Aussage wenig wert. Sie hatte zwar seine Antworten, konnte sie darauf überprüfen, ob sie faktisch stimmten, aber sie konnte nicht wie gewohnt an dem Punkt weiterbohren, an dem ihr Gegenüber die größte Anspannung gezeigt hatte. Die eine Ausnahme bildete dabei nur seine kurze Erregung, als es um seine Frau ging. Sein Nein war begleitet gewesen von Anspannung, Angst und Wut. Anspannung und Angst konnte Selin verstehen. Sie gingen Hand in Hand, und wenn Dr. Himmel, nein, Chris Christiansen seine Frau beschützen wollte, war das nur verständlich. Was allerdings nicht passte, war die deutliche Wut, die sie in seinen Augen gesehen hatte. Wut nicht auf sie, sondern Wut auf seine Frau.

Selin setzte sich auf die breite Fensterbank und schaute hinaus. Um Sanne Christiansen befragen zu können, würde sie wahrscheinlich eine offizielle Vorladung brauchen, Die sie nicht so einfach bekommen würde. Ihr fehlten die Kontakte, sie musste sich erst einmal beweisen, bevor sie solche Dinge einfordern konnte. Sie musste in den nächsten Monaten dafür sorgen, bei den richtigen Leuten einen Vertrauensvorschuss zu bekommen. Sollte sie Zander fragen? Ihr Blick wanderte wieder in Richtung Wald. Eine Bewegung hatte ihre Aufmerksamkeit auf sich gelenkt. Jemand ging über den Rasen in Richtung der provisorischen Absperrung aus Flatterband, die vor jeden der Waldwege gespannt war. Die Schüler und Kollegen durchkämmten das Gelände weiterhin nach dem fehlenden Schuh und nach der Tatwaffe, die benutzt worden war, um diese fürchterlichen Verletzungen hervorzurufen. Solange sie suchten, waren alle Wege in den Wald gesperrt.

Am Flatterband angekommen drückte die Gestalt, ohne zu zögern, mit dem Fuß das Absperrband herunter, um dann darüber zu steigen und in gemächlichem Tempo im Wald zu verschwinden. Selin stand auf. Der Kaffee musste noch etwas warten.

16

Daher weiß ich nicht, was ich tun soll. Du weißt, dass dein Vater nie jemandem etwas zuleide tun würde. Ich meine, er hat ja noch nicht mal selbst einem seiner Hühner den Hals umdrehen können. Wenn es nach ihm gegangen wäre, hätte das gesamte Federvieh an Altersschwäche sterben sollen. Das musste ich dann immer tun, und er hat sich mit aufgedrehtem Radio in seine Werkstatt verzogen, um auch ja nichts zu hören.«

Lotte schüttelte den Kopf. Es war nicht so, dass sie es gern getan hatte, wirklich nicht. Aber wer ein Huhn essen wollte, musste in ihren Augen auch ein Huhn töten können. Die Augen zu verschließen, andere die Arbeit machen zu lassen und das Fleisch dann steril abgepackt im Supermarkt zu kaufen, war feige.

»Du bist da ganz wie er, oder? Ich weiß noch, wie du mit zwölf Jahren zu mir ins Büro gekommen bist und mir feierlich erklärt hat, dass du keine toten Tiere mehr essen würdest. Du hast es wirklich durchgehalten, oder? Ich habe dich seither nie ein Fleisch essen sehen – und dabei war ich dir wahrlich keine große Hilfe oder Unterstützung. Wie viele dumme Sprüche du einstecken musstest! Ich hätte dich wirklich unterstützen sollen, es tut mir leid.«

Sie schluckte und atmete tief aus. Sie hatte sich geschworen, an diesem Ort nicht zu weinen.

»Aber als du dann immer größer und kräftiger geworden bist in den Jahren danach, da waren sie still.«

Lotte schwieg. Die Kinder im Dorf hatten Joost irgendwann in Ruhe gelassen. Aber die Erwachsenen hatten nicht geschwiegen, hatten sie nicht in Ruhe gelassen und Hannes auch nicht. Hinter vorgehaltener Hand hatte das halbe Dorf getuschelt und auf das ungleiche Vater-Sohn-Paar gezeigt. Lotte war damals lange Zeit nicht schwanger geworden, und als Joost dann wie ein Wunder noch seinen Weg zu ihnen gefunden hatte, ging das Gerede los. Ein Kuckuckskind, sagten die Leute damals. Der groß gewachsene dunkle Joost könne niemals ein Kind des kleinen Hannes mit seinem hellblonden Schopf sein. Lotte wurde jetzt noch wütend, wenn sie an das Getuschel dachte.

»Auf jeden Fall ist das ganze Gelände jetzt voller Polizisten, die was weiß ich etwas suchen und lauter Fragen stellen, und stell dir vor, sogar der Professor und Ute sind plötzlich ganz wild darauf, ihre Nase da mit reinzustecken. Was wirklich eine ganz, ganz dumme Idee ist.«

Lotte seufzte. Es hatte ihr weh getan, ihre Freunde so abzuweisen. »Die beiden sind nämlich um einiges zu schlau. Die merken doch mir nichts, dir nichts, dass ich etwas zu verbergen habe. Bei den Polizisten bin ich mir nicht sicher, wie schlau sie sind. Der von heute Morgen, Zander hieß er, wie der Fisch, ist ein hübscher Kerl, aber einer, der das auch weiß, so wie damals der Timo in deiner Klasse, der auch immer seine Haare so zurückstrich, und dann war er später so schnell mit der Jüngsten der Beckers verheiratet, und sein ganzer Charme war über Nacht verschwunden. Die Kerstin, die war gar nicht glücklich damit. Ich dachte immer, sie würde gut zu dir gepasst haben, aber du wolltest ja noch eine ganze Zeit ungebunden sein. Ich habe das verstanden, auch wenn es deinen Vater regelmäßig zur Weißglut gebracht hat, dass du einfach nicht häuslich werden wolltest. Dabei war er nur neidisch. Immerhin hatte er nie so etwas wie eine wilde Jugend. Dafür sind wir uns zu früh über den Weg gelaufen. Und wenn man den Richtigen findet, dann ist es egal, wie alt man ist. Das habe ich ihm auch gesagt, und dass du schon eines Tages jemanden mit nach Hause bringen würdest. Ich hätte schon gewusst, wenn es die Richtige gewesen wäre. An deinem Blick.«

Lotte zog die dünne Strickjacke fester um ihre Schultern. Ohne die Sonne war es im Halbschatten des Buchenwaldes noch kühl.

»Ich kann spüren, wie du die Augen verdrehst, weil ich den Faden verloren habe. Habe ich aber nicht. Ich wollte dir nur erzählen, dass der junge Polizist vielleicht kein Problem ist.

Wer von sich selbst so überzeugt ist, ist meistens eher blind für die Dinge, die um ihn herum geschehen. Aber dumm schien er mir auch nicht. Leider.«

Lotte merkte, dass sich Besorgnis in ihre Stimme geschlichen hatte, und räusperte sich.

»Die Frau, die später dazugekommen ist, muss die Chefin sein. Ich habe sie noch nicht kennengelernt, aber sicherlich wird sie noch zu mir kommen. Ich hoffe, sie sind alle einfach schnell wieder weg. Um die junge Frau tut es mir schrecklich leid. Und du weißt, ich würde normalerweise alles versuchen, um den Schuldigen zu finden. Was für eine fürchterliche Tat! Und ja, ich weiß, dass ich mich schuldig mache an ihr und an allen durch das, was ich getan habe. Aber du verstehst mich, oder? Ich muss doch einfach auf deinen Vater aufpassen!«

Lotte schwieg und legte vorsichtig eine Hand auf den dicken Stamm der Buche. Der Baum vor ihr war sicherlich schon älter als sie selbst und stand, seiner Größe und der Würde angemessen, etwas vereinzelt neben dem schmalen Pfad. Unter seiner dichten Krone hatten es bisher keine jüngeren Bäume geschafft, Wurzeln zu fassen, und das würde auch noch einige Jahre so bleiben. Lotte wusste, dass auch irgendwann dieser große Baum fallen würde, vielleicht durch einen Blitzschlag, vielleicht durch einen Sturm, vielleicht aber auch langsam und zögerlich, indem er aus der Mitte heraus hohl wurde und irgendwann dahinsank. Sie selbst wäre dann mit hoher Wahrscheinlichkeit nicht mehr da, um ihn zu betrauern. Aber hoffentlich würden andere ihren Platz einnehmen. Sie schloss die Augen.

»Joost? Bitte pass auch gut auf deinen Vater auf, ja? Er kann gerade wahrscheinlich jede Hilfe gebrauchen, die er bekommen kann.«

Sie öffnete die Augen und sah ein letztes Mal zum Fuß des Baumes, wo zwischen dicken Wurzeln einige Flecken grüner Waldmeister leuchteten.

»Ich vermisse dich. Ich vermisse dein Lachen.«

Langsam ging Lotte zurück auf den Weg und fragte sich dabei, wie lange der Schmerz, der sie seit fünf Jahren schier auszuhöhlen drohte, wohl noch anhalten würde. Ob er irgendwann weniger wurde. Irgendwie bezweifelte sie, dass die Jahre, die ihr mit Glück blieben, dafür ausreichen würden. Aber wahrscheinlich reichte ein ganzen Leben nicht dafür aus. Eine Wunde, die sich nie würde schließen lassen.

»Bis morgen, mein Junge.«

17

Selin war am Waldrand angekommen, als ihr Handy klingelte.

»Özcan.«

»Anna Gruber hier. Es sind erste Ergebnisse aus Leezen da.«

Selin blieb stehen. In Leezen hatte das LKA seinen Sitz.

»Ja?«

»Am Opfer hat man Fasern gefunden, blaue Fasern, Wolle. Sie stammen nicht von der Kleidung der Frau. Und sie haben mehrere fremde Haare gefunden, kurze graue Haare.«

Selin nickte. Das war gut. Wenn die Haare vom Täter waren, dann hätten sie auf jeden Fall eine hohe Beweislast. Das würde die Arbeit der Staatsanwaltschaft sehr viel einfacher machen.

»Waren die Kollegen in der Wohnung des Opfers?«

»Ja. Sobald der Beschluss vorlag. Sie schreiben gerade ihren Bericht. Aber die Kollegin vor Ort meinte zu mir, es sei da sehr ordentlich gewesen, kaum persönliche Dinge. Ein sauberes Bad, ein frisch bezogenes Bett. Keine Anzeichen dafür, dass jemand anders als das Opfer sich dort öfter aufhielt.«

»Fotos?«

»Nein.«

Selin dachte nach.

»Und auf dem Rechner?«

»Das ist das Merkwürdigste. Es gab keinen Rechner. Hatte sie ihn vielleicht dabei?«

»Nein. Zumindest war keiner in ihrem Auto.«

Selin hatte den kleinen Wagen mittlerweile ebenfalls durchsuchen lassen. Eine junge Frau wie die Sängerin, die an der Uni studierte, eine eigene Webseite hatte – und kein Rechner? Sie schob die Frage beiseite und konzentrierte sich wieder auf das Telefonat.

»Irgendetwas zu den merkwürdigen Wunden?«

»Post mortem. Das wurde bestätigt.«

Selin atmete erleichtert aus.

»Jemand aus dem Team der Rechtsmedizin sagt, sie sollen die Augen nach so etwas wie einem Fangeisen aufhalten.«

»Nach einem Fangeisen?«

Selin konnte sich nicht vorstellen, was damit gemeint war.

»Eine Tierfalle, die man aufgespannt auf den Boden legt, meist mit einem Köder in der Mitte. Wenn ein Tier in die aufgespannte Falle tritt, schlägt sie zu. Die sind meistens rund oder oval, mit Zacken an den Rändern.«

»Damit fängt man wirklich Tiere?«

»Früher. Solche Fallen sind heute verboten. Und wenn Sie mich fragen, mit Recht. Aber es gibt immer wieder Fälle, bei denen mit solchen Fallen gewildert wird. Ich habe Ihnen einige Fotos und Informationen zusammengestellt und schicke sie gleich ab. Die Wunden sind sehr klein, kleiner als die meisten der üblichen Fallen. Daher kann es auch etwas Ähnliches gewesen sein.«

»Wer kennt sich mit so etwas aus?«

»Jäger. Und Förster. Ich habe Ihnen einen Kontakt zu jemandem hergestellt. Im Fall der um Schloss Bucheneck liegenden Wälder ist es kein Förster, sondern eine Försterin. Sie heißt Franziska Thomas. Ich habe die Kontaktdaten gerade an Sie weitergeleitet, falls Sie noch Fragen haben.«

»Gut. Ihr eigener Name war Gruber?«

Selin wusste es zu schätzen, wenn die Leute in ihrem Team eigenständig arbeiteten. Und wahrscheinlich würde sie in Zukunft jeden loyalen Mitarbeiter gut gebrauchen können.

»Ja. Anne Gruber. Ich bin gerade bei Ihnen in meiner letzten Praxisphase.«

»Gute Arbeit.«

Selin legte auf und dachte einen Moment über das Gehörte nach. Eine saubere Wohnung, eine dreißigjährige Studentin, die völlig unwahrscheinlich keinen Computer hatte. Ein Liederabend mit Eklat, zwei zerstochene Reifen, der Tatort am Bachlauf und vor allem die merkwürdigen Wunden. Was für ein Durcheinander!

Sie ging weiter in Richtung Wald. Neugierig, wer vor wenigen Minuten über die Absperrungen gegangen war – und warum.

Als sie nun selbst über das rot-weiße Absperrband trat und die ersten Schritte unter die Bäume tat, war es, als tauche sie in eine andere Welt ein. Durch die grünen Blätter der alten Buchen fiel das Licht auf den braunen Waldboden, einen Boden, der erstaunlich weich unter ihren Füßen war. Federnd.

Lebendig. Der Weg vor ihr war schmal, kaum mehr als ein Trampelpfad, und musste über Jahre oder Jahrzehnte hinweg ausgetreten worden sein. Links und rechts von ihr erhoben sich die Stämme der Bäume in den Himmel, die Wurzeln wanderten über den Boden und waren mit dickem dunklem Moos bedeckt. Dann der plötzliche Wechsel des Lichtes, es war nicht wirklich dunkel, aber die Helligkeit des Maitages, die sie draußen vor dem Schloss noch geblendet hatte, wurde hier im Wald zu einem warmen, goldenen Leuchten. Selin atmete tief und langsam ein und noch langsamer wieder aus.

Sie musste an die Märchen denken, die sie in einem Buch, das sie als Kind auf dem Flohmarkt von ihrem Taschengeld gekauft und mühsam Wort für Wort entziffert hatte. Schlafende Königstöchter, Fabelwesen, Elfen und Zwerge. Der Wald hatte in diesen Märchen geraunt, geflüstert, gewispert, hatte verlorene Kinder umschlossen und vergifteten Prinzessinnen ein Versteck gegeben.

Selin unterdrückte das Bedürfnis, sich einfach auf den Boden sinken zu lassen und auszuruhen. Sie musste müder sein, als sie sich eingestand. Müde von allem, was in den letzten Monaten in Berlin passiert war, und müde von allem, was sie hier in Rostock erwartete. Aber gerade jetzt musste sie arbeiten – und in ihrer Arbeit war kein Platz für Märchen über raunende Buchen.

Sie ging weiter und blieb erst stehen, als sie sah, dass ihr jemand langsam auf dem schmalen Weg entgegenkam.

Eine Frau, die grauen Haare am Hinterkopf zu einem schlichten Knoten gesteckt. Sie trug praktische Kleidung, eine dunkle Hose aus Cord, eine hellgrüne Bluse mit einer passenden Strickjacke. Dazu Turnschuhe, und Selin bemerkte zu ihrer Erheiterung, dass es die Modelle waren, deretwegen ihr eine ihrer Töchter vor einigen Monaten in den Ohren gelegen hatte. Die Augen hinter der großen und etwas altmodisch anmutenden Brille waren von einem dunklen Blau und blickten sie wach und neugierig an, ohne jedes Anzeichen eines schlechten Gewissens. Das Gesicht war voll und trotz des sichtbaren Alters nur mit wenigen, weichen Falten gezeichnet, die Hand, die sich Selin entgegenstreckte, war braun gebrannt und kräftig.

»Ich bin Lotte Hansen.«

»Kriminalhauptkommissarin Selin Özcan.«

Selin betonte ihren Rang und sah die ihr lediglich bis zu den Schultern reichende Frau, die immer noch völlig unbekümmert und gelassen vor ihr stand, streng an.

»Waren Sie spazieren?«

»Ja. Ich bin heute Morgen ja nicht sehr weit gekommen, und daher wollte ich gerade die Gelegenheit nutzen.«

»Da war eine Absperrung.«

»Oh, wirklich?«

»Ja, Sie sind darübergeklettert.«

»Sie haben mich erwischt. Ich brauchte etwas Ruhe. Verhaften Sie mich jetzt?«

Die blauen Augen blitzten vor Humor – und Intelligenz.

»Das wäre eine gute Geschichte – bisher kann ich nur erzählen, wie ich 1967 in Rimini verhaftet wurde, als ich nachts über einen Zaun geklettert war, um im Pool eines Hotels zu schwimmen, und der Nachtwächter die Polizei rief.«

Selin gab den Versuch auf, Lotte Hansen strafend anzusehen, und merkte, wie sich stattdessen ein Lächeln auf ihr Gesicht legte.

»Bei mir war es das städtische Freibad, als ich fünfzehn war. Meine Eltern waren nicht begeistert, als mich die Polizei nachts zu Hause ablieferte.«

Manchmal war es einfach, ein Band zu einem anderen

Menschen zu knüpfen. Und sei es nur die geteilte, wenn auch wahrscheinlich vierzig Jahre auseinanderliegende Erinnerung an einen überwundenen Zaun.

Selin lächelte.

»Wollen wir gemeinsam zurück zum Schloss gehen?«

»Gern.«

Selin drehte sich um und richtete, das erste Mal seit sie Lotte Hansen getroffen hatte, ihre Aufmerksamkeit wieder auf ihre Umgebung. Kurz stockte ihr Schritt, als sie da, wo sie den Park und das Schloss zu sehen erwartete, nur Bäume entdeckte. Der Wald hatte sie verschluckt und eingehüllt in seinen ruhigen Halbschatten. Selin merkte, wie sie für einen Moment Panik bekam. Sie hasste es, keine freie Sicht zu haben, nicht zu sehen, was oder wer sich in ihrer Umgebung befand.

Die Bäume, so unterschiedlich sie im Detail auch waren, bildeten als Ganzes eine für sie undurchschaubare Mauer. Doch da war der Weg zu ihren Füßen, der sich wie ein schmales, braunes Band über den Waldboden zog und ihr Orientierung bot. Und Lotte Hansen, die mit sicherem Schritt neben ihr ging und nicht so wirkte, als verunsichere sie der Wald. Selin atmete tief aus, und die Panik verschwand. Es war nur ein Wald; Schloss und Park mussten fast noch in Rufweite sein. Fast! Und sicher war sie sich nicht. Es war besser, sich auf etwas zu konzentrieren, etwa auf Lotte Hansen und deren bunten Turnschuhe.

»Wie lange leben Sie schon hier?«

»Auf Bucheneck? Drei Jahre«, erwiderte Lotte Hansen.

»Und warum gerade auf Bucheneck?«

Selin fand, dass Lotte Hansen nicht ganz hierherpasste, in die träge Verschlafenheit der Rostocker Heide. Die Cordhose und die Strickjacke behaupteten das zwar, aber die

Turnschuhe überführten sie. Lotte Hansen gehörte an einen Ort, wo das Leben tanzte. Vielleicht jedoch war Bucheneck auch spannender, als es auf den ersten Blick wirkte.

»Mein Mann und ich haben es vor Jahren einmal gesehen – damals war es noch nicht renoviert, das muss nach der Wende gewesen sein, Mai oder Juni 1990 denke ich. Wir sind damals mit unserem Auto einfach losgefahren, wollten uns alles ansehen. Und dann sind wir hier abgebogen, aus dem Bauch heraus und haben das erste Mal Bucheneck gesehen. Die Fenster waren vernagelt, das Grundstück überwuchert und völlig zugewachsen. Aber es war so ein friedlicher Ort. Wir haben unser Auto an der Straße stehen gelassen und haben den Wald und das nahe Moor erkundet.«

Selin spürte, wie die Frau neben ihr völlig in ihre Erinnerungen abdriftete.

»Die Welt war so sonnig an diesem Tag, und alles leuchtete in diesem hellen, jungen Grün. Es muss nur wenige Wochen früher im Jahr gewesen sein als jetzt. Also eher doch Anfang Mai. Eigentlich wollten wir an diesem Tag noch bis nach Stralsund weiterfahren, wo eine Unterkunft wartete. Aber stattdessen sind wir in den nächsten Ort gefahren, haben uns Brot, Käse und eine Flasche Wein besorgt und sind hiergeblieben. Wir haben gewartet, bis die Dämmerung anbrach, und beobachtet, wie die ersten Sterne über dem Wald aufgingen. Hannes, mein Mann, war ganz begeistert, weil es so viele Fledermäuse gab, die nach und nach aus ihren Verstecken kamen und die Schwalben ablösten, die vorher über unseren Köpfen geflogen waren. Es waren einige sehr schöne Stunden. Als die Sonne dann untergegangen war und es immer dunkler wurde, kamen die Sterne endgültig hervor. Der Himmel war absolut klar.«

Sie seufzte und lächelte Selin wehmütig an.

»Ich hatte den Ort über die nächsten Jahre schon fast vergessen, aber dann … Dann hat Hannes vor einiger Zeit immer mal wieder von dem Schloss gesprochen, von dem Tag damals hier, wie sehr es ihm gefallen hat. Ich hatte zuerst die Hoffnung, das Schloss wäre noch verlassen und ich könnte es erwerben. Aber da war schon die Sonneborn AG der Besitzer, und stattdessen fand ich im Netz ein Angebot, als Mieterin in eine der ausgebauten Wohneinheiten zu ziehen. Der Rest ging dann schnell.«

Selin sah erstaunt auf. Die Leichtigkeit, mit der Lotte Hansen in einem Nebensatz darüber gesprochen hatte, Bucheneck zu kaufen, hatte sie unvorbereitet getroffen. Anscheinend hatte die kleine Frau viel mehr Geld, als es auf den ersten Blick schien. Sie wirkte so – bodenständig? Selin überlegte kurz, ob das das richtige Wort war. Es mussten die Hände sein. Die faltigen, braun gebrannten Hände mit den Altersflecken und den vielen Spuren eines arbeitsreichen Lebens. Hände, die über einem Topf mit einem kleinen Messer Bohnen klein schnitten. Hände, die, vorsichtig auf einen Stock gestützt, Unkraut aus den Spalten zwischen grauen Waschbetonplatten zogen. Aber Lotte Hansen hatte keinen Stock, war zwar grau, aber nicht gebeugt. Selin hatte die Erinnerungen an ihre eigene Großmutter großzügig in ihre Eindrücke zu der Frau vor ihr einfließen lassen – etwas, was in einer Polizeiermittlung nichts zu suchen hatte und hinderlich sein konnte.

Aber genauso wie ihre Großmutter, ihre Anneanne, es getan hätte, war auch Lotte einfach geduldig neben ihr stehen geblieben. Hatte sie nicht aus ihren Gedanken gerissen, sondern in schlichter Ruhe geschwiegen. Es gab nicht viele Menschen, die einfach schweigen konnten, ohne dass es dabei zu einer Art innerem Countdown kam, an dessen Ende unvermeidlich das nächste Wort, der nächste Satz stand. Stille auszuhalten, war vielen Menschen nicht möglich – etwas, was Selin die Arbeit oft ungemein erleichterte.

Sie seufzte.

»Wo haben Sie gelebt, bevor sie nach Bucheneck gekommen sind?«

Die beiden Frauen gingen weiter, und plötzlich standen sie wieder vor dem mittlerweile müde am Boden liegenden Absperrband. Sie überschritten es, und helles Sonnenlicht fiel Selin auf das Gesicht, und sie schloss kurz die Augen, um nicht geblendet zu werden und auch um sich ihre Erleichterung, dem Wald entkommen zu sein, nicht anmerken zu lassen. Falls sie in Rostock bliebe, müsste sie einen Weg finden, sich mit den Wäldern anzufreunden. Als Kind hatten die wenigen Ausflüge mit ihren Eltern oder der Schule immer ans Meer geführt, dorthin, wo der Himmel weit und offen war. Wo es nach Salz und Sonne roch. Wo sie am Strand zusammen mit ihren Freundinnen Bernstein gesucht und bunte Scherben gefunden hatte. Sie hatte den Kontakt zu den anderen Mädchen verloren, als sie später dann nach Berlin gegangen war. Ob einige von ihnen noch in Rostock lebten? Lotte Hansens Antwort brachte sie in die Gegenwart zurück.

»In Heidstedt, das ist ein winziges Dorf nördlich von Hamburg. Wir haben dort ein Haus gehabt und später dann unser Geschäft.«

»Ein Geschäft?«

Über Lottes Gesicht zog sich ein feines Lächeln.

»Nun ja, am Ende war es etwas mehr als nur *ein* Geschäft. Kennen Sie die LOHA-Märkte?«

Selin nickte. Jeder Deutsche kannte die Supermarktkette mit ihrem großen Logo aus blauen und orangefarbenen Buchstaben.

»Ja. Und Sie sind die …«
Was war das richtige Wort?
»… die Inhaberin?«
»Ja. Das LO in LOHA.«
»Lotte und …?«
»Lotte und Hannes, mein Mann. Also wir waren die Gründer, Betreiber und Inhaber der LOHA-Märkte. Wir haben ganz klein mit einem Stand auf den Wochenmärkten in Hamburg angefangen, Honig und Eier. Irgendwann hatte Hannes dann die Idee, nicht mehr auf dem Markt zu stehen, sondern mit einem eigenen Verkaufswagen über die Dörfer zu fahren. Ein Tante-Emma-Markt auf Rädern. Das kam gut an. Aus einem Wagen wurden schnell zwei, dann drei, und am Ende hatten wir mehr als zwanzig. Nach den rollenden Märkten kam dann der erste feste Lebensmittelmarkt in der nah gelegenen Kleinstadt. Dann ein zweiter und ein dritter, und es ging immer weiter. Wir haben in fünfundzwanzig Jahren mehr als einhundert LOHA-Märkte aufgebaut, und dann haben wir beschlossen, sie zu verkaufen und uns die Welt anzusehen. Und das haben wir dann auch getan, bis …«

Selin bemerkte auf dem Gesicht Lotte Hansens den Stolz und die Freude an dem Erreichten, aber bei den letzten Worten war noch etwas anderes zu sehen. Schmerz oder Trauer? Sie waren fast am Schloss angekommen und blieben auf dem Vorplatz mit der breiten Treppe stehen.

»Mittlerweile gehören also *unsere* LOHA-Märkte gar nicht mehr uns, sondern sind ein Teil eines großen Verbandes. Aber den Namen wollten die damals behalten. Weil er den Leuten vertraut war, und Vertrauen sorgt für Umsatz.«

»Und die Fernsehwerbung.«

Selin summte eine kurze Melodie, bei der ihr Gegenüber lachen musste.

»O ja, das LOHA-Lied. Aloha LOHA. Eine Idee meines Mannes, und es hat wirklich eine Menge an Bekanntheit gebracht. Nur mein Sohn, der damals in die Schule ging, hat es gehasst. Er ist immer damit aufgezogen worden.«

»Ihr Sohn hat die Märkte nicht übernommen?«

»Nein, hat er nicht.«

Selin tat es leid, dass ihre harmlose Frage anscheinend einen wunden Punkt getroffen hatte. »Besucht er Sie hier oft?«

»Nein.«

Lotte Hansen schien nicht gewillt zu sein, mehr zu sagen, und Selin beließ es dabei. Sie würde später mehr über die Hansens und ihren Sohn herausfinden können – und im Zweifelsfall dann auf Antworten bestehen.

»Haben Sie heute Morgen schon mit meinem Kollegen gesprochen?«

»Ja. Der junge Mann war ja als Erster da, nachdem ich angerufen habe. Er war wirklich sehr nett, hat mich beruhigt und sich dann alles angesehen. Ich ... ich war einige Schritte weiter weggegangen.«

Ein erstes Zeichen von Unsicherheit. Selin, die sich an den Anblick einer Leiche trotz ihrer mittlerweile über zwanzig Jahren Erfahrung nie gewöhnt hatte und auch nie gewöhnen wollte, konnte solch ein Gefühl allerdings gut verstehen. Menschen schraken vor dem Tod zurück – und das war auch gut so.

»Aber ich wollte nicht zu weit weggehen. Im Wald gibt es viele Tiere.«

In Selins Kopf blitzten einige Erinnerungen auf, die sie mit aller Macht beiseitedrängte.

»Erzählen Sie mir, was gestern Abend bei dem Konzert hier passiert ist?«

Doch bevor Lotte Hansen antworten konnte, öffnete sich

die schwere Flügeltür vor ihnen, und eine in ein wallendes weißes Gewand gehüllte Gestalt trat zögernd heraus, sah sich um und lief dann mit einem Schrei auf sie zu.

Selin griff mit einer schnellen und fließenden Bewegung nach hinten unter ihren Pullover, bis ihr im letzten Moment einfiel, wo sie war, wer sie war, und sie die leere Hand erschrocken sinken ließ. Ihr Herz raste, und sie merkte, wie sie zitterte. Verdammt. Sie holte tief Luft und spürte, wie ihr Lotte Hansen beruhigend eine Hand auf die Schulter legte und an ihr vorbei auf die mittlerweile regungslos vor ihnen stehende Gestalt zutrat.

»Sanne?«

18

Was in aller Welt machte Sanne Christiansen bloß in diesem Aufzug auf der Treppe vor dem Schloss? Und war das, was sie da trug, ein Morgenmantel? Und wo war ihr Mann? Er ließ sie doch sonst nicht aus den Augen. Lotte legte der Polizistin die Hand auf den Arm. Warum hatte sie sich bloß so erschreckt?

»Sanne, was ist mit dir?«

»Oh, Lotte! Er ist gekommen.«

Lotte hatte Sanne Christiansen schon seit mehreren Monaten immer nur von Weitem gesehen, da sie ihr Apartment kaum verließ, und wenn, dann verbarg sie ihr Gesicht unter einem großen Hut und mit einer Sonnenbrille.

Sanne Christiansen nun so aus der Nähe zu betrachten,

war ein Schock. Sie war schon immer dünn gewesen, aber nun war sie hager. Ihre Wangen waren eingefallen, und ihre Lippen, denen ein Chirurg mit großen Geschick ewige jugendliche Fülle verschafft hatte, stachen wie bei einer Karikatur aus ihrem ansonsten verhärmten Gesicht hervor. Am auffälligsten jedoch waren die vielen kleinen roten Narben, die sich über ihr Gesicht und ihre Haut zogen.

»Wer ist gekommen?«, fragte Lotte.

»Der Wassermann, der hier am Bach wohnt und von dem die Frau gestern gesungen hat. Ich habe es gehört, Chris hat die Türen offen gelassen, damit die Musik bis in unsere Wohnung klingt. Sie hat von ihm gesungen, von einem bösen Wassermann. Ich kenne die Geschichten vom Schnatermann. Er kommt, um uns zu holen!«

Lotte war wahrlich keine Expertin, aber hatte sich in dem, was sie die Sturm-und-Drang-Phase ihres Sohnes nannte, über Drogen und Anzeichen für deren Konsum informiert. Sie hatte ihrem Sohn zwar vertraut, aber war nicht so naiv, die Gefahren nicht zu sehen, die Experimentierfreude, genug Geld und die Joost eigene Unbekümmertheit mit sich brachten. Und sogar ohne das damals erworbene Wissen über die verräterischen Veränderungen der Pupillen wäre ihr klar geworden, dass Sannes im hellen Sonnenlicht nicht so riesig sein sollten.

Die Polizistin neben ihr trat nun auch vor.

»Welche Geschichten?«

»Der Schnatermann wohnt unter Brücken am Fluss und im Moor und lockt nachts seine Opfer an, um sie zu töten.«

Sanne trat auf die Polizistin zu und senkte ihre Stimme.

»Ich habe ihn gesehen.«

»Sie haben wen gesehen?«

»Gestern Nacht. Ich konnte nicht schlafen und stand am

Fenster und habe hinausgeschaut, und da ist er, der Schnatermann, am Waldrand aufgetaucht. Ganz weiß war er, seine Haut glänzte im Mondlicht. Er hatte keine Haare und keinen normalen Mund, nein, ein weißes, großes Maul und spitze Krallen und ...«

»Sanne!«

Lotte fuhr zusammen und drehte sich um. Chris Christiansen stürmte auf sie zu, das Gesicht wutverzerrt. In wenigen Sekunden stand er vor ihnen und griff nach dem Arm seiner Frau.

»Sanne! Ich habe dich gesucht. Du musst mit mir reinkommen, ja?«

Lotte sah die Angst und die Sorge auf seinem Gesicht. Als er Sanne oder das, was von seiner einst so strahlenden und jungen Frau noch übrig war, in den Arm nahm, erkannte sie, dass der rechte Ärmel ihres Morgenmantels einige dunkle Flecken hatte. Und auf Sannes Hand war ein tiefer Kratzer zu sehen.

»Ich begleite Sie nach oben.«

Die Stimme der Polizistin.

Lotte sah auf und blickte direkt in Chris Christiansens blaue Augen, die sich vor Wut verzerrten. Schnell trat sie vor und gab dem Schauspieler so die Möglichkeit, seine Frau in Richtung Schloss zu führen.

»Frau Özcan, Sanne braucht Ruhe.«

»Aber sie ...«

Lotte seufzte.

»Lassen Sie die beiden, bitte. Sie werden ihn nur wütend machen, und Sie können ihn nicht zwingen, Sie mit seiner Frau sprechen zu lassen. Er wird Sanne mit Zähnen und Krallen verteidigen, glauben Sie mir. Es ist nicht der richtige Moment.«

Lotte hatte leise gesprochen und dabei die Polizistin nicht aus den Augen gelassen.

»Sie haben leider recht. Ich kann ihn jetzt nicht zwingen. Noch nicht.«

Lotte entspannte sich.

»Glauben Sie, sie hat wirklich etwas gesehen?«, fragte die Polizistin.

Lotte überlegte, was sie antworten sollte. »Nein. Ich befürchte, das sind nur ihre – Nerven.«

Sie wusste nicht, wie weit sie gehen sollte.

»Wir haben uns alle die letzten Monate ziemliche Sorgen um Sanne gemacht. Sie hat sich vor einem Jahr ganz aus der Öffentlichkeit zurückgezogen, die Zeitungen waren voll davon, und es gab einige sehr böse Gerüchte. Chris hat seine Frau in der Zeit sehr beschützt. Wir wissen nicht genau, was passiert ist, aber Sie haben ja vielleicht ihr Gesicht gesehen?«

»O ja, das habe ich.«

»Sanne hat in den letzten Jahren einige Operationen auf sich genommen. Und bei einem dieser Eingriffe sollten einige alte Narben, die sie von einer Windpockenerkrankung als Kind hatte, weggelasert werden. Dabei sollte auch eine Behandlung der gesamten Haut stattfinden, um sie glatter und faltenfreier zu machen. Sanne war es sehr wichtig, jung auszusehen.«

Lotte hatte ihre Vermutungen, wieso bei Sanne der Wunsch nach Jugend oder vielleicht auch zeitloser Schönheit so groß gewesen war.

»Nach der OP war sie lang verschwunden, und als sie dann wiederkam, trug sie immer sehr viel Make-up und verdeckte ihr Gesicht mit Hüten und Brillen. Wir vermuteten, dass etwas schiefgegangen war – und ich denke, dass wir gerade den Beweis dafür gesehen haben.«

»Hat sie sich das Ganze für ihren Mann angetan?«
»Für Keule?«
»Wer? Ich meinte Chris Christiansen.«
Lotte musste lachen.
»Entschuldigung, ich auch. Der Namen ›Keule‹ ist mir nur rausgerutscht. Das ist lang nicht mehr passiert. Vielleicht, weil … Chris Christiansen heißt mit bürgerlichem Namen Christian Oelschläger – und als ich ihn vor mittlerweile fast fünfzig Jahren in Hamburg kennengelernt habe, war er für uns immer nur Keule.«

Lotte hatte ein Foto in einem ihrer Alben: Hannes und Keule, die am Morgen nach einer durchtanzten Nacht auf St. Pauli an den Landungsbrücken standen und in die Kamera schauten. Hannes mit seiner unvermeidlichen Kappe auf dem Kopf und einem verwegenen Grinsen im Gesicht. Keule mit seiner schwarzen Lederjacke und dem Charme eines Herzensbrechers.

»Hat sie diese Operation also seinetwegen gemacht?«

Die Stimme der Polizistin holte Lotte zurück in die Gegenwart.

»Nein, wohl nicht. Ich weiß, dass Chris es sogar verhindern wollte. Er hasste ihre Operationen, er erträgt es nicht, hat es noch nie ertragen, wenn jemand Schmerzen hatte oder litt. Wir nannten ihn damals nicht etwa Keule, weil er so furchterregend war. Eher im Gegenteil. Er war immer so höflich und – fürsorglich ist vielleicht das richtige Wort. Ein Träumer, einer, der für sein Mädchen den Mond vom Himmel holen wollte. Dass wir ihn ausgerechnet Keule genannt haben, war daher ironisch gemeint. Alle mussten lächeln, wenn sie den eleganten jungen Mann aus gutem Haus sahen und dann seinen Spitznamen hörten. Als er anfing, Schlager zu singen – das war für ihn keine Show. Er glaubte an die ganze

Sache, an die Texte, die Geigen, die Liebesschwüre. Ich weiß noch, wie ich damals dachte, als ich später von dem Angebot für die Doktor-Himmel-Serie hörte, dass so eine Rolle zu ihm passt, also einen Arzt zu spielen.«

Die Polizistin hatte ihr aufmerksam zugehört, und Lotte wusste, dass sie Chris genügend Zeit verschafft hatte, Sanne in die Wohnung zu bringen.

»Ich muss aber irgendwann mit Susanne Christiansen sprechen«, sagte die Polizistin.

»Ja, das verstehe ich.«

Lotte zögerte. Was hatte Sanne da bloß gesehen? Und wenn es ... Sie konnte nicht zulassen, dass die Kommissarin mit Sanne sprach, ohne selbst zu wissen, was diese wirklich gesehen hatte.

Bevor sie weitersprechen konnten, hörten sie Stimmen aus Richtung Wald auf sich zukommen. Lotte unterdrückte einen Fluch, als sie Hannes sah, der aus dem Wald auftauchte und dabei ein Lied vor sich hin pfiff. Sie erkannte die Melodie – es war »Suspicious Minds«. Elvis. Er hatte gute Laune.

»Ist das Ihr Mann?«

»Ja, das ist er.«

Hannes war schnellen Schrittes unterwegs, und er wurde von Jaro verfolgt, der versuchte, ihn aufzuhalten. Irgendetwas stimmte nicht.

Die Eile, in der Jaro hinter Hannes herlief, verhieß nichts Gutes. Ihr Magen zog sich zusammen, und sie beeilte sich, die Treppe hinunterzugehen. Dummerweise klebte die Polizistin an ihrer Schulter.

Hannes musste in einer der übermütigen Stimmungen sein, die ihn ab und an überkamen und die sie schon bei ihrem ersten Kennenlernen zu ihm hingezogen hatten. Wie sollte man einem Mann widerstehen können, der einem in der einen Sekunde ernsthaft in die Augen sah und in der nächsten Sekunde irgendeinen herrlichen Blödsinn von sich gab? Und was hatte er nur diesmal angestellt? Jaro schien allerdings nicht zu lachen, sondern winkte ihr hektisch zu.

Bevor Jaro jedoch Hannes erreicht hatte, war er vor ihr angekommen. Er blieb stehen, grinste sie mit einem seiner unwiderstehlichen schiefen Lächeln an und zog hinter seinem Rücken etwas hervor. Er verbeugte sich und streckte es ihr mit einer ausladenden Geste entgegen.

»Für dich, meine Liebe. Es ist zwar nur der linke, aber wir können ja immer noch Champagner daraus trinken.«

Lotte hielt die Luft an, ihr Herz stockte.

In Hannes' Händen, seinen ihr so vertrauten und geschickten Händen, lag ein rot glänzender Damenschuh.

19

»Woher haben Sie den Schuh, Herr Hansen?«

Selin sah den kleinen Mann mit den dicken grauen Haaren und dem breiten Lächeln im Gesicht an. Wie konnte er bloß so dumm sein, den Schuh einfach mitzunehmen! Vielleicht hatte er dabei wichtige Spuren zerstört.

»Gefunden. Was für ein Glück, nicht wahr? Es ist ein wirklich schöner Schuh, finden Sie nicht?«

Selin zögerte. Irgendetwas in seiner Stimme hatte merkwürdig geklungen.

»Sie hätten ihn liegen lassen müssen! Und mich oder meine Kollegen sofort benachrichtigen!«

Der kleine Mann blickte sie verwirrt an und lächelte dann wieder.

»Wollen Sie auch einen haben? Diesen hier habe ich schon meiner Frau versprochen, aber vielleicht finde ich ja auch noch den zweiten dazu. Dann bringe ich ihn zu ihnen, versprochen.«

»Herr Hansen! Das ist Beweismaterial und Sie, Sie …«

Neben ihr trat Lotte Hansen nun vor, und auch der Mann in den Jeans und dem dicken Hemd schob sich wie zum Schutz vor den alten Mann.

Lotte Hansen wandte sich dann an ihren Mann.

»Hannes? Kannst du mir sagen, wo genau du den schönen Schuh gefunden hast?«

»Im Wald. Im Wald kann man so einiges finden. Ich war gestern Abend unterwegs, ich wollte die Fledermäuse sehen, aber dann …«

Der jüngere große Mann unterbrach ihn.

»Wir waren spazieren, Hannes und ich. Er wollte mir zeigen, wo die neue Höhle vom Specht ist. Dann war er kurz weg. Ich habe ihn nicht mehr gesehen. Ich dachte schon, er hat sich verlaufen. Aber als ich ihn gefunden habe, saß er glücklich auf der Bank neben dem Weg in Richtung Bundesstraße. Den Schuh in seiner Hand. Es tut mir leid.«

Nun endlich begriff Selin, was los war, und sie unterdrückte einen Fluch. Warum in aller Welt hatte niemand sie informiert, dass Lotte Hansens Mann dement war?

»Herr Hansen?«

Selin spürte Lottes böse Blicke, war aber nicht gewillt, die Chance ungenutzt vergehen zu lassen.

»Hat der schöne rote Schuh neben der Bank gelegen, von der der junge Mann hier gerade sprach?«

»Eine Bank? Da war keine Bank. Da war etwas anderes.

Aber wo war ich denn genau? Ich weiß es nicht. Ich habe den Vögeln zugehört und ganz vergessen, auf den Weg zu achten.«

Selin registrierte, wie sich sein Blick kurz trübte und er in der nächsten Sekunde fröhlich weitersprach, als sei nichts gewesen.

»Ich bin so ein Schussel. Dauernd verliere ich Sachen. Erst gestern ... da hat die junge Frau bei uns gesungen, oder? Erst gestern habe ich meinen Schal verloren. Haben Sie ihn gesehen?«

Selin schüttelte den Kopf und dachte angestrengt nach Ein einzelner roter Schuh neben der Leiche. Sein Gegenstück vor ihr in den Händen von Hannes Hansen. Kurze graue Haare. Und jetzt ein verlorener Schal. Sie dachte an die Fasern, die die Spurensicherung gefunden hatte. Wolle. Verdammt! Sie versuchte, weiterhin ruhig und gelassen zu sprechen.

»Nein, leider nicht.«

Lotte kam ihrem Mann zu Hilfe.

»Hannes, deinen Schal haben wir doch schon vor Wochen gesucht. Ich glaube, er ist mit den anderen Sachen im Altkleidersack gelandet.«

Selin wollte etwas sagen, aber wurde abgelenkt, als Zander über die Wiese auf sie zueilte und ihr winkte.

»Entschuldigen Sie mich kurz.«

Sie ging ihrem Kollegen entgegen.

»Was ist passiert?«

»Zwei Zeugen haben Herrn Hansen gestern nach dem Konzert unten am Bach pfeifen gehört.«

Zander klang atemlos, aber sein Gesicht zeigte keine Regung.

»Verdammt. Der Mann ist dement, wissen Sie das?«

»Ja, Martin Vogel hat es mir gesagt, aber er meinte auch,

dass er Herrn Hansen zum vermutlichen Tatzeitpunkt am Bach pfeifen gehört hat. Vielleicht hat er etwas gesehen?«

Zander sah sie ungeduldig an, dann erst bemerkte er, dass Hannes etwas in der Hand trug.

»Was hat der alte Mann da in der Hand?«

»Den zweiten Schuh. Er sagt, er hat ihn gerade im Wald gefunden. Aber er kann sich nicht erinnern, wo genau.«

Zander nickte.

»Das passt dann wohl. Haben Sie den Bericht aus Leezen gelesen? Kurze graue Haare, die am Opfer gefunden wurden?«

»Ja«, entgegnete Selin, »und er sagt, er hat seinen Schal verloren. Gestern. Seine Frau ist ihm beigesprungen, aber ...«

»Aber Sie glauben ihr nicht?«

»Nein. Leider.«

Selin seufzte. Sie musste etwas tun.

Sie zögerte und ging dann die wenigen Meter zu Lotte Hansen und ihrem Mann zurück.

»Frau Hansen? Würden Sie und Ihr Mann mich und meinen Kollegen einmal auf das Revier nach Rostock begleiten? Ich glaube, wir haben noch einige Fragen und könnten sie dort besser in Ruhe klären.«

»Können wir das?«

Lotte Hansen klang nicht wütend oder verteidigend, sondern eher amüsiert.

»Ja, bitte.«

Selin sah aus den Augenwinkeln, wie der große Mann, der Herrn Hansen aus dem Wald gefolgt war, einen Schritt nach vorn machte und sich schützend vor das Ehepaar stellte. Er funkelte sie wütend an und wollte wohl gerade etwas sagen, als sich Zander an ihr vorbeischob und ihm entgegentrat.

»Vorsicht!«

Die beiden Männer sahen sich an, und Selin spürte, wie die Anspannung stieg. Sie fluchte, diesmal so laut, dass alle es hören konnten. Aber bevor sie Zander zurückpfeifen konnte, war Lotte vorgetreten und hatte dem jungen Mann ihre Hand auf den Arm gelegt.

»Es ist gut, Jaro.«

Selin schob Zander unsanft zur Seite. Aufregung war das Letzte, was sie brauchen konnte. Sie wandte sich an den jüngeren Mann.

»Entschuldigen Sie, ich bin Kriminalhauptkommissarin Selin Özcan. Ich habe mich Ihnen gar nicht vorgestellt.«

Höflichkeit wirkte oft entwaffnend, und sie konnte sehen, wie der Mann seine Arme entspannte.

»Jaro. Ich bin der Hausmeister hier.«

Er bedachte Hannes und Lotte mit einem Seitenblick.

»Und ein Freund.«

Lotte nickte.

»Es ist wirklich gut, Jaro. Ich hole nur schnell meine Tasche aus dem Haus, und dann können wir fahren.«

Selin sah, wie Hannes Hansen nachdenklich auf den Schuh in seiner Hand blickte, dann zu seiner Frau.

»Ich glaube, ich verstehe nicht ganz, was hier passiert, Lotte?«

»Alles ist gut. Ich kümmere mich um alles. Gibst du den Schuh den beiden Polizisten hier? Und magst du ihnen, solange ich meine Sachen hole, einmal erklären, welche Vogelarten alle rund um Bucheneck zu finden sind?«

Hannes schaute sie kurz verwirrt an, sah dann ihr Zwinkern und lachte leise.

»Du meinst, ich soll es ausführlich erklären? So wie ich damals dem Zollbeamten in Mexiko alles über Elvis erzählt habe, während du das Gepäck in den Wagen geladen hast?«

Er zwinkerte ihr nun ebenfalls zu, und sie atmete erleichtert auf. Was für ein Mann!
»Ja, genau so.«

20

Wir lassen ihn wirklich so einfach gehen?«
Selin schenkte der Frage Zanders keine Antwort. Er brauchte auch keine, denn auch er wusste, dass ihnen gar nichts anderes übrig blieb. Sie standen gemeinsam an einem der großen Fenster des Reviers und sahen hinunter auf den grauen Parkplatz, auf dem neben den Polizeiwagen und einigen Zivilfahrzeugen vor allem ein schwerer silberne Jaguar auffiel, an dessen Steuer ein Chauffeur saß und auf dessen Rückbank sich gerade Lotte Hansen sinken ließ. Ihr Mann, den sie mit sicherer Hand aus dem Revier geführt hatte, saß schon neben ihr. Der Anwalt setzte sich neben den Chauffeur. Selin seufzte. Sie hatte noch nie eine Vernehmung geführt, die sich als so mühsam herausgestellt hatte.

Wobei das Wort Vernehmung es nicht wirklich traf.

Die ganze Zeit hatte Lotte Hansen neben ihrem Mann gesessen, alle Fragen Selins ignoriert und sich mit ihrem Mann zuerst über Vögel, dann über Elvis Presley und eine Reise nach Hawaii unterhalten, die wohl zehn Jahre zurücklag und an die beide viele Erinnerungen hatten. Dann war ein äußerst elegant gekleideter Mann mit einer Aktentasche und einem kleinen Schnurrbart in seinem schmalen Gesicht zu ihnen gebracht und als Rechtsanwalt Dr. Hildebrand vorgestellt worden. Der Anwalt hatte sich mit unbewegter Miene Selins Erklärung angehört, dann nur mit einem leisen Schnalzen der Zunge den Kopf geschüttelt und war aufgestanden.

»Ich werde Herrn und Frau Hansen nun hinausbegleiten. Sicherlich wird Herr Hansen Ihnen, falls sein Gesundheitszustand es zulässt, in den nächsten Tagen für weitere Fragen zur Verfügung stehen. Natürlich in meiner Anwesenheit und der Anwesenheit eines Arztes.«

Selin hatte nur resigniert genickt und ihm hinterhergesehen, wie er neben Lotte und Hannes Hansen scherzend und lächelnd den Flur hinuntergegangen war. Dr. Hildebrand hatte seine Kanzlei in Berlin, so stand das auf seiner Visitenkarte, und Selin erinnerte sich, seinen Namen schon vorher gehört zu haben. Kein altgedienter Familienanwalt hier aus der Gegend, sondern ein erfahrener Strafverteidiger. Von Berlin nach Rostock in knapp zwei Stunden? Lotte musste ihn noch vom Schloss aus angerufen haben. Woher kannte sie ihn? Und warum war er so schnell und persönlich hier aufgetaucht?

Selin wusste, dass sie Hannes Hansen mit hoher Wahrscheinlichkeit nicht mehr würde sprechen können. Dr. Hildebrand fände sogar bei einer offiziellen Vorladung Wege, diese abzuwehren. Die kleine Chance, die sie darin gesehen hatte, Hannes Hansen heute Informationen zu entlocken, war vergangen. Lotte Hansen hatte es auf sehr geschickte Art und Weise verhindert. Niemand würde ihr vorwerfen können, nicht kooperativ gewesen zu sein. Eigentlich sollte sie wütend sein, aber zum einen mochte sie die Frau immer noch – und zum anderen war es verständlich, dass sie ihren Mann schützte. Man schützte, was man liebte.

Nur gab es da die tote Sängerin, graue Haare, einen roten Schuh und die mittlerweile von Dietlind Röge bestätigte

Zeugenaussage von Martin Vogel. Hannes Hansen war zum Tatzeitpunkt im Wald gewesen, allein. Und er vermisste seinen Schal. Wenn Hannes Hansen ein Mörder war, war es an ihr, ihn zu überführen. Was das Gericht dann mit der Tatsache machen würde, einen dementen Angeklagten vor sich zu haben, war nicht ihr Problem. Sie seufzte wieder, als der schwere Wagen vom Hof auf die Straße bog.

Bevor sie sich an Zander wenden konnte, um das weitere Vorgehen abzusprechen, drang der Klang hoher Absätze über den engen Flur an ihre Ohren.

Zander sah auf.

»Das kann nur die Friedrich sein.«

»Wer?«

Das Klappern hatte jedoch schon aufgehört.

Selin straffte die Schultern und drehte sich um.

»Frau Özcan?«

»Ja, bitte.«

»Ich bin Katharina Friedrich, Staatsanwältin.«

Selin musterte die Frau vor ihr und war sich bewusst, dass auch sie gemustert wurde. Was sie sah, gefiel ihr. Kein Hosenanzug, kein Schwarz oder Dunkelblau, sondern eine schlichte Stoffhose mit einem Pullover in einem warmen Rot. Ein eckiges, fast ungeschminktes Gesicht, das von hellbraunen kurzen Haaren umrahmt wurde. Kleine Falten um Augen und Mund, die wahrscheinlich eher vom Lachen kamen als vom Alter. Das Klackern auf dem Flur wurde durch Stiefeletten mit sehr hohen Absätzen erklärt, die dafür sorgten, dass die normalerweise deutlich kleinere Frau fast auf Augenhöhe mit Selin war.

»Sie haben einen dementen Mann vorläufig festgenommen?«

Die Frage war schlicht, direkt und, soweit Selin einschätzen konnte, ohne Vorwurf gestellt.

»Nein. Das habe ich nicht. Und das werde ich auch nicht.«

»Oh. Aber ich wurde informiert, dass es einen dringenden Tatverdacht gegen einen Hannes Hansen gibt?«

»Von wem wurden Sie darüber informiert?«

Ihre Rückfrage brachte die Frau vor ihr kurz aus dem Gleichgewicht. Sie zögerte mit einer Antwort.

»Da ich als leitende Beamtin Sie nicht angerufen habe«, fuhr Selin fort, »würde ich gerne wissen, von welchem meiner Mitarbeiter Sie diese Information, die übrigens falsch ist, bekommen haben.«

Die Staatsanwältin schüttelte den Kopf, aber ihr Blick streifte für einen kurzen Moment zu Zander und wieder zurück zu ihr. Selin verstand, bevor sie allerdings etwas sagen konnte, kam ihr Kollege ihr zuvor.

»Das war ich. Es tut mir leid. Ich bin davon ausgegangen, dass die uns vorliegenden Fakten und der Umstand, dass Herr Hansen den Schuh des Opfers in der Hand hielt, kurze graue Haare am Opfer gefunden wurden und er anscheinend einen Schal vermisst, ausreichend Gründe für eine Festnahme lieferten, und habe Frau Friedrich hier darüber informiert.«

Selin starrte Zander fassungslos an, riss sich dann aber zusammen. Darüber würden sie sprechen müssen. Jetzt ging es erst einmal darum, die Staatsanwältin mit ins Boot zu holen.

»Ah, dann tut es mir sehr leid, Frau Friedrich. Mein Kollege hier hat etwas übereilt gehandelt. Ich habe Herrn Hansen nur *gebeten,* uns auf das Revier zu begleiten. Ich wollte ihm in einer neutralen Umgebung die Möglichkeit geben, sich zu erinnern, woher er den Schuh des Opfers hat.«

»Und konnte er sich erinnern?«

»Leider nicht – seine Frau hat sich mit ihm über eine Menge Dinge aus ihrer Vergangenheit unterhalten, so dass er abgelenkt war, und dann kam mit Dr. Hildebrand ein Anwalt dazu und beendete unser Gespräch.«

»Kurt Hildebrand – der Strafverteidiger aus Berlin? Dünn, Schnurrbart, teurer Anzug?«

Selin nickte, und die Staatsanwältin stieß einen leisen Pfiff aus.

»Er ist auf Strafrecht spezialisiert. Das spricht dann aber doch dafür, sich Herrn Hansen sehr genau anzusehen, nicht wahr?«

Selin nickte wieder. Entweder schoss Lotte Hansen mit Kanonen auf Spatzen, oder sie hatte begründete Sorge um ihren Mann.

»Der Mann ist eindeutig dement?«, fragte die Staatsanwältin dann.

»Ja, das ist recht offensichtlich.«

»Dann müssen Sie mir mehr bringen. Ich werde nichts veranlassen, bis wir nicht wirklich etwas Handfestes haben.«

Zander, der neben ihr unruhig von einem Fuß auf den anderen getreten war, mischte sich wieder ein.

»Wenn wir eine Haarprobe von Herrn Hansen hätten …«

»Nein, auf keinen Fall!«

Diesmal hatten Selin und die Staatsanwältin gleichzeitig gesprochen.

»Wenn wir das versuchen, dann wird der gute Dr. Hildebrand alles auffahren, was ihm zur Verfügung steht, um seinen Klienten aus unserer Reichweite zu bringen. Und zwar so weit weg, dass wir keinerlei Zugriff mehr auf ihn haben werden. Wir brauchen mehr.«

Selin bedachte ihren Kollegen mit einem strengen Blick.

»Zander, gehen Sie bitte ins Büro und schicken Sie eine Mail an alle, dass wir uns morgen zur Besprechung treffen. Neun Uhr dreißig. In Ordnung, Frau Staatsanwältin?«

Katharina Friedrich nickte. Zander zögerte kurz, zog dann aber ab. Selin unterdrückte einen Fluch. Sie hatte gehofft, vorerst ohne solche Auseinandersetzungen auszukommen. Aber wenn Zander schon am ersten Tag begann, hinter ihrem Rücken zu agieren, musste sie wohl doch einmal Zähne zeigen.

»Er hat ohne Ihr Wissen gehandelt?«

»Ja.«

»Er ist ehrgeizig, und er kennt hier so ziemlich jeden.«

»Das weiß ich. Und ich kenne hier noch niemanden.«

Katharina Friedrich lächelte.

»Jetzt kennen Sie mich.«

Sie sah noch mal den Flur hinunter. Von Zander war nichts mehr zu sehen.

»Er wird sich zusammenreißen, sobald er überzeugt ist, dass Sie keine Gefahr für ihn sind.«

»Ja, hoffentlich.«

Selin war sich mittlerweile sicher, dass Zander sich ernsthafte Hoffnungen auf ihre Position gemacht hatte.

»Ich war übrigens Teil der Auswahlkommission für die Besetzung Ihrer Stelle und war sehr froh, dass Sie sie angenommen haben. Und ich war sehr beeindruckt von Ihrer Akte.«

Katharina Friedrich blickte sie neugierig an.

»Also das von ihr, was freigegeben war. Ich habe lange nicht mehr so viel geschwärzte Seiten in einer Akte gesehen.«

Selin wusste nicht, was sie darauf sagen sollte. Nicht viele Menschen wussten, was sie eigentlich in Berlin die letzten Jahre genau getan hatte, und das sollte auch so bleiben. Also lenkte sie das Gespräch wieder auf den Fall.

»Ich habe Sie über Herrn Hansens Befragung bewusst nicht informiert, damit Sie hinterher keine Probleme bekommen.«

Die Staatsanwältin nickte.

»Das war mir klar. Und ich weiß das zu schätzen. Aber

für das nächste Mal sollten Sie wissen, dass ich breite Schultern habe. Ich neige nicht dazu, Problemen aus dem Weg zu gehen.«

Schweigend sahen die beiden Frauen für einen Moment aus dem Fenster. Wenn man über den Parkplatz und die Dächer der umliegenden Gebäude hinwegsah, konnte man das Wasser ahnen. Die Stadt roch nach Meer und nach Wind – für Selin, die sie nur wenige Kilometer entfernt aufgewachsen war, war es der Geruch nach Heimat, einer Heimat jedoch, die sie über zwanzig Jahre nicht besucht hatte. Sogar in den Sommerurlauben, die sie mit ihrem Mann und ihren beiden Töchtern oft an der Ostsee verbracht hatte, waren sie von Berlin aus immer an den Darß gefahren. Rostock lag hinter einer magischen Grenze, die sie nicht hatte überschreiten wollen. Und nun war sie hier, mit einem flauen Gefühl im Bauch bei dem Gedanken an die Aufgabe, die vor ihr lag, und einem noch flaueren Gefühl im Bauch bei dem Gedanken an den Scherbenhaufen, den sie in Berlin hinter sich gelassen hatte.

»Glauben Sie, dass Herr Hansen eine Gefahr für andere ist?«

Selin wurde aus ihren trüben Gedanken gerissen und zuckte mit den Schultern.

»Das kann ich nicht beurteilen. Aber ich würde einiges darauf wetten, dass seine Frau ihn nun keine Sekunde aus den Augen lassen wird. Wenn er gefährlich ist, dann können wir nur hoffen, dass sie weiß, was sie tut.«

21

Und mehr hat Lotte nicht gesagt?«

Ute unterdrückte einen leisen Fluch, als sie über eine Baumwurzel stolperte, und griff eilig nach dem Arm des Professors.

»Nein. Sie hat aus dem Auto des Anwalts angerufen, sie und Hannes seien in einer halben Stunde wieder zurück. Sie will Hannes allerdings nicht alleine lassen, ihn hat das Ganze wohl ziemlich durcheinandergebracht. Und daher sollen wir ihr diesen kleinen Gefallen tun.«

Ute sah den Professor an, der, eine kleine Melodie summend, die sie nicht erkannte, die ihr aber auf seltsame Weise vertraut war, neben ihr her ging. Dann sah sie zu dem, was er mit sich trug, und schüttelte den Kopf.

»Und dieser kleine Gefallen beinhaltet, mit einer Schaufel in der Dämmerung auf einen Friedhof zu gehen?«

»Nein. Nicht *auf* einen Friedhof. *Über* einen Friedhof, Lotte sagt, wir sollen zu der alten Buche am Ende des Weges gehen, der hinter dem Friedhof entlangführt. Zwischen den Wurzeln der großen Buche wachse Waldmeister.«

»Und dort sollen wir dann was – den Waldmeister ausgraben?«

»Nein. Wusstest du, dass es einen alten Volksglauben gibt, nach dem sich Hexen mit einer Mischung aus Waldmeister und Johanniskraut vertreiben lassen?«

»Viel Erfolg damit – aber was sollen wir denn für Lotte ausgraben? Eine Leiche?«

»Sei nicht albern, liebe Ute. Lotte würde sicherlich nicht von uns erwarten, eine Leiche quer durch den Wald zu transportieren. Wenn es das wäre, hätte sie uns jemanden mit mehr Muskeln zur Verfügung gestellt. Es sei denn, es ist nur ein Teil einer Leiche, dann allerdings ...«

»Das ist nicht lustig.«

»Nein? Würdest du ihr das nicht zutrauen? Aber vielleicht sollen wir ja auch ein Loch buddeln, damit Lotte dort später eine Leiche verstecken kann.«

»Harald! Das ist immer noch nicht lustig! Denk an die Sängerin.«

»Oh ja. Verdammt.«

Schweigend gingen sie weiter, und Ute merkte, wie ihr Unbehagen mit jedem Schritt wuchs. Es kam ihr vor, als befinde sich der Wald in einem merkwürdigen Zwischenzustand. Einige Bäume und Pflanzen schienen sich auf die nahe Dunkelheit vorzubereiten, die Wärme des Tages wurde von feuchter, kühler Luft abgelöst, die sich die nahen Klippen hinaufschob und über die Wiesen, Moore und unter den Bäumen entlang bis nach Bucheneck drang. Einige Tiere hatten sich schon in ihre Zufluchten zurückgezogen, andere wurden gerade erst wach und schnupperten vorsichtig in die nahende Nacht hinein auf der Suche nach Futter. Ute jedoch spürte die deutliche Aufforderung der Natur um sich herum, sich auch in ein sicheres Nest zu begeben. Menschen waren nicht für die Nacht gemacht. Sie holte tief Luft und sog den Duft nach Harz, Salz und Moos ein. Dann bekam sie eine Gänsehaut und schüttelte den Kopf. Was für merkwürdige Dinge der Wald mit einem anstellte! Sie stolperte erneut und fluchte.

»Verdammt, wie weit ist es noch?«

»Es ist nicht mehr weit.«

Die Stimme des Professors klang abwesend, und sie konnte nach einen kurzen Seitenblick auf sein Gesicht sehen, dass er die Augen weit geöffnet hatte und alles um sich herum in vollen Zügen genoss. Manchmal vergaß Ute, dass ihr Freund jemand war, der jahrzehntelang für das Abenteuer gelebt hatte. Er würde auf jeden Fall nicht seinen Instinkten nachgeben und zurück in seine sichere Wohnung eilen.

»Meine Füße tun weh«, begann sie zu klagen.

Harald blieb stehen und sah zu ihren Füßen hinunter. Sie hob einen an und zeigte ihm den eleganten halbhohen Stiefel, den sie trug.

»Du hättest feste Schuhe anziehen sollen.«

»Das sind meine festen Schuhe.«

Er schnalzte mit der Zunge.

»Du wohnst mitten in einem Naturschutzgebiet, du kannst vom Schloss aus zum Meer laufen oder mit dem Rad dorthin fahren. Hast du dir, als du eingezogen bist, nicht wenigstens ein paar Wanderschuhe gekauft? Oder Gummistiefel?«

»Gott behüte, nein! Wenn ich ans Meer will, dann fahre ich mit meinem Auto in eines der schicken Seebäder und setze mich auf die traumhafte Terrasse des besten Hotels an der Promenade. Oder ich gehe in das Casino und schaue mir das Meer durch das Fenster an. Ein Fenster, vor dem ein Kartentisch steht.«

Harald umfasste ihre Hand und zog sie enger an sich, um ihr Halt zu geben.

»Unsere Ideen von einem aufregenden Abend gehen ziemlich weit auseinander, oder?«

Er sah sie nachdenklich an.

»Warum hat es dich denn dann überhaupt hierher verschlagen?«

»Aus dem gleichen Grund wie dich.«

»Du flüchtest auch vor deiner despotischen und völlig amoralischen Familie und willst ungestört ein Buch über die Verbreitung und den schleichenden Untergang von Volksglaube und Ritualen nach 1900 im ländlichen Raum schreiben?«

Ute schnaubte.

»Aus dem anderen Grund.«

»Ah. Lotte und Hannes.«

»Genau.«

Ute sah sich für einen Moment als ungelenke und unsichere Siebzehnjährige vor dem Tor der Handelsschule stehen. Sie hatte Mathematik oder Wirtschaft studieren wollen, aber da das Geld bei ihren Eltern knapp war, hatte es dafür keinen Weg gegeben. Also hatte sie ihre Ausbildung als Bankkauffrau begonnen, mit Tränen in den Augen und der Überzeugung, vor den schrecklichsten drei Jahren ihres Lebens zu stehen. Wäre da nicht die junge strahlende Lotte gewesen, die sie am ersten Tag untergehakt und mit in den Klassenraum gezogen und die ihr Hannes vorgestellt hatte, der damals schon unerschütterlich an Lottes Seite das Trio komplett gemacht hatte. Zehn gemeinsame Jahre in Hamburg folgten, in denen Lotte und Hannes ihre Kette von Verkaufswagen aufbauten und sie selbst von einer einfachen Bankkauffrau bis zur Anlageberaterin aufstieg. Doch dann war sie einigen Leuten aufgefallen und hatte ein Angebot aus Wiesbaden angenommen. Und als Lotte sie vor zwei Jahren gebeten hatte, sie und Hannes in Bucheneck zu besuchen – war sie natürlich gekommen. Und geblieben.

Sie drückte den Arm des Professors.

»Wie weit ist es denn wirklich noch?«

»Keine Ahnung, mein Orientierungssinn ist nicht der beste.«

»Und du warst wirklich in der halben Welt unterwegs, obwohl du dich ständig verläufst?«

»Vielleicht wollte ich mich ja ständig verlaufen.«

»Auf Borneo?«

»Irgendwo. Hauptsache weit genug entfernt von meiner Familie.«

Ute nickte. Sie wusste, vor welchen Dämonen Harald sein Leben lang weggelaufen war.

Der Professor blieb stehen.

»Aber ich war dann doch schlau genug, mir immer einen Begleiter zu suchen, der oder die einen untrüglichen Sinn für die richtige Richtung hatte.«

»Deswegen hast du mich also mitgenommen.«

»Ja. Und weil Lotte es in ihrer vorausschauenden Weisheit gesagt hat.«

Ute sah sich um.

»Die Buche ist zweihundert Meter den Weg da hinunter.«

»Siehst du, du weißt selbst, wie weit es noch ist.«

»Ja. Aber die meisten Männer finden es besser, wenn sie in dem Glauben gelassen werden, sie wüssten den Weg.«

»Ich bin nicht die meisten Männer, Ute.«

»Mmm.«

Um sie herum wurde es langsam immer dunkler, und sie war froh, als sie die große Buche erreicht hatten. Es war ihr schon immer ein Gräuel gewesen, draußen zu sein, Pferderennbahnen und die ein oder andere gepflegte Segeltour bei Sonnenschein ausgenommen.

»Wusstest du, dass ich eigentlich nach meinem Ruhestand nach Las Vegas ziehen wollte? Ich habe da ein Apartment, im Bellagio, eine Fahrstuhlfahrt von den Tischen entfernt.«

»Wirklich?« Der Professor schaute sie an. »Ich habe einmal südlich von Las Vegas einige Wochen bei einigen Mitgliedern des Paiute-Stammes gelebt, die dort versucht haben, die alten Geschichten und Traditionen ihrer Eltern zu erhalten. Es war ...«

Ute unterbrach ihn.

»Wir sind da.«

Vor ihnen stand etwas abgesondert von den anderen Bäumen eine Buche, deren Stamm, alt und mit Moos bewachsen, so breit war, dass sich hinter ihm gleich mehrere Menschen verstecken konnten. Ein beunruhigender Gedanke.

»Wird man unsere Spuren nicht finden?«, fragte Ute.

»Na und? Wir dürfen hier ja wohl spazieren gehen und den Wald genießen – und außerdem soll es nachher Regen geben, und zwar nicht gerade wenig. Da vorn, das ist der Waldmeister, von dem Lotte sprach.«

»Dann fange ich wohl mal an zu graben.«

Mit der ersten Schaufel hob der Professor vorsichtig den Flecken Waldmeister mitsamt seinen Wurzeln an und setzte ihn an die Seite, dann grub er weiter. Es dauerte nicht lang, und Ute hörte ein metallisches Klirren. Die Schaufel war auf etwas gestoßen. Der Professor kniete sich neben das kleine Loch und hob etwas heraus. Sogar im Dämmerlicht konnte Ute das Gold des Messings leuchten sehen.

»Das ist ...«, begann der Professor.

»Eine Urne.«

Er wischte mit dem Ärmel über das Metall.

»Hast du Licht?«

»Natürlich.«

Ute zog die kleine Taschenlampe aus ihrer Tasche und schaltete sie an. In das Messing war ein Name graviert: Joost Hansen.

»Ach, du Scheiße!«

Ute ließ vor Schreck ihre Lampe fallen. Als sie sie aufgehoben hatte, schaltete sie sie schnell aus und sah den Professor hilfesuchend an.

»Sie spricht nie über ihn, oder?«

»Nein. Wegen Hannes. Er scheint den Unfall vergessen zu haben.«

Ute erinnerte sich noch gut. Lottes Anruf, der Schock und die Trauer, und dann hatte sie mit wenigen Klicks einen Zeitungsartikel mit dem Foto eines grausig zerquetschten Autos gefunden. Unter dem Foto in kurzen, kalten Worten das Unfassbare.

Joost Hansen (32) Sohn von Lotte und Hannes Hansen und Erbe der LOHA-Märkte, stirbt bei einem tragischen Autounfall auf dem Weg zur goldenen Hochzeit seiner Eltern.

Ute musste schlucken.

»Sie hat die Asche ihres Sohnes hierher mitgebracht?«

»Sieht ganz so aus.«

»Aber – darf man das denn?«

»Nein. In Deutschland gibt es den sogenannten Friedhofszwang, das ist alles genau geregelt. Das hat seine Wurzeln zum einen in der berechtigten Sorge vor einer Verseuchung des Grundwassers, aber ist natürlich auch ein Versuch, die christlichen Ideen von Tod und Auferstehung zu untermauern. Andere Kulturen haben da ja ganz andere Methoden, bei den Parsen gibt es zum Beispiel sogenannte Himmelsbestattungen. Dabei werden die Körper der Toten auf Dachmas, offene Türme, gelegt und den Geiern überlassen. Oder die Toraja auf Sulawesi. Bei denen werden die Toten traditionell einbalsamiert und bleiben über einige Monate oder sogar Jahre mit den Familien in ihrem Haus, bevor sie in einer großen Feier in Felsspalten beigesetzt werden. Ich erinnere mich, wie …«

»Professor! Du schweifst ab.«

»Entschuldige. Ich bin aufgewühlt.«
Ute legte ihre Stirn nachdenklich in Falten.
»Also hat sie die Urne geklaut?«
Sie zögerte kurz, dann lachte sie.
»Respekt. Das hätte Joost gefallen.«
Sie dachte an Lottes Sohn, den sie das erste Mal in den Armen gehalten hatte, als er noch aus großen, dunkelblauen Säuglingsaugen in die Welt geschaut hatte. Später hatten sie dann die braunen Augen eines Kleinkindes, später die eines frechen Jungen und noch später die eines sehr charmanten, wenn auch ziemlich leichtsinnigen Mannes angesehen.
»Tute.«
»Wie bitte?«
Sie spürte trotz der Dunkelheit den erstaunten Blick des Professors.
»Tute. So hat er mich immer genannt. Seine Abkürzung für Tante Ute. Er hat es geliebt, mich vor allen anderen so zu nennen. Und er wusste genau, dass er es sich mit seinem Charme erlauben konnte. Niemand konnte länger böse auf ihn sein, schon gar nicht Lotte.«
Sie spürte, wie ihr eine Träne die Wange hinablief, dann die warme Hand des Professors, die nach der ihren griff.
»Ich vergesse manchmal, wie lange ihr euch schon kennt. Ich habe Joost nur einmal getroffen. Vor Jahren hat Lotte ihn mit nach Berlin genommen. Er war damals vielleicht Mitte zwanzig und schon ziemlich erfolgreich als Manager in dem Unternehmen beschäftigt, das die LOHA-Märkte übernommen hat. Und er war wirklich charmant. Wenn auch ein ziemlicher Schnösel ...«
»Lass das nicht Lotte hören.«
Ute blickte auf die Urne, die nun vor ihr auf dem Boden stand und die im letzten Licht des Tages golden schimmerte.

»Hat Lotte gesagt, was wir mit dem, was wir finden, machen sollen?«

»Ich denke, sicher verstecken. Wahrscheinlich wollte sie nicht, dass die Polizei darüber stolpert«, erwiderte der Professor.

»Gut. Lass uns gehen.«

Ute nahm die Urne, der Professor füllte das Loch auf und schob als Letztes den Waldmeister wieder in seine Position. Doch als sie losgingen, wurde jeder ihrer Schritte von einem lauten Klingen begleitet. Entgeistert blieb Ute stehen und starrte die Urne in ihrer Hand an.

»Was in aller Welt klappert da? Ich meine, kann Asche etwa klappern?«

»Keine Ahnung. Lass uns nachsehen.«

Der Professor wollte nach der Urne greifen, aber Ute zog sie schnell zur Seite.

»Willst du die etwa aufmachen?«

»Ja, klar.«

»Ich ...« Ute suchte nach Worten.

»Willst du klingend wie eine Kirchenglocke ins Schloss schleichen.«

»Nein. Aber ...«

Ute zögerte, stellte dann die Urne auf den weichen Waldboden und suchte nach ihrer Taschenlampe.

»Ich leuchte, du siehst hinein.«

Nach einigen Versuchen bekam der Professor den Deckel der Urne aufgeschraubt, und er deutete Ute an, mit ihrer Lampe hineinzuleuchten. Sie seufzte und tat, wie geheißen, schloss dabei aber die Augen. Sie wollte nicht sehen, was von dem Jungen mit seinem frechen Grinsen übriggeblieben war.

Der Professor richtete sich auf.

»Da liegt Hannes' goldene Armbanduhr in der Urne. In einen Gefrierbeutel gewickelt.«

Ute öffnete ein Auge und sah ihn an.

»Bist du dir sicher?«

»Ja. Lotte hat die gleiche Uhr, nur etwas schmaler und in Silber. Ein Geschenk von Joost.«

»Was macht Hannes' Uhr dann hier in der Urne?«

»Gestern hatte er sie noch um, da bin ich mir sicher. Er legt sie doch nur zum Schlafengehen ab.«

Ute sah den Professor nachdenklich an.

»Ist die wichtigere Frage nicht: Warum hat Lotte Hannes' Uhr in der Urne versteckt?«

»Sie wird wunderlich.«

»Blödsinn. Es muss eine andere Erklärung geben.«

»Die Uhr hat einen GPS-Tracker. Das hat sie mir einmal erzählt.«

»Bingo.«

»Also hat Lotte ...«

»Lass uns gehen.«

Ute wollte nun keine langen Erklärungen hören. Sie würde nicht noch länger im Wald bleiben wollen. Es wurde so langsam wirklich dunkel und kalt. Und über Lottes Pläne könnten sie auch noch im Schloss sprechen.

Der Professor schraubte den Deckel der Urne wieder zu und reichte sie Ute. Bemüht, die Urne zu wenig wie möglich zu bewegen, gingen sie in Richtung Schloss zurück.

Ute war die Erste, die wieder sprach.

»Wir könnten die Urne in Rosa verstecken. Ein bisschen Holzwolle raus, Urne rein.«

Der Professor sah sie wütend an.

»Nur über meine Leiche. Rosa bleibt – heile.«

Ute dachte an ihr Atelier und lächelte.

»Ich weiß da etwas.«

»Was weißt du?«

»Du musst mir vertrauen. Und wenn du es nicht weißt, kannst du dich auch nicht verplappern, falls dich jemand fragt, wo die Urne ist.«

»Unverschämt!«

Ute sah ihn nur ruhig an.

»Nun gut: Vielleicht bestände wirklich eine sehr geringe Wahrscheinlichkeit, dass ich etwas ausplaudern könnte.«

Oben in ihrem Atelier wischte sie sich die letzten Reste Farbe von den Fingern und betrachtete grinsend ihr neuestes Werk. Dann hörte sie, wie ein Wagen mit leise schnurrendem Motor auf den Parkplatz fuhr. Sie trat ans Fenster. Lotte und Hannes waren also wieder zurück. Kurz überlegte sie, ob sie die beiden begrüßen sollte, aber wahrscheinlich brauchte Hannes nach all der Aufregung Ruhe. Und Lotte würde sich melden, wenn sie etwas benötigte. Mit einem letzten zufriedenen Blick auf ihre Arbeit drehte Ute sich um und schloss die Türen ihres Atelier sorgfältig ab.

Morgen wäre ein neuer Tag, und sie würde schon herausfinden, was Lotte plante – und wie sie ihr dabei helfen könnte. Basta.

22

Sobald die weiße und schwere Wohnungstür hinter Selin ins Schloss gefallen war, holte sie tief Luft, ließ ihren Rucksack mit einem lauten Knall auf den Boden fallen und rutschte mit dem Rücken an der Tür langsam zu Boden.

Sie wollte nicht weinen, wollte so taff und cool wie die Staatsanwältin eben sein, wollte lieber fluchen und dem ganzen beschissenen Tag die Meinung sagen. Aber alles, was sie ihrer Kehle entrang, war ein leises Husten, das schnell in ein Schluchzen überging. Sie gab auch noch den letzten Widerstand auf und heulte, bis ihre Augen brannten. Dann rappelte sie sich auf, ließ im Gehen ein Kleidungsstück nach dem anderen einfach zu Boden fallen und betrat das neue und mit seinen weißen glatten Fliesen seltsam sterile Badezimmer. Noch nicht einmal ihre Kulturtasche hatte sie ausgepackt.

Selin stellte sich in die Dusche und drehte das Wasser auf. Warm. Heiß. Heißer. So heiß, dass ihre Haut kribbelte und sie die Zähne zusammenbeißen musste. Sie zählte bis zehn, regelte die Temperatur wieder runter und griff nach dem Bademantel, den ihr Mann ihr vor Jahren zum Geburtstag geschenkt hatte. Er war rot und blau und golden und trug auf der Brust ein Abzeichen in Form eines geschwungenen S. Selin Supergirl. Damals hatte er das noch gesagt, und in seiner Stimme hatte Stolz mitgeschwungen. Stolz auf seine Frau, die bei der Polizei Karriere machte und so anders war als die Freunde, die er sonst hatte.

Alexander war Politikwissenschaftler und lebte für seine Arbeit und für die Universität. Sie hatte ihn kennengelernt, als sie selbst noch Uniform trug und in Kreuzberg zu einer aus dem Ufer gelaufenen Party gerufen worden war. Alexander war einer der Gäste gewesen und war ihr am nächsten Tag wie zufällig vor ihrem Revier über den Weg gelaufen. Eine Einladung auf einen Kaffee folgte, er warb mit einer fast altmodischen Höflichkeit um sie, und sie verliebten sich. Der Doktorand aus reicher Familie und die Polizistin aus dem Plattenbau. Das so unterschiedliche und trotz oder gerade deswegen so strahlende Dreamteam.

Den mittlerweile ausgeblichenen Bademantel eng um den Körper geschlungen, trat sie in den offenen Wohnraum mit seiner modernen weißen Küchenzeile, umrundete den Tresen und ging auf die bodentiefen Schiebetüren zu. Denn das, was vor den Türen war, hatte sie schlussendlich auch zum Kauf der Wohnung bewogen. Trotz des ansonsten ziemlich heruntergekommenen Wohnblocks und der Gefahr, bei Ausfall des Fahrstuhls neun Stockwerke zu Fuß durch ein nach Urin stinkendes Treppenhaus bewältigen zu müssen, hatte sie nach der ersten Besichtigung den Ausblick von der lang gestreckten Terrasse nicht vergessen können. Warum der Vermieter dachte, es würde sich lohnen, in dieser Ecke von Rostock, eingequetscht zwischen Hafengelände und heruntergekommenen Gewerbebetrieben auf der einen und ebenso schäbigen Wohnblöcken auf der anderen Seite, flankiert von stillgelegten Bahnlinien und Industriebrachen, ein Penthouse auszubauen, wusste wohl niemand. Der Makler hatte ihr die Wohnung auch nur widerstrebend gezeigt und war äußerst erstaunt gewesen, als sie das Penthouse haben wollte. Selin schob die Türen auf und trat hinaus.

Unter ihr lagen die Straße und der Parkplatz, dann kam

die Brache, durchbrochen von rostigen Schienen. Dahinter einige Schuppen mit runden Dächern aus Wellblech, fast überwuchert von mannshohen Brombeerbüschen. Birken wuchsen an den Rändern. Selin ließ ihren Blick weiterschweifen bis hin zu der einen Reihe neuerer Gebäude am Wasserrand, die wahrscheinlich schicke Büroflächen mit Blick auf die Warnow versprachen, die aber wie so viele der neuen Projekte leer standen. Wenn sie ihren Kopf nach links drehte, konnte sie Warnemünde und die offene Ostsee erahnen. Es roch nach Salz und Wasser, es roch nach Kindheit und dem Versprechen heißer Sommertage.

Sie hätte sicherlich eine Wohnung im Umland finden können, vielleicht sogar am Meer. Das hätte Alexander sicherlich auch besser gefunden. Zumindest ein anderer Stadtteil, einer, der nicht ganz so heruntergekommen war. Oder nicht so *bunt* gemischt. So hätte er es wohl genannt, *bunt gemischt*, was in so vielerlei Hinsicht zeigte, wie weit sie sich trotz ihrer fast zwanzig Ehejahre und zweier gemeinsamer Kinder voneinander entfernt hatten. Kreuzberg war eine ferne Erinnerung. Mit ihrer Schwangerschaft hatte Alex dem Treiben dort Adieu gesagt und war mit wehenden Fahnen in eine großzügige Wohnung in Charlottenburg gezogen. Damit die Kinder später auf die richtigen Schulen gehen könnten ... Alex war also nicht begeistert von ihrer jetzigen Wahl gewesen.

Aber sie wollte lieber von oben auf alles hinabblicken, als selbst mittendrin zu sein. Die Wohnung in dem Wohnblock bedeutete zudem hoffentlich auch weniger neugierige Nachbarn.

Ihr Magen krampfte sich schmerzhaft zusammen, und sie riss sich vom Ausblick los. Essen. Sie hatte wieder einmal vergessen zu essen. In Berlin hatte ihr Alexander oft, wie er es auch für ihre Töchter tat, eine sorgfältig bestückte Tüte mit Brot, Obst und Müsliriegeln auf den dunklen Holztisch gestellt. Und Natascha, die dreimal die Woche kam, ihre große Altbauwohnung putzte und einkaufte, hatte den Kühlschrank und die Schränke immer mit den wichtigsten Dingen gefüllt. Doch mit Blick auf die noch nicht ausgepackten Kisten mit Küchenutensilien und die makellos weiß glänzende Oberfläche des leeren Kühlschranks wurde Selin klar, dass sie anfangen musste, sich um sich selbst zu kümmern. Heute würde es aber doch erst mal der Lieferservice sein. Mit einem Seufzen ging sie zur Haustür und kramte in der Tasche ihrer abgelegten Jacke nach ihrem Handy.

Während sie, nun in einen bequemen Jogginganzug gekleidet, auf ihr Essen wartete, setzte sie sich an den Küchentresen.

Warum zum Teufel hatte ihr erster Fall hier nicht ein simpler, einfacher Mord sein können? Einer, bei dem der Tathergang auf der Hand lag, am besten mit dem passenden Motiv und einem Täter, der nach den ersten Beweisen gegen ihn gestand.

Stattdessen hatte sie eine Leiche, die vermutlich nicht im Affekt getötet worden war. Selin machte sich keine Illusionen über die Natur des Menschen – jeder könnte morden, wenn er nur die Möglichkeit dazu bekäme. Die Möglichkeit und eine ausreichende Menge Wut, Hass oder Angst. Aber sie mochte es nicht, wenn den Umständen eines Mordes etwas sehr Kompliziertes anhaftete – wie in diesem Fall den Spuren am Körper der Toten. Wenn diese post mortem zugefügt worden waren, hatte der Täter getötet, gewartet und dann gehandelt. Er war nicht hektisch bemüht gewesen, seine Spuren zu verwischen und so schnell wie möglich zu fliehen. Der Täter war geblieben und hatte etwas getan, was für ihn einen Sinn ergeben musste. Menschen taten äußerst selten unsinnige Dinge. Dumme Dinge, ja. Dinge, die jemand anderes für unsinnig halten konnte, ja. Aber die meisten Handlungen von Menschen ergaben für sie selbst sehr wohl einen Sinn. Welchen Sinn hatten diese Wunden?

Und was war dann mit Hannes Hansen? Galten solche Überlegungen auch für ihn? Was machte die Demenz mit seinem Kopf? Selin konnte verstehen, warum die Staatsanwältin so vorsichtig war. Sollte Selin Beweise finden, dass Hannes die Frau getötet hatte, würde zwar das Gericht darüber entscheiden, ob er für die Tat verantwortlich gemacht werden könnte, aber da die Aufmerksamkeit auf einen solchen Fall wahrscheinlich immens hoch wäre, sollten die Beweise so unumstößlich wie möglich sein.

Noch zehn Minuten, bis das Essen kam. Selin googelte »Verbrechen unter Demenz« und klickte sich durch die Artikel.

Dann, nicht viel schlauer, legte sie das Handy beiseite, um aus einer der Kisten ein Glas zu wählen und es am Wasserhahn aufzufüllen. Das kalte Wasser schmeckte anders als in Berlin, viel klarer. War das auch schon früher so gewesen?

Bevor Selin noch weitergrübeln konnte, klingelte es an der Tür. Ihre Pizza. Doch als sie die Tür öffnete, stand da kein Lieferant.

23

Lotte saß vor dem Spiegel in ihrem Schlafzimmer und cremte sich sorgfältig das Gesicht ein. Aus den Augenwinkeln beobachtete sie dabei, wie Hannes sein Hemd und seine Hose auszog und mit einem Grummeln nach seinem Pyjama griff.

»Alles in Ordnung?«, fragte sie.

»Nein. Ich verstehe nicht, was so schlimm daran sein soll, dass ich diesen Schuh im Wald gefunden habe. Jeder hätte ihn finden können.«

»Natürlich. Sie wollten eben nur wissen, wo genau du ihn gefunden hast.«

»Das weiß ich nicht mehr. Muss ich mich denn an alles erinnern?«

Sie sah, wie ihr Mann sich mit einem schweren Seufzer auf die Bettkante sinken ließ und die Augen schloss.

»Ich kann mich einfach nicht erinnern. Ich kann mich an so vieles nicht erinnern.«

Lotte stand auf und setzte sich neben ihn. Sie griff nach seiner Hand, von der sie jede einzelne Falte, jede Narbe und jeden Fleck kannte. Sie verschränkte ihre Finger mit seinen.

»Ich weiß.«

Er hob ihre Hand an seinen Mund und küsste sie sacht.

»Hast du den Anwalt mit dem Jaguar angerufen? Den Schnösel?«

»Ja.«

»Warum? Weil ich mich nicht erinnern konnte?«

Lotte überlegte, was für eine Antwort sie ihrem Mann geben sollte.

»Ja. Dr. Hildebrand sollte dafür sorgen, dass dich die Polizei nicht zu lange danach fragt.«

»Die denken, ich hätte die Frau umgebracht, oder?«

Sie zuckte zusammen. Also hatte sein Kopf es geschafft, die einzelnen Teile zusammenzusetzen. Die Demenz war ein mieser Mitspieler und hielt sich nicht an die Regeln. Sie wollte etwas sagen, aber er schüttelte den Kopf.

»Das habe ich nicht. Ich weiß nicht, wo ich gestern Abend war oder was ich im Wald gemacht habe. Meine Krankheit … Sie ist da. Legt sich wie ein Nebel auf so viele Sachen. Löscht einige Dinge aus. Manchmal …« Seine Stimme wurde immer leiser.

»Manchmal lasse ich es sogar zu. Lade sie ein, Erinnerungen zu zerstören.«

Er sah sie an, und sie verstand ihn so gut. Dann wurde seine Stimme wieder lauter und bestimmter.

»Aber ich habe niemanden getötet!«

Sie nahm sein Gesicht zwischen die Hände.

»Das weiß ich doch.«

Schweigend saßen sie eine Weile da. Dann lachte Hannes leise, und Lotte konnte sehen, dass seine Augen wieder trüber geworden waren. Er griff nach seinen Pyjama und drehte ihn zwischen den Händen.

»Wer hat den denn gekauft? So etwas tragen doch nur alte Männer. Kannst du dir vorstellen, dass Elvis je so einen Pyjama getragen hat?«

Lotte lachte auf.

»Nein. Niemals. Da hast du recht. Wir besorgen dir einen Pyjama, der Elvis alle Ehre gemacht hätte. Aus Seide, mit schwarzen und goldenen Streifen.«

»Ja. Das wäre schön.«

Lotte stand auf, Hannes zog den Schlafanzug an und kletterte unter die Bettdecke. In dem großen Bett sah er fast verloren aus, und sie beeilte sich, die Lichter zu löschen und zu ihm zu klettern. In Heidstedt hatten sie nur sehr wenige Nächte nicht nebeneinander in einem Bett gelegen, und mit Grauen dachte sie an die erste Nacht, in der Hannes nicht mehr neben ihr atmen würde. Sie ahnte, dass es nicht mehr lange dauerte.

Sie rollte sich auf die Seite und sah, dass Hannes es ihr gleichgetan hatte. Ihre Hände fanden sich, und ihre Gesichter lagen so dicht aneinander, dass sie sich trotz der Dunkelheit im Zimmer zu sehen meinten.

»Lotte?«

»Ja, Hannes?«

»Ich habe Angst.«

Und ich erst, mein Liebster, dachte Lotte. Aber sie schwieg und strich Hannes nur zärtlich mit den Lippen über die Stirn.

»Ich pass auf dich auf. Und du passt auf mich auf. So haben wir das immer gemacht, oder?«

»Singst du für mich? Damit ich einschlafen kann?«

»Ja.«

Und während Hannes' Atemzüge neben ihr immer langsamer und tiefer wurden, sang Lotte leise ihr Lied.

»Wise men say ›only fools rush in‹.
But I can't help
falling in love with you.
Shall I stay?
Would it be a sin?
If I can't help
falling in love with you?«

24

Lotte wachte langsam auf und wusste für einige Sekunden nicht, wo sie war. Sie konnte das Geräusch von Regen hören, der gegen die hohen Scheiben schlug. Bucheneck. Sie war auf Bucheneck. Sie hasste das Gefühl dieser kurzen Orientierungslosigkeit, das sich in den letzten Jahren zu einem stetigen Begleiter ihres Aufwachens entwickelt hatte. Manchmal suchte sie die weiß gestrichenen und mit ausgeschnittenen Bildern aus Zeitungen bedeckten Wände ihres Kinderzimmers, manchmal die vertraute gemusterte Tapete ihres großen Schlafzimmers in Heidstedt, in dem sie neben Hannes mehr als vierzig Jahre lang aufgewacht war. Hier auf Schloss Bucheneck waren die Wände in einem sanften Grüngrau gestrichen, das Bett war höher und weicher, die Vorhänge vor den nach Osten ausgerichteten Schlafzimmerfenstern waren meistens nur halb zugezogen, um die ersten Lichtstrahlen der Morgensonne hineinzulassen.

Kurz fragte sie sich, ob es das war, was Hannes mittlerweile wohl fast durchgehend spürte: die merkwürdige Losgelöstheit von Zeit und Raum – ein Verschwimmen von Orten und Zeiten.

Die fluoreszierenden Ziffern und Zeiger ihrer Armbanduhr, die neben ihr auf dem Nachttisch lag, zeigten halb vier. Sie schaltete die Nachttischlampe ein und warf einen besorgten Blick neben sich. Doch Hannes schlief und atmete in tiefen und langsamen Zügen. Hannes hatte schon immer so einen Schlaf gehabt: ruhig, ohne von Gedanken oder Traumfetzen zerrissen zu sein. Er schlief wie ein Stein, unbeweglich und fest. Zu den Zeiten, an denen sie morgens noch zum Wochenmarkt gefahren waren und mitten in der Nacht dafür aufstehen mussten, hatte nur ein fürchterlich lauter Wecker ihn aus dem Schlaf reißen können. Für sie hingegen war ein ungestörter, sanfter Schlaf schon immer ein seltenes und dadurch umso wertvolleres Geschenk gewesen. Sie hatte sich zeit ihres Lebens durch die Nächte und ihre Träume gekämpft und Hannes um seine Ruhe beneidet. Daher schwang sie auch jetzt ihre Beine aus dem Bett und wartete kurz, bis der leichte Schwindel, noch so ein überflüssiges Geschenk des Alters, nachließ. Im Wohnzimmer stand ein großer Sessel mit hoher Lehne und einem passenden Hocker für ihre Füße. Ihr Denkerthron, so hatte Joost ihn immer genannt, wenn er sie am Morgen dort gefunden hatte, von Zeitungen und Geschäftsbüchern umgeben. Er hatte ihr seit seinem zwölften Geburtstag, als er beschlossen hatte, ein Mann zu werden, eben an diesen Sessel morgens immer eine Tasse starken Kaffee gebracht. Danach war er mit seinem eigenen Kaffee, am Anfang noch mit viel warmer Milch und noch mehr Zucker versetzt, dazugekommen und hatte mit ihr die ersten fünfzehn Minuten des Tages genossen. Ein Ritual, bevor er zum Schulbus gerannt war und sie mit einem verschlafenen und zerzausten Hannes allein gelassen hatte. Joost. Sie war froh, dass Ute und der Professor gestern Abend noch im Wald gewesen waren.

Lotte schlüpfte in ihre Pantoffeln und stand auf. Der Regen war laut, morgen würde die Welt nass und matschig sein. Dann hielt sie inne. Etwas stimmte nicht. Licht. Ein schnelles Huschen, ein Aufblitzen von Licht, das durch den Spalt der geschlossenen Schlafzimmertür in ihr Zimmer drang.

Sie griff nach ihrem Handy, zögerte kurz und drückte dann einige Zahlen. Hilfe holen und warten. Das war nur vernünftig. Sie ging mit vorsichtigen Schritten zum Kleiderschrank, bemüht, keines der knarrenden Bodenbretter zu erwischen. In der Ecke zwischen Schrank und Wand lehnte der alte Krückstock ihres Großvaters, ein äußerst scheußlicher Stock aus schwerer Eiche mit knorrigem Griff und mit Metall beschlagen. Sie hob ihn nur aus Sentimentalität auf – und weil man mit ihm das schwere Schlafzimmerfenster im Sommer so gut aufstellen konnte.

Ein letzter Blick auf Hannes, aber der schlief selig weiter, dann drückte sie die Klinke der Tür hinunter und trat vorsichtig hinaus. Lotte hob den Stock – aber das Wohnzimmer war leer. Aus dem Flur hörte sie schnelle Schritte, und sie eilte hinterher. Sie sah einen Schatten durch die geöffnete Wohnungstür in die dunkle Halle eilen. Als sie an der Tür angekommen war, war keine Bewegung zu sehen. Lotte hielt die Luft an. Wenn der Einbrecher die Halle verlassen wollte, musste er die große Flügeltür zur Freitreppe aufziehen, die nachts aber abgeschlossen sein sollte. Der zweite Weg hinaus führte durch die schmale Tür linker Hand in den Keller, dort gab es mehrere weitere Ausgänge aus dem Schloss. Diese Tür war jedoch normalerweise auch abgeschlossen, und jetzt, da ihre Augen sich an die Dunkelheit gewöhnt hatten, konnte sie dort keinerlei Bewegung sehen. Wo zum Teufel ...

Mit einem leisen Schrei fuhr sie herum, als sie eine Bewegung hinter sich spürte, wurde aber unsanft nach vorn gestoßen und fiel auf die Knie und Hände. Sie sah jemanden an sich vorbei zur Tür rennen. Als sie sich aufrappeln wollte, fuhr ein heftiger Schmerz durch ihr rechtes Knie. Keine Chance, so auf die Beine zu kommen. Sie drehte sich unter Schmerzen um, lehnte sich gegen die Wand und stieß einen Fluch aus.

Dann ging das Licht in der Halle an, und sie schloss geblendet die Augen.

»Lotte!«

Jaro rannte mit großen Schritten auf sie zu. Er war barfuß, trug eine Jogginghose und ein schwarzes T-Shirt, und in der Hand hielt er eine schwere Taschenlampe.

»Jaro. Ein Einbrecher. Er ist nach unten. Hinterher!«

»Nein.«

Jaro war bei ihr angekommen und kniete sich neben sie.

»Los!«

»Nein. Du bist verletzt.«

Als Jaro sich über sie beugte, schlug sie mit der Hand nach ihm.

»Los, hinterher! Mir geht es gut.«

»Ich lasse dich hier nicht allein.«

Aus Richtung der Treppe war ein lautes Poltern zu hören, und Lotte konnte sehen, wie zuerst der Professor in einem gestreiften Morgenmantel herunterkam und dann Ute. Ute hielt ihre Hand in der Tasche ihres roten Mantels, und Lotte wusste, was das zu bedeuten hatte.

»Ich bin nicht allein. Die Kavallerie ist gekommen. Und nun los, vielleicht ist der Eindringling ja noch unten.«

Jaro seufzte und drehte sich um. Als er an Ute vorbeikam, zog die eine kleine Pistole aus ihrer Tasche und hielt sie ihm hin.

»Hier.«

Jaro starrte sie entgeistert an, schüttelte dann den Kopf und ging zur Kellertür.

Der Professor sah Ute wütend an.

»Steck das verfluchte Ding weg!«

Dann eilte er weiter zu Lotte.

»Was ist passiert?«

Während Lotte den beiden alles erzählte und gleichzeitig versuchte, eine bequemere Position auf dem Boden zu finden, kehrte Jaro zurück.

»Ein Fenster stand offen, es wurde aufgehebelt, denke ich. Aber ich habe niemanden mehr gesehen.«

Ute, die ihre Waffe wieder eingesteckt hatte, ging in Richtung Wohnung.

»Ich sehe nach Hannes – aber der hat wahrscheinlich alles verschlafen, oder?«

Lotte nickte. Hannes' tiefer Schlaf war legendär.

Der Professor sah sie an, dann den Stock, der neben ihr auf dem Boden lag, und schüttelte den Kopf.

»Du solltest in deinem Zimmer bleiben, wenn du etwas Verdächtiges hörst. Am besten die Tür von innen abschließen und über den Notfallcode am Handy die Polizei rufen. Du bist nicht Wonder Woman.«

»Ich bin nicht wer?«

»Eine Superheldin. Sie ist die Tochter der Amazonenkönigin. Hat Superkräfte, magische Armreifen und ein Lasso, mit dem sie Menschen einfangen kann, die, von ihm gefesselt, die Wahrheit sagen müssen.«

»Du liest Comics?«

»Ich habe vor einigen Jahren eine Abhandlung über die strukturellen Ähnlichkeiten in den Erzählmustern von Heiligenlegenden und Superheldencomics geschrieben. Ich kann sie dir gern geben.«

Lotte lächelte.

»Natürlich hast du das.«

»Aber du lenkst ab. Wir gehen jetzt in meine Wohnung – und warten da brav auf die Polizei.«

Bevor Lotte etwas Unfreundliches erwidern konnte, kam Ute mit Hannes aus der Wohnungstür. Ihr Mann hatte verwuschelte Haare und sah sich müde in der Halle um. Falls er sich wunderte, dass seine Frau auf dem Boden saß, ließ er es sich nicht anmerken.

»Feiern wir etwas?«

»Nein, mein Schatz. Aber wir gehen hoch in Haralds Wohnung. Ich erkläre dir dann alles.«

Hannes, der herzhaft gähnte und sie aus kleinen Augen anblickte, nickte nur. Lotte wusste, der er in diesem Zustand zu allem Ja und Amen sagen würde, und wahrscheinlich er auch sofort wieder einschliefe, sobald er in einem der breiten Ledersessel des Professors saß.

Der Professor sah sie nachdenklich an.

»Kannst du allein aufstehen?«

Lotte versuchte es und fluchte erneut, was ihr ein anerkennendes Grinsen von Ute einbrachte.

»Ja, klar. Ich sitze hier nur zum Spaß auf dem kalten Boden.«

Der Professor ließ sich nicht beeindrucken.

»Du lenkst ab, und du hast Schmerzen. Sonst würdest du nicht so fluchen. Ich rufe einen Krankenwagen.«

»Den Teufel wirst du!«

Der Professor schüttelte den Kopf. Er zog sein Handy aus der Tasche und ging einige Schritte zur Seite.

Sie sah ihm böse hinterher, dann zu Jaro.

»Hilf mir auf.«

»Du könntest dir etwas gebrochen haben.«

»Unsinn. Der Kerl hat mich von hinten gestoßen, und ich bin auf meinen Händen und Knien gelandet. Hier unten auf dem Boden hole ich mir noch den Tod.«

Jaro zögerte kurz, betrachtete Lotte und hob sie dann kurzentschlossen wie ein Kind auf seine Arme.

Lotte biss die Zähne zusammen. Als Jaro ihr Knie berührte, fluchte sie erneut leise, gab dann aber auf und lehnte ihren

Kopf an seine Schulter. Wenn sie schon von einem Mann eine Treppe hinaufgetragen wurde wie in »Vom Winde verweht« Scarlett vom unwiderstehlichen Rhett, konnte sie es wenigstens genießen.

25

Selin tastete fluchend nach ihrem Handy, das auf dem Umzugskarton, der ihr als provisorischer Nachttisch diente, leise vor sich hin brummte.

»Özcan.«

»Anna Gruber. Ich weiß, es ist noch früh, aber …«

Selin setzte sich auf und sah nach dem altmodischen Wecker, den sie seit ihrer Kinderzeit besaß und dessen Zeiger in einem fahlen Grün leuchteten. Viertel nach fünf.

»… es hat einen Einbruch gegeben. Auf Schloss Bucheneck. Und da Sie dort ja an dem Fall arbeiten …«

»Gut, dass Sie mich anrufen.«

Selin konnte die Erleichterung der jungen Kollegin förmlich spüren, niemand weckte gern um diese Uhrzeit einen ranghöheren Beamten.

»Was ist genau passiert?«

»Jemand ist allem Anschein nach in die Wohnung von Lotte und Hannes Hansen eingedrungen.«

Selin war nun endgültig wach.

»Ist jemand verletzt worden?«

»Nicht schwer. Frau Hansen hat sich Knie und Handgelenk geprellt, als sie dem Einbrecher hinterhergerannt ist.«

Selin schloss die Augen. Hinterhergerannt? Wie unsäglich dumm und gefährlich!

»Sie hat den Einbrecher wohl aufgeschreckt, und er ist auf und davon. Zwei Kollegen sind vor Ort und ...«, fuhr Anna Gruber fort.

»Sehr gut. Die Kollegen sollen die Wohnung sichern. Sagen Sie der Spurensicherung, dass der Einbruch mit dem Mord zusammenhängen könnte. Er hat somit Priorität. Ich bin in dreißig Minuten selbst vor Ort.«

Sie legte auf. Hinter sich hörte sie Alexanders verschlafene Stimme.

»Selin?«

»Schlaf weiter.«

Er jedoch setzte sich auf, und sie hatte für einen kurzen Moment wieder den jungen Mann mit den strohblonden verwuschelten Haaren vor sich, in den sie sich vor so vielen Jahren Hals über Kopf verliebt hatte.

Selin suchte ihre Kleidung zusammen. Sie hörte, wie draußen der Regen leise gegen die Scheiben schlug, und machte sich auf die Suche nach ihrer Regenjacke.

»Ich muss los.«

»Die Welt retten?«

Etwas in Alexanders Stimme ließ sie zusammenzucken, und sie spürte, wie sich ein vertrauter Schmerz in ihrem Bauch ausbreitete. Er war gestern Abend gekommen, um zu sprechen. Hatte eine Flasche Wein und einen Korb voller Essen dabeigehabt. Er hatte natürlich gewusst, dass sie nicht einkaufen gewesen war. Er kannte sie, oder vielleicht kannte er vor allem ihre Schwächen. Doch statt zu reden, waren sie im Bett gelandet. Wieder einmal. Selin war zu erschöpft gewesen und hatte keine Kraft gehabt für eine erneute emotionale Achterbahnfahrt. Und Alex hatte sich nicht lange überreden lassen, den Plan, *endlich einmal klar Schiff zu machen,* über Bord zu werfen und mit ihr ins Schlafzimmer zu gehen.

Der Sex hatte immer noch etwas von der vertrauten Nähe, dem gegenseitigen Begehren, vielleicht sogar von der Liebe, die ihre Ehe über die letzten Jahre schleichend und stetig verloren hatte. Aber Sex löste keines ihrer Probleme.

»Ich mache nur meine Arbeit!«

Selin wusste, dass ihre Antwort zu schroff und zu laut gewesen war. Eine Vorlage für Alexander, der sich auch wie auf sein Stichwort hin zurücklehnte und eine beleidigte Miene aufsetzte.

»Ach ja, deine heilige, verfickte, beschissene Arbeit, die dir ja ach so wichtig ist!«

Selin ballte die Fäuste und zählte langsam bis zehn, dann drehte sie sich um und beschloss, sich nicht provozieren zu lassen. Außerdem hatte Alex nach allem, was passiert war, vielleicht sogar ein gewisses Recht, so über ihre Arbeit zu sprechen. Dass er im letzten Jahr auch ständig von diesem Recht Gebrauch gemacht hatte, hatte es allerdings nicht besser gemacht.

»Ich muss los. Bleibst du noch?«

Er schüttelte den Kopf, und kurz sah sie, was in seinen Augen stand: Angst, Angst um sie, Angst *vor* ihr.

»Nein. Ich fahre zurück. Die Mädchen haben morgen Nachmittag ein Spiel, und ich treffe mich heute Abend noch mit Tobias und Jule.«

»Okay.«

Tobias und Jule, zwei von Alexanders Freunden und Kollegen, die sich ausführlich über ihre Arbeit und den neuesten Klatsch der Fakultät ausließen, nicht sehen zu müssen, war nun wirklich nicht schlimm. Und die Trauer bei dem Gedanken, dass Alex und nicht sie das Handballspiel ihrer

Töchter sehen würde, versuchte Selin mit aller Gewalt zur Seite zu schieben. Vergebens. Es schmerzte, aber es war kein neuer Schmerz. Sie begrüßte ihn wie einen alten Freund.

Sie hatte sich fertig angezogen, die Regenjacke gefunden und stand unschlüssig im Türrahmen. Alex hatte sich wieder zurückgelehnt und starrte demonstrativ aus dem Fenster – wobei er dort nur ein regennasses Grau und ihrer beider Spiegelbild zu sehen bekam. Selin überlegte, ob sie zu ihm gehen, noch einmal zum Abschied seinen Duft einatmen und seine Wärme spüren sollte, aber dann zuckte sie mit den Schultern.

»Schließe bitte die Tür ab, wenn du gehst. Ein Ersatzschlüssel liegt auf dem Küchentisch.«

Alex nickte nur ihrem Spiegelbild zu.

Sie würde bei ihrer Rückkehr sehen, ob er den Schlüssel mitgenommen oder in ihren Briefkasten geworfen hatte. Doch was von beidem wünschte sie sich?

Kopfschüttelnd schloss sie ihren Wagen auf und setzte sich hinter das Steuer, dann wählte sie Zanders Nummer. Seine Mailbox sprang nach dem ersten Klingeln an, und sie hinterließ ihm eine Nachricht. Bucheneck.

26

Es war nicht so, dass sie spionierte. Nicht wirklich. Aber nachdem gestern der junge Polizist bei ihr gewesen war, hatte sie keinerlei Neuigkeiten mehr aus Bucheneck gehört – also hatte sie ihr Yoga ausfallen lassen und war in der ersten Morgendämmerung losgegangen. Der Regen, der in der Nacht ihren Garten und den Wald getränkt hatte, war abgezogen und hatte die Welt in einem glänzenden und nassen Kleid zurückgelassen.

Dietlind Röge ließ das Fernglas sinken, mit dem sie das frühmorgendliche Kommen und Gehen auf Schloss Bucheneck beobachtet hatte.

Die beiden Streifenwagen, die auf dem Parkplatz gestanden hatten, waren gerade wieder gefahren. Der unauffällige blaue Kombi, den der junge Kommissar gestern gesteuert hatte, war nirgendwo zu sehen. Zander, so hatte er geheißen.

Dietlind lächelte leise bei dem Gedanken daran, wie er gestern in ihrem Wohnzimmer gesessen hatte, auf die schmale Ofenbank gequetscht und mit einem Gesicht, als wären ihre Meditationshocker gefährliche Tiere, die jederzeit zubeißen könnten. Sie kannte die Art von Menschen nur zu gut. Voller Skepsis, voller Zweifel und zynischer Ironie sich selbst und ihren Lebensgeistern gegenüber. Würde der junge Polizist es schaffen, seinen Widerwillen gegen alles, was er nicht sehen oder begreifen konnte, abzulegen, würde er wahrscheinlich einiges bewegen können. Sie war sich sicher, dass die Energiebahnen in seinem Körper völlig blockiert waren. Trotz seiner vielen Muskeln. Wahrscheinlich hielt er sich für super trainiert. Dabei hielte er, wenn er sich ernsthaft darauf einließe, keiner ihrer täglichen Yogaeinheiten durch.

Vor zwanzig Jahren noch hätte sie versucht, ihn in ihr Studio und in ihr Bett zu bekommen. Ihn zu überzeugen. Dafür zu sorgen, dass er sich ihr öffnete. Nicht oder vielleicht nicht ausschließlich, weil sie ihn attraktiv fand – sondern weil es eine viel tiefere Befriedigung wäre, ihn dabei zu beobachten, wie er Schritt für Schritt alle seine Blockaden und Hemmungen loslassen würde. Sie würde einiges wetten, dass der so kontrollierte Kriminalkommissar noch nie in seinem Leben wirklich befreiten Sex gehabt hatte.

Aber da zwischen ihrem damaligen, strahlenden und erfolgreichen Selbst und dem, was sie heute ausstrahlte, zwanzig Jahre und ein Haufen bitterer Enttäuschungen lagen, die sich in ihre Aura eingegraben hatten wie Furchen, würde es bei der Vorstellung bleiben. Männer wie Zander wurden von Macht angezogen. Entweder, indem sie sie ausübten oder indem sie sie in ihrem Gegenüber spürten. Und was auch immer sie heute hatte und ausstrahlte – Macht gehörte nicht dazu.

Seufzend hob Dietlind Röge erneut das Fernglas. Sie musste entweder weiter raten, was auf dem Schloss vorging, oder über ihren eigenen Schatten springen und Lotte Hansen oder Ute Schneider einen Besuch abstatten. Aber Lotte mit ihren dunklen blauen Augen und der ruhigen Bestimmtheit machte sie schlicht nervös – diese Frau hatte eine Form natürlicher Macht, von der Menschen wie Zander nur träumen konnten. Und alle ihre bisherigen Versuche, sich mit Ute Schneider zu unterhalten, endeten darin, dass diese ihr einen Vortrag über Anlagemöglichkeiten und Aktienkurse hielt. Was dazu führte, dass Dietlinds Geist sofort auf Abwege geriet und sie glasige Augen bekam. Die wiederum von Ute als Zeichen von Begeisterung gewertet wurden – nein, auch Ute Schneider war keine Option. Der Professor war auf jeden Fall der harmloseste von allen, er hatte ihr allerdings bei der letzten Begegnung einen Vortrag darüber gehalten, wie wenig das, woran sie glaubte, überhaupt mit dem, was er den echten Buddhismus nannte, zu tun hatte. Und Frau von Sonneborn, die alte Hexe, würde sie ohnehin bei der ersten Gelegenheit vom Gelände verjagen.

Also blieben noch die Informationsquellen im Dorf, aber auch die waren rar und vor allem nicht gewillt, ohne eine Art Gegenleistung ihr Wissen zu teilen.

Sie steckte das Fernglas zurück in den Weidenkorb, der neben ihr auf einem Baumstumpf stand und in den sie schon einige Kräuter und Rindenstücke gepackt hatte, aus denen sie zu Hause kleine Räucherbündel machen wollte. Der Regen hatte den Waldboden tüchtig aufgeweicht. Dietlind war froh über die geringelten Gummistiefel, die sie über ihre Leggins gezogen hatte. Als sie merkte, dass ihre Gedanken vor lauter Frustration immer dunkler wurden, schalt sie sich eine dumme Kuh. Wer war sie denn, sich von solchen Dingen wie Neugierde die Freude an der Welt verderben zu lassen. Also stellte sie sich aufrecht hin, atmete tief ein und hob die Arme und das Gesicht in Richtung des hellgrünen Blätterdaches, um die Sonne zu begrüßen und alles Negative loszulassen.

Etwas hing in einem der unteren Äste des Baumes neben ihr. Ein Stück Stoff, ein Beutel? Sie ließ ihre Arme wieder sinken und ging neugierig näher heran. Es war wirklich ein Beutel, schwarzes Nylon glänzte in den ersten Sonnenstrahlen.

Sie streckte sich, aber ihre Arme waren nicht lang genug. Verdammt! Sie sah sich um und hob dann einen längeren Ast vom Boden auf. Der Ast war schwer und nass von Erde und Moos. Sie hob ihn über ihren Kopf, und nach einigen Versuchen gelang es ihr, den Beutel vom Baum zu befreien, und er fiel mit einem leisen Klirren auf den Waldboden. Was in aller Welt …?

Dietlind hob den Beutel auf und zog das Band auf. Dann stockte ihr der Atem. Schmuck glänzte ihr golden entgegen, und dazwischen waren einige Geldscheine zu sehen. Und ganz zuunterst lag etwas Schweres, Metallenes mit spitzen Zacken. Sie wollte vorsichtig mit der Hand hineingreifen, als sie etwas hörte. Das Klappern eines Fahrrads. Hastig stopfte sie den Beutel in ihren Korb und bedeckte ihn mit den Kräutern. Dann ging sie die wenigen Schritte zurück auf den Waldweg. Ihre Hände waren noch ganz dreckig von dem Ast. Hastig wischte Dietlind sie an ihrer Hose ab, gerade noch rechtzeitig, denn schon konnte sie das Fahrrad und seine Fahrerin um die nächste Biegung kommen sehen.

»Oh – guten Morgen!«

Jenny hielt an und schenkte ihr ein Lächeln.

»So früh schon unterwegs? Warst du beim Schloss?«

Hatte Jenny etwas gesehen? Dietlind merkte, wie ihr trotz der kühlen Waldluft der Schweiß über den Rücken lief.

»Nein«, erwiderte Dietlind. »Ich wollte den Morgen nur nutzen, um einen Spaziergang zu machen.«

Sie spürte, wie sie rot anlief. Sie war schon immer eine sehr schlechte Lügnerin gewesen. Hastig sprach sie weiter.

»Und du? Fängt deine Schicht heute schon so früh an?«

»Nein, ich habe noch keine Schicht, aber Lotte Hansen hat mich gestern gebeten, heute Vormittag ihren Mann zu besuchen. Hannes ist wohl von der ganzen Aufregung auf dem Schloss ziemlich mitgenommen. Da dachte sie, etwas Musik täte ihm ganz gut.«

Erst jetzt registrierte Dietlind die schwarze Tasche, die Jenny über ihrer Schulter trug.

»Ein bisschen klein für eine Gitarre, oder?«

Jenny lächelte. »Ja. Weil da auch nicht meine Gitarre, sondern meine Ukulele drin ist. Hannes ist ein großer Elvis-Fan, und da dachte ich, das könnte passen.«

»Du hast schon früher immer mit deinem eigenen Großvater Musik gemacht, nicht wahr? Ich erinnere mich, wie ihr im Garten hinter seinem Haus gesessen habt, er mit seinem Akkordeon und du daneben. Das Instrument war viel zu groß für dich, aber du wolltest es unbedingt selbst halten.«

Dietlind versuchte, ihren Atem zu kontrollieren und ihre Schultern zu entspannen, während der schwarze Beutel in ihrem Korb von Sekunde zu Sekunde schwerer zu werden schien, doch wenn sie sich nicht wenigstens einige Minuten mit Jenny unterhielt, würde ihr das gewiss auffallen.

»Ja, so war das damals.«

Jenny lächelte nun nicht mehr; sie wechselte abrupt das Thema.

»Warst du Kräuter suchen?«

Dietlind spürte, wie Jenny ihren Blick von ihren matschigen Gummistiefeln über die mit Moos und Erde verschmierte Leggins bis zu dem Korb neben ihr wandern ließ.

»Was hast du denn gefunden?«, fragte Jenny weiter. »Ich kenne nur einige wenige Kräuter, du musst mir einmal zeigen, was es alles gibt.«

Dietlind sah, wie Jenny näher an den Korb trat, und ihr wurde heiß.

»Lass das!«

»Was? Aber ich wollte doch nur …«

Dietlinds Herz raste. Sie merkte, wie sie kurz davor war, die Nerven zu verlieren. Wenn sie nicht schnell dafür sorgte, dass Jenny weiterfuhr, sähe diese den Beutel und … Sie holte tief Luft.

»Ach was! Du interessierst dich doch gar nicht für Kräuter. Lass mich einfach in Ruhe! Fahr doch zum Schloss und lass dich da wie ein Dienstmädchen von den ganzen reichen Schnöseln behandeln. Gut, dass dein Großvater nicht mehr mitbekommen hat, was du aus deinem Leben gemacht hast. Kellnerin auf dem Schloss! Wie hast du dich gefühlt, als du der Sängerin zuhören und dabei schmutziges Geschirr einsammeln musstest?«

Dietlind sah, wie Jenny blass wurde, auf ihr Fahrrad stieg und, ohne sich umzublicken, weiter in Richtung Schloss fuhr.

Dietlind biss sich auf die Lippe. Sie hatte nicht so weit gehen wollen, aber dann griff sie nach dem Korb, in dem unter den Kräutern das schwarze Nylon hervorblitzte, und beeilte sich, auf dem schnellsten Weg nach Haus zu kommen.

Wo auch immer das Geld und der Schmuck herkamen – für sie war der Fund ein Geschenk des Himmels, ein Wink des Schicksals, Vorsehung – und sie würde den Teufel tun, das Ganze wieder zu verlieren.

27

Der graue Besprechungsraum im zweiten Stock des Polizeireviers in Rostock war bis auf den letzten Platz gefüllt. Selin hatte, als sie aus Bucheneck zurückgekommen war, auf ihrem Schreibtisch eine Notiz gefunden:

»Sehen Sie sich die Nachrichten im Netz an. Stichworte: Wassermann, tote Sängerin, Bucheneck. Bis gleich, K.F.«

Selin hatte getan, wie ihr die Staatsanwältin geraten, und das, was sie online gefunden hatte, trug nicht zu ihrer Laune bei. Der ganze Fall, ausgebreitet und mit den absurdesten Vermutungen versetzt. Und wer immer das Ganze in Umlauf gebracht hatte, hatte eine Menge Informationen über alles, was auf Bucheneck passiert war. Einer der Bewohner von Schloss Bucheneck? Hatte Susanne Christiansen dafür gesorgt, dass alle von diesem Wassermann erfuhren? Einer der Mitarbeiter des Gutshauses? Oder war die undichte Stelle in ihrem Team zu suchen? Nein, kein Beamter und keine Beamtin würde so etwas riskieren, um – um was? Um so einen Unsinn zu schreiben.

Zu ihrer Wut über die Spekulationen der Presse kam noch der Hunger. Anscheinend gab es in ihrem neuen Team niemanden, der es sich zur Aufgabe gemacht hatte, die Truppe mit Essen zu versorgen. Keine Brötchen, kein Gebäck, nicht einmal die obligatorische Mischung dänischer Kekse, die sonst in jeder Behörde des Landes auf weißen Untertassen trostlos angeordnet waren. Selin seufzte. Sie würde in Rostock schleunigst ein Café mit vernünftigem Gebäck und Tee auftun müssen.

Selin wandte ihre Aufmerksamkeit den Gesichtern im Raum zu. Staatsanwältin Friedrich saß neben einem etwas älteren Mann mit grauem Bart und gelbem Strickpullover, den sie nicht sofort einordnen konnte. Er lächelte sie ungezwungen an. Anne Gruber, die Polizistin, die Zander mit zu seiner Befragung nach Pfuhlhagen mitgenommen und die sie heute Nacht angerufen hatte, stand neben der Tür. Selin nickte ihr zu und sah auf die Uhr. Fünf Minuten nach halb neun. Zander war noch nicht da.

»Guten Morgen.«

Es wurde still im Raum.

»Für die, die mich in der letzten Woche noch nicht kennengelernt haben, mein Name ist Selin Özcan. Ich freue mich, nun hier mit Ihnen arbeiten zu können.«

Sie wartete nicht ab, ob jemand auf ihre Vorstellung reagierte, sondern sprach ohne Pause weiter.

»Zum Fall: Das Opfer Imken Wegener, einunddreißig Jahre alt, wurde gestern Morgen um sechs Uhr auf dem Gelände von Schloss Bucheneck ermordet aufgefunden.«

Routiniert gab sie die grundlegenden Fakten wieder und fasste den Stand der Ermittlungen für alle zusammen. Sie hatte schon unzählige Male an solchen oder ähnlichen Besprechungen teilgenommen und nach und nach einen eigenen Ansatz entwickelt. Wenn sie alles so sachlich und emotionslos wie möglich hielt, fundierte Beiträge und klare Fragen förderte, würden auch die anderen Teilnehmer mit Glück auf ihre Tonart anspringen. Sie hasste Besprechungen, bei denen es laut oder unsachlich wurde.

Die Tür wurde geöffnet, und aus den Augenwinkeln sah sie Timo Zander, der sich in den Raum quetschte und sie entschuldigend ansah. Sie nickte ihm kurz zu.

»Der Kollege Zander und ich haben gestern Hannes Hansen zur Befragung hier auf dem Revier gehabt. Es ging einzig um die Möglichkeit, in einer anderen Umgebung Herrn Hansen, der an beginnender Demenz erkrankt ist, die Möglichkeit zu bieten, sich zu erinnern. Er hat den Schuh des Opfers gefunden und könnte für uns wichtiges Wissen haben.«

Ein Teil der Kollegen lächelte sie an, ein anderer Teil sah betreten in Richtung Timo Zander. Der gestrige Abend hatte also schon seine Runde gemacht. Selin war gespannt, wie sich das Team aufstellen würde, wenn sie es zu einem offenen Konflikt zwischen sich und Zander würde kommen lassen.

»Leider war die Befragung nicht erfolgreich. Herr Hansen konnte uns keine neuen Informationen geben. Er hat dann in Begleitung seines Anwalts das Revier verlassen und ist wieder auf Schloss Bucheneck.«

Ein Kollege, den Selin noch nicht kannte, hob die Hand, und sie nickte ihm zu.

»Kann die Aussage eines Menschen, der dement ist, denn überhaupt für uns von Belang sein? Und was ist, wenn die Beweislage ausreicht, um Herrn Hansen als tatverdächtig einzustufen?«

Selin nickte. Eine gute Frage, klar und aufgrund der vorgestellten Fakten unvermeidlich Doch bevor sie antworten konnte, ergriff diesmal der Mann mit dem gelben Pullover das Wort.

»Entschuldigen Sie, Frau Özcan, wenn ich hier einmal unterbreche. Ich bin Dr. Gerlach, und als Gutachter für die Staatsanwaltschaft tätig. Frau Friedrich hat mich gefragt, ob ich in diesem speziellen Fall dabei sein könnte.«

Selin nickte auch ihm zu. Sie war neugierig auf das, was er zu sagen hatte.

»Die Frage, ob die Aussage von Herrn Hansen von Belang ist, kann gar nicht so einfach beantwortet werden.«

Dr. Gerlach gab im Großen und Ganzen das wieder, was Selin sich aufgrund ihrer Recherche gestern Abend selbst schon erschlossen hatte. Als er geendet hatte, wollte Selin wieder das Wort übernehmen, aber Zander kam ihr zuvor.

»Was ist mit den Wunden? Sprechen die nicht auch für Hansen als Täter? Jemand muss doch verrückt sein, um so etwas zu tun. Vielleicht hält er sich ja für diesen Wassermann, von dem alle reden.«

Selin konnte die nur mühsam unterdrückte Erregung in Zanders Stimme hören. Er schien sich auf Hannes Hansen als Täter versteift zu haben. Sie wollte gerade etwas sagen, als Dr. Gerlach erneut das Wort ergriff.

»Eine Demenz ist weit entfernt von dem, was Sie da gerade meinen. Ob dem Opfer die Wunden vom Täter in einem psychischen Ausnahmezustand oder im Zuge einer pathologischen Störung beigebracht wurden, wissen wir nicht. Aber jemand, der eine beginnende Demenz hat, ist bei Weitem nicht in dieses Spektrum einzuordnen. Alle Studien zeigen, dass so schwerwiegende Persönlichkeitsveränderungen überhaupt erst in späten Stadien auftreten.«

Selin übernahm wieder das Wort. Sie merkte selbst, wie eisig ihre Stimme dabei klang.

»Und darüber nachzudenken oder gar zu urteilen, ist nicht unsere Aufgabe, sondern die des Gerichts. Für uns ist eine solche Überlegung nicht relevant. Es ist nur eine Möglichkeit, im Zweifelsfall eine in unseren Augen unmotivierte Handlung oder Tat zu erklären. Nicht mehr, nicht weniger. Wir suchen Beweise. Über Schuld entscheiden Gerichte.«

Sie sah Zander an, der, wenn auch mit sichtbarem Widerwillen, schließlich nickte.

»Also weiter.«

Selin blickte in die Runde.

»Ich treffe mich nachher mit der zuständigen Försterin für das Gebiet rund um Bucheneck. Sie wird mir hoffentlich mehr über Fangeisen erzählen können. Die Rechtsmedizin hat ihre Vermutung, dass die Wunden der Sängerin durch so ein Werkzeug zugefügt wurden, nach einigen Versuchen noch einmal bekräftigt.«

Selin drückte auf eine Taste an ihrem Laptop und ließ ein Bild an die Wand werfen.

»Das ist ein solches Fangeisen. Der Täter kann es mitgenommen, in einem der Seen oder im Bach versenkt haben. Aber das Team, das heute noch einmal die Mitarbeiter des Schlosses und des Gutshauses befragt, hält die Augen offen. Die Besitzerin des Schlosses hat uns erlaubt, sämtliche Nebengebäude und Stallungen zu durchsuchen.«

Eine Kollegin am Ende des Raumes hob die Hand. »Bei einem anderen Fall hat das THW mitgeholfen, eine in einen schmalen Kanal geworfene Tatwaffe zu suchen. Die haben einige Metalldetektoren.«

Selin zögerte kurz. Normalerweise verhinderte sie so lange wie möglich, dass Einzelheiten über den Mord nach außen drangen, doch der Blick ins Internet vor der Sitzung hatte ihr gezeigt, dass das Kind eh schon in den Brunnen gefallen war.

»Gut. Stellen Sie den Kontakt her, und koordinieren Sie den Einsatz eigenverantwortlich.«

Sie registrierte, wie die Kollegin sie zuerst erstaunt, dann erfreut ansah. Selin lächelte. Es gehörte zu ihrem Stil, nicht nur Aufgaben, sondern auch Verantwortung abzugeben.

»Was noch nicht in Ihren Unterlagen auftaucht, ist der Einbruch heute Nacht in die Wohnung der Hansens. Frau Gruber?«

Die junge Polizistin, die an die Wand gelehnt dastand, richtete sich auf und fasste mit klarer Stimme die Ereignisse zusammen.

»Um drei Uhr heute früh erreichte uns ein Notruf aus Bucheneck. Frau Hansen meldete einen Einbruch, der Täter sei geflüchtet.«

»Wurde etwas gestohlen?«

»Ja. Geld und Schmuck.« Anne Gruber blickte zum ersten Mal auf den Zettel, den sie in der Hand hielt.

»Zwei Halsketten, ein Armband und mehrere Ringe. Manschettenknöpfe und ein goldenes Feuerzeug. Fotos liegen uns vor. Der Versicherungswert der Schmuckstücke liegt bei etwa zehntausend Euro. Dazu kommen fünfhundert Euro in bar, die Frau Hansen in ihrer Handtasche hatte.«

»Woher wusste der Täter, wo der Schmuck zu finden war?«

»Der Schmuck lag in einer Schale auf einem kleinen Tisch im Flur. Frau Hansen gab an, dass sie und ihr Mann die Gewohnheit haben, dort am Abend allen Schmuck bis auf die Eheringe abzulegen. Die Handtasche stand ebenfalls auf dem Tisch. Der Täter hat sie ausgekippt und das Geld, das mit einer Klammer zusammengehalten war, mitgenommen. Sämtliche Bankkarten waren aber noch da. Ebenfalls nicht mitgenommen hat er eine vergoldete Standuhr, die im Wohnzimmer auf dem Kaminsims stand. Für jemanden, der die Wohnung vorher gesichtet hätte, wäre sie auf jeden Fall ein lohnendes Ziel gewesen.«

Selin übernahm wieder das Wort.

»Danke. Die Spurensicherung war mit dem vollen Programm vor Ort, ist aber nicht sonderlich optimistisch, etwas zu finden. Aufgrund des Tatzeitpunktes kann es gut sein, dass der Einbruch mit dem Mord in Zusammenhang steht. Was das genaue Ziel war, wissen wir nicht. Die Bewohner von Bucheneck sind alle informiert und werden die nächsten Tage aufmerksam sein. Die zuständige Dienststelle wird nachts unregelmäßig Bucheneck anfahren und Präsenz zeigen. Wir müssen abwarten, was passiert. Der Einbruch geht zusammen mit der Liste der gestohlenen Gegenstände an das zuständige Dezernat.«

Sie schaute kurz auf ihre Unterlagen.

»Ansonsten gehen wir heute gemäß dem üblichen Verfahren vor: Der Kollege Zander und ich werden die Bewohner des Schlosses befragen. Ein Team wird an der Hochschule die Kommilitonen und Professoren des Opfers befragen. Ein zweites Team nimmt sich die Nachbarschaft am Wohnort der Sängerin vor. Das dritte Team macht sich auf, um die Nebengebäude von Bucheneck zu durchsuchen und die Mitarbeiter des Gutshauses nochmals zu befragen. Der Rest von uns wird hier vor Ort den Hintergrund des Opfers durchleuchten.«

Sie blickte in die Runde. Man hatte ihr aufmerksam zugehört. Gerade am Anfang war es wichtig, ausreichend Energie in eine Ermittlung zu bringen, da erfahrungsgemäß nach einigen Tagen ohne neue Ergebnisse das Ganze an Schwung verlieren würde. Es war wie beim Schaukeln. Man musste am Anfang ordentlich Schwung holen, um nicht schnell wieder still zu stehen.

»Noch Fragen, Anmerkungen oder Vorschläge?«

Sie schob ihre Unterlagen zusammen, als sie hörte, wie sich jemand räusperte. Zander. Sie erlaubte ihrem Gesicht keine Regung, als sie aufsah und das kurze Aufblitzen von Schadenfreude in seinem Gesicht sah.

28

Jenny hielt an und lehnte ihr Fahrrad gegen den Zaun des kleinen Friedhofs. Sie wusste, dass Lotte und Hannes auf sie warteten, und sie hasste es, unpünktlich zu sein. Aber Hannes hatte immens feine Antennen für die Stimmungen anderer Leute, und Jenny wollte nicht, dass er ihre Wut spürte. Die blöde Zicke Dietlind hatte sie getroffen, und zwar volle Breitseite. Sie kannte sie schon seit Jahren, sie war als Kind, wenn sie zu Besuch bei ihrem Opa gewesen war, oft neugierig an den Gartenzaun geschlichen, um die »Neue« aus Berlin mit ihren merkwürdigen Freunden zu beobachten. Und ja, Dietlind war nicht immer ein freundlicher Mensch, aber das erwartete Jenny auch gar nicht. Nur das eben war auch für sie einfach zu viel gewesen.

Sie trat durch die Pforte auf die sorgfältig geharkten Wege. Hier ohne das schützende Dach der Bäume spürte sie, wie die Sonne die Luft aufheizte und die Feuchtigkeit, die der nächtliche Regen über alles gelegt hatte, langsam verdampfte. Es würde heiß werden, heiß und feucht. Eine blasse Erinnerung aus Kindertagen sagte ihr, dass es ein Gewitter geben würde. Müde setzte sie sich auf eine der neu gebauten schmalen Bänke und schloss für einen Moment die Augen.

Sie würde nicht weinen, nicht wegen Dietlind oder wegen dem, was gewesen war. Es brachte nichts, auf seine Vergangenheit zurückzuschauen und sich zu grämen. Sie würde nach vorn blicken. Und wenn sie dafür nun einmal etwas Zeit bräuchte, dann war das eben so. Großvater hätte das verstanden. Ihr Großvater hatte sein Leben lang in Pfuhlhagen gelebt. In seiner Jugend hatte er sein Talent zum Schnitzen entdeckt, hatte davon geträumt, nach Berlin an die Kunsthochschule zu gehen. Aber er war zu unbequem gewesen, hatte zu viele Fragen gestellt, und das System hatte ihm seinen Wunsch verwehrt. Also war er Waldarbeiter in der Rostocker Heide geblieben. Hatte er sich auch gefragt, was gewesen wäre? Hatte er von Flucht, von einem Neuanfang geträumt? Als Jenny geboren wurde, war er auf jeden Fall schon in Rente und lebte in seinem kleinen Haus. Im Schuppen hatte er sich eine Holzwerkstatt eingerichtet und schnitzte dort zufrieden an seinen Figuren.

Jenny hatte ihn in ihren Ferien besucht und neben ihm

gesessen. Er hatte ihr eine ganze Kiste voll Fabelwesen und Tierfiguren geschnitzt. Und sie hatte die Geschichten zu den Figuren erfunden, zuerst kleine, einfache, später hatte sie diese Wesen aus Holz ganze Abenteuer erleben lassen: Geschichten von Freundschaft und Verrat, von Liebe und Schmerz. Ihr Opa hatte geduldig zugehört und sie bestärkt. Später dann waren es nicht die erfundenen Geschichten gewesen, die sie gefesselt hatten, sondern die, die das Leben schrieb. Sie hatte die Aufnahme an der Journalistenschule geschafft und war durchgestartet. Bis zu jenem verdammten Tag, als Frederick behauptet hatte, sie habe alles nur von ihm geklaut. Er sei der eigentliche Schöpfer, sie nur eine Hochstaplerin. Frederick! So aufmerksam und unterstützend an ihrer Seite. Ihr Vorgesetzter, ihr Mentor und Freund. Und schlussendlich derjenige, der sich als Verräter und Bösewicht entpuppte.

Vielleicht hätte sie kämpfen sollen. Aber er hatte alles geplant, kannte die richtigen Leute, und es war für so viele einfacher gewesen, sie zu opfern als ihn und sein Geflecht aus alten Freundschaften und Abhängigkeiten aufzudecken.

So hatte sie die Beine in die Hand genommen, alles zu Geld gemacht, was sie konnte, und war geflohen – zurück zu ihrem Großvater.

Kurz darauf war dieses gestorben und hatte ihr sein Häuschen in Pfuhlhagen vermacht. Hier war sie nun, leckte ihre Wunden und wusste nicht, was sie tun sollte. Der Weg zurück in die Welt des Journalismus wäre schwer, vielleicht sogar unmöglich.

Es roch nach Koniferen, eine weitere tröstliche Erinnerung an ihre Kindheit. Kaum ein Ort, an dem nicht dieser Geruch in der Luft gelegen hatte. Das Freibad, der Spielplatz, der Schulhof, der Vorgarten des Mietshauses in Berlin, sie alle waren von den immergrünen Büschen umgeben. Jenny spürte die gleichzeitig so weichen und doch spitzen Nadeln auf ihrer Haut, das klebrige Harz an ihren Fingern und den süßen Geruch in ihrer Nase. Hier auf dem Friedhof begrenzten sie die Wege, an denen kleine, graue und gleichförmig geschlagene Steinplatten nebeneinander aufragten. Einige trugen Vornamen und Nachnamen sowie Geburts- und Sterbedatum. Gräber von Soldaten, die am Ende des Zweiten Weltkrieges in Bucheneck gestorben waren. Damals hatte ein Sanitätszug aus dem Osten in der Nähe halten müssen, und der zuständige Arzt hatte die Verletzten in Bucheneck untergebracht. Jennys Großvater hatte sie als Jugendliche oft mit an diesen Ort genommen und ihr von den Männern erzählt, die oft noch halbe Kinder gewesen waren und die hier begraben lagen. Er war es auch gewesen, der die große Holzfigur in der Mitte des Friedhofs aufgestellt hatte. Kein Engel, kein Kreuz oder irgendein anderes Symbol. Er hatte sich für die Figur eines Kindes entschieden, das auf dem Boden hockte und versunken in ein Spiel vertieft war, das dem Betrachter verborgen blieb.

Ihr Großvater hatte ihr erzählt, dass der Friedhof zu DDR-Zeiten unter Brombeerranken fast völlig verschwunden und vergessen gewesen war. Erst nach der Wende hatte eine Gruppe Freiwilliger aus ganz Europa im Zuge eines Projektes der Kriegsgräberfürsorge alles freigelegt und die alten Grabsteine gesichert und durch die neuen Platten ersetzt. Bei ihren letzten Besuchen hatten die Brombeerranken fast schon wieder die Wege überwuchert, aber heute waren sie alle zurückgeschnitten, die Wege sorgsam geharkt, die Koniferen gestutzt und die Rasenflächen mit neuem, hellem Grün überzogen.

Der Grund für alldies kam dann auch mit einer Gartenschere in der Hand um die Ecke und blieb verlegen stehen, als er sie sah.

»Hallo, Jaro.«

»Jenny!«

»Der Friedhof sieht gut aus. Du kümmerst dich um ihn, oder?«

»Ja, wenn ich Zeit habe.«

Jaro kam näher.

»Was machst du hier?«

»Ich bin auf dem Weg zu Hannes. Lotte bat mich, mit ihm Musik zu machen.«

Jaro zögerte kurz, setzte sich dann aber neben sie auf die Bank. Sie schwiegen einen Moment, dann durchbrach Jenny die Stille.

»Stimmt es, dass die Polizei ihn gestern mitgenommen hat?«

»Ja. Das war nicht richtig.«

»Hatte er wirklich den Schuh der Sängerin gefunden?«

»Ja, hatte er wohl.«

Jaro schwieg für einen Moment, und als er dann weitersprach, war seine Stimme ernster, als Jenny es je zuvor gehört hatte.

»Aber Hannes hat nichts damit zu tun. Der Wald hat nichts damit zu tun. Bucheneck hat nichts damit zu tun. Was immer die Sängerin getötet hat – sie hat es mit hierhergebracht.«

Jenny sah erstaunt auf. Jaro hatte sehr sicher geklungen.

»Warum kümmerst du dich um alldas hier?«, fragte sie dann.

Er zögerte sichtlich und ließ seinen Blick über die Grabsteine wandern.

»Ich finde es wichtig, dass wir uns an die Toten erinnern. Diese Menschen ... sie gehören zu uns. Ich kann nicht zulassen, dass sie vergessen werden. Ich wünschte ...« Wieder ein Zögern.

»... sie könnten ihre Geschichten erzählen. Ich bin da. Ich höre zu. Und schneide dabei die Brombeeren zurück.«

Jenny dachte an ihren Großvater, an die vielen Geschichten, die er aus dem gleichen Grund erfunden und erzählt hatte, und lächelte Jaro an.

»Und wie kommst du dazu, hier auf Bucheneck als Hausmeister zu arbeiten?«

Er schaute sie irritiert an.

»Also, du bist ein toller Hausmeister, und es ist eine gute Arbeit und sie erfordert Geschick und ...«

Jenny schalt sich eine Idiotin. Sie hasste es, wenn jemand sie ausfragte, insbesondere die Frage, warum sie als Kellnerin arbeitet. Und was tat sie selbst gerade?

»Entschuldige. Du wirkst nur manchmal auf mich wie jemand, der eigentlich ...«

»Wir sind alle nicht ganz das, als das wir erscheinen.« Jaro stand auf und reichte ihr die Hand, um auch ihr aufzuhelfen. Eine seltsam altmodische und höfliche Geste.

»Du kommst zu spät. Lotte hasst es, wenn jemand zu spät kommt.«

Jenny lachte verlegen, als Jaro ihre Hand nicht losließ und sie bis zu ihrem Fahrrad brachte. Dort blieb er stehen und zeigte neugierig auf die Tasche mit der Ukulele.

»Was ist das?«

Jenny öffnete die schwarze Tasche und zog das kleine Instrument heraus.

»Das ist eine Ukulele.«

In Jaros Händen mit den langen Fingern, die mit einer Vielzahl kleiner Kratzern und Schnitte versehen waren, sah die Ukulele winzig aus.

»Ist es schwer zu lernen?«
»Nein, nicht sehr.«
Er strich vorsichtig über die Saiten und lächelte freudig, als die ersten Töne erklangen.
»Zeigst du mir einmal, wie man sie spielt?«
»Gern.«
Sie standen sich gegenüber, und Jenny merkte, wie sie errötete. Hastig nahm sie die Ukulele aus seinen Händen und stopfte sie zurück in die Tasche. Dann stieg sie auf ihr Fahrrad.
»Ich muss weiter.«
Sie fuhr los und war sich seiner Blicke in ihrem Rücken bewusst.
Erst als sie um die Ecke gebogen und außer Sichtweite war, atmete sie auf.
Was für ein eigenwilliger Mann!

29

Die Sonne war mittlerweile über Schloss Bucheneck aufgegangen. Über dem Wald und dem Rasen lag ein feiner Nebel, den die Strahlen der Sonne langsam verdunsten ließen. Mücken tanzten über dem Bach und lockten zu Hannes' Freude, der mit seinem Fernglas am Fenster stand, Bachstelzen an, die mit weiten und wippenden Bögen auf Beutejagd waren.

Lotte saß auf ihrem Sessel in ihrer Wohnung und hatte das linke Knie vorsichtig auf dem Hocker vor sich abgelegt.

Trotz der frühen Stunde und der dicken Mauern des Schlosses war es schon warm im Zimmer – und so, wie die Luft sich anfühlte, würde es noch wärmer werden. Lotte brauchte keinen Wetterbericht, um zu wissen, dass dies ein Tag werden würde, an dem früher die Milch in der Küche sauer geworden wäre. Sie wusste, dass in einigen Stunden die Vögel aufhören würden zu singen und sich unter dichten Hecken und Büschen verkriechen würden. Diejenigen von ihnen, die eine zweite Brut in ihrem Nest hätten, würden sich schützend mit ausgebreiteten Flügeln über ihre Jungen legen.

Das Wissen der Vögel über das nahende Gewitter war keine Zauberei, sondern reine Physik. Hannes hatte ihr schon oft begeistert erklärt, dass die leichten Knochen und die Luftsäcke im Gefieder seiner Lieblingstiere wie ein natürliches Barometer funktionierten und auf die kleinsten Luftveränderungen reagierten. Und ein Gewitter war keine kleine Veränderung. Sogar Menschen spürten es deutlich – wenn sie es denn zuließen.

Sie würden sich also beeilen müssen mit dem, was Lotte an Aufgaben für den Tag auf ihre Liste geschrieben hatte. Denn jeder neue Tag erforderte eine neue Liste.

Die von heute lag neben ihr auf einem Beistelltisch und war ungewöhnlich lang und in mehrere Spalten unterteilt. Was aber auch daran lag, dass sie nicht nur Aufgaben für sich selbst, sondern auch für ihre Freunde notiert hatte. Hannes hatte seinen Fensterplatz verlassen und brachte ihr ein Kühlkissen. Dann setzte er sich neben sie auf die breite Armlehne.

»Du musst mich nicht bemuttern«, sagte Lotte.

Hannes schüttelte den Kopf.

»Und ob. Immerhin bist du es gewesen, die so unendlich dumm war, einem Einbrecher hinterherzulaufen.«

»Wie oft soll ich mich denn noch entschuldigen?«

»Noch ziemlich oft. Außer, ich vergesse, was passiert ist. Dann werden mich aber Ute und der Professor daran erinnern. Das haben sie mir versprochen. Das war gefährlich, Lotte! Verdammt, er hätte eine Waffe haben können.«

Lotte kam nicht dazu, sich zu rechtfertigen. Denn wie immer wenn Hannes wütend war, raufte er sich die Haare und verfiel ins Plattdeutsche.

»Menschenskinners! Mien Deern — dat is so buten an de Boom mit di!«

Lotte hielt lieber die Klappe. Buten an de Boom, also draußen bei den Bäumen zu sein mit dem, was man tat oder sagte, war eine ziemlich treffende Umschreibung dafür, etwas Leichtsinniges oder Dummes zu tun. Und irgendwie hatte Hannes ja recht — so richtig schlau war es nicht gewesen, mit einem Holzstock bewaffnet einen Einbrecher zu verfolgen.

»Aber ...«, wandte sie ein, doch der Blick ihres Mannes ließ sie erneut verstummen. Zum Glück wurde sie vor einer weiteren Strafpredigt gerettet, als es an die Tür klopfte und der Professor mit Jenny im Schlepptau die Wohnung betrat.

»Ich habe Croissants und Jenny mitgebracht«, erklärte der Professor lächelnd.

Er hob einen Korb hoch, aus dem der warme und süße Geruch von Butter drang.

»Von Konstantin. Er hat gehört, was passiert ist. Ich soll dir ausrichten, dass er den Kerl am liebsten verprügeln würde. Und ich soll dir die Ohren lang ziehen, weil du dich in Gefahr gebracht hast.«

Jenny nahm dem Professor den Korb ab.

»Dem kann ich nur zustimmen. Ich koche uns Kaffee, ja? Oder möchte jemand lieber Tee?«

»Danke, meine Liebe. Kaffee für uns, aber Ute wollte auch

noch kommen, sie muss nur noch kurz etwas in ihrem Atelier zu Ende bringen. Und sie trinkt Tee.«

Jenny blieb kurz an der Tür zur Küche stehen und drehte sich um.

»Was glaubt ihr denn, was Ute in ihrem sogenannten Atelier macht? Wieso ist sie da so geheimnisvoll?«

Hannes war es, der als Erster die Frage beantwortete. Er wirkte wacher als sonst, und Lotte freute sich, ihn so zu sehen. Vielleicht waren die Aufregung gestern und die Sorge um sie für ihn weniger schädlich als gedacht? Vielleicht waren der Frieden und die Ruhe, mit denen sie ihren Mann hier in Bucheneck umgab, gar nicht das, was er brauchte. Sie seufzte. Aufregung würde es in den nächsten Tagen auf jeden Fall genug geben. Jetzt, da die Polizei Hannes im Visier hatte, würde sie handeln müssen. Sie würde nicht zulassen, dass ihm etwas passierte.

Hannes grinste Jenny an. »Geheimnisvoll ist Ute. Und zwar, weil sie in ihrer Wohnung gar kein Atelier hat, sondern ein Labor. Und Ute ist kurz davor, den Stein der Weisen zu finden. Dinge in Gold zu verwandeln.«

Lotte nickte anerkennend und spielte mit.

»Oder sie versteckt dort wie Dorian Gray ihr Porträt. Es zeigt ihr wahres Gesicht und Alter, und in Wirklichkeit ist Ute schon mehrere Hundert Jahre alt und versteckt sich in Schloss nur vor den Mitgliedern eines Geheimbundes, der versucht, Menschen wie sie umzubringen.«

Der Professor hob die Hand.

»Ich glaube, in Wirklichkeit hat sie dort Ute Zweipunkteins und Ute Zweipunktzwei in Aufladestationen stehen. Zwei Androiden, die genauso aussehen wie sie und die sie an schlechten Tagen als ihre Stellvertreter losschickt, wenn sie selbst keine Menschen sehen will. Ute Zweipunktzwei ist nur für Notfälle, da dem Roboter ein Chip fehlt, der für die Impulskontrolle zuständig ist.«

Jenny dachte kurz nach.

»Das könnte erklären, was letztes Jahr beim Grünkohleessen passiert ist.«

Lotte schüttelte den Kopf.

»Nonsens. Sie hat dort einfach einige sehr leistungsstarke Rechner stehen und betreibt mit denen ein großes illegales Onlinecasino.«

Der Professor sah Lotte panisch an.

»Schlag ihr das ja nicht vor! Das wäre, wie einem Kind die Bauanleitung für eine Zuckerwattemaschine zu schenken! Und außerdem würden wir dann die Lüfter hören. Solche Rechner erzeugen einiges an Wärme.«

»Ach, keiner von uns hört noch so gut – und Jaro hat sie einfach geschmiert, damit er die Klappe hält«, erwiderte Lotte.

Der Professor seufzte.

»Stimmt. Die Idee mit dem Casino ist gut – ich selbst habe schon überlegt, ob Ute einfach eine kleine Cannabisplantage dort oben versteckt hat, aber meine Nase ist im Gegensatz zu meinen Ohren doch noch ziemlich gut, und ich denke, das hätten wir alle gerochen. Außerdem ist Ute nicht gerade der *gechillte* Typ. Das sagt man doch so, oder?«

Der Professor sah Jenny fragend an, die lachend den Kopf schüttelte.

»Da fragst du die Falsche. Und mit Freunden wie euch braucht man wahrscheinlich keine Feinde mehr. Was, wenn Ute dort einfach wirklich Kunst macht. Dafür nutzt man ein Atelier doch eigentlich, oder?«

Lotte schüttelte den Kopf.

»Ute ist selbst schuld. Wenn Sie uns zeigen würde, was in dem Zimmer ist, dann würden wir uns nichts ausdenken müssen. Und in Bezug auf Kunst: Hast du schon mal ihre Hände gesehen? Wenn sie dort Kunst macht, dann arbeitet sie weder mit Farbe noch mit irgendetwas anderem, was auch nur einen ihrer perfekten Nägel gefährden könnte.«

»Sie könnte Handschuhe tragen«, wandte Jenny ein.

Lotte versuchte, eine bequemere Sitzposition zu finden, was ihr einen besorgten Blick von Hannes einbrachte.

»Stimmt. Aber ich kann mir nicht vorstellen, dass sie ihre Hände leidenschaftlich in Ton vergräbt oder mit dem Pinsel stinkende Ölfarbe auf die Leinwand bringt. Das passt einfach nicht zu ihr. Ich meine, sie hat weißen Teppich in ihrer Wohnung verlegt. Weiß!«

»Was hat Ute eigentlich früher gemacht, also bevor sie hierhergekommen ist?«

Lotte war Jenny dankbar, dass sich dank ihr das Gespräch nicht mehr um ihr eigenes Fehlverhalten drehte, sondern um Ute. Aber es gab Grenzen dessen, was sie über ihre Freundin erzählen wollte.

»Sie war Finanzbeamtin.«

Lotte sah Jenny unschuldig an. Das war eine sehr gute Art und Weise, Utes Arbeit zu umschreiben. Sie hätte es gern dabei belassen, aber der Professor, der noch nie sonderlich gut darin gewesen war, Dinge zu verschweigen, zappelte auf seinem Sessel herum.

»Ja. Langweiliges Zeug. Tagsaus, tagein irgendwelche Paragraphen, Zahlen, Anträge, Verordnungen und so weiter. Die Arme hat sich fürchterlich gelangweilt und war wirklich froh, als sie hierhergekommen ist.«

Lotte verdrehte die Augen. Ein Mann mit der Intelligenz des Professors musste doch etwas besser darin sein, zu lügen. Oder wenigstens mit dem Alter gelernt haben, einfach die Klappe zu halten.

Und Jenny, die nicht blöd war, genoss die Situation sichtlich.

»Finanzbeamtin also. Ich habe eine alte Schulfreundin, die beim Finanzamt arbeitet. Steuern und so ein Zeug. Das hat Ute also gemacht?«

»Genau.«

Lotte verlieh ihrer Stimme einen Tonfall, der eigentlich jede weitere Frage im Keim erstickten sollte. Aber Jenny war aus härterem Holz geschnitzt.

»Wo denn genau?«

»Wo denn was?«

»Wo hat Ute als Finanzbeamtin gearbeitet? Kommt sie auch aus Berlin? Hamburg?«

»Nein. Wiesbaden.«

Der Professor hatte geantwortet, bevor Lotte sich eine Antwort hatte zurechtlegen können. Eine andere Antwort. Aber nun war es zu spät.

»Ja. Ute hat in Wiesbaden gearbeitet. Aber wenn du mehr wissen willst, musst du sie schon selbst fragen.«

»Das werde ich sicherlich«, entgegnete Jenny.

Sie ging in die Küche, und Lotte schüttelte den Kopf.

»Was für ein Mädchen!«

Hannes strich ihr über den Arm.

»O ja.«

Seine Augen wurden wieder trüber, und sie konnte spüren, wie er sich von ihr entfernte.

»Wir sollten sie Joost vorstellen, oder?«

30

Lotte unterdrückte ihren Schmerz, ihre Angst und ihre Trauer mit aller Kraft und lächelte Hannes an. Er erwiderte ihr Lächeln, aber dann weiteten sich seine Augen erschrocken, und er strich ihr vorsichtig über die Wange.

»Du weinst.«

»Das ist nur ein Staubkorn.«

Hannes sah sie verwirrt an, aber dann kam Jenny mit einem großen Tablett aus der Küche und stellte Kaffee und Tee auf den Tisch. Sie sah von Lotte zu Hannes.

»Junger Mann, ich dachte, wir haben eine Verabredung?«

Hannes stand von der Sessellehne auf.

»Und ob.«

Er ging an das Regal und zog eine DVD heraus.

»Elvis auf Hawaii. In der digital überarbeiteten Version mit unveröffentlichten Ausschnitten und Aufnahmen von hinter den Kulissen. Wir gehen ins Fernsehzimmer. Aloha, mein Schatz.«

Mit einem angedeuteten Hüftschwung und einem Handkuss in ihre Richtung ging Hannes in das Arbeitszimmer, in das Lotte vor zwei Jahren zwei bequeme Sessel und eine große Leinwand mit Projektor hatte einbauen lassen. Jenny folgte ihm samt Ukulele und schloss die Tür hinter sich. Nach kurzer Zeit hörte Lotte die ersten Töne, Hannes' tiefe Stimme und Jennys Lachen. Lotte wischte sich die Tränen ab und richtete sich auf.

Der Professor sprach als Erster.

»Er ist glücklich hier, Lotte.«

»Ja. Das ist die Hauptsache.«

»Seid ihr in letzter Zeit einmal bei der Neurologin gewesen? Gibt es neue Bilder?«

Doch bevor Lotte antworten und ihren Freund anlügen musste, stürmte Ute etwas atemlos und mit einem Laptop in der Hand ins Wohnzimmer. Unter einem mit Gold- und Silberfäden durchwirkten blauen Morgenmantel trug sie einen seidenen Schlafanzug. Um den Kopf hatte sie sich ein Tuch zu einem rosafarbenen Turban geschlungen, und ihre Füße steckten in goldenen Pantoffeln, die Lotte an die Geschichten vom kleinen Muck erinnerten.

»Entschuldigt«, erklärte Ute aufgeregt, »aber ich wollte eben nachsehen, ob schon etwas zu dem Mord in den lokalen Nachrichten auftaucht, und da habe ich das hier gefunden.« Sie stellte schwungvoll den Laptop auf den Tisch und öffnete mit wenigen Klicks eine Seite.

»Seht selbst!«

Lotte beugte sich vor.

»Das ist nur eine Seite von vielen«, redete Ute weiter. »Irgendjemand hat das Gerücht in die Welt gesetzt, dass die Leiche der Sängerin mit Bisswunden übersät gewesen sei. Und nun überschlagen sich die Leute mit ihren Vermutungen. Die einen sagen, es muss ein Wolf gewesen sein. Andere sagen, es sei ein Serienmörder. Aber das hier ist am interessantesten.«

Sie öffnete eine weitere Seite.

»Das ist ein merkwürdiges Forum, in dem sich irgendwelche Esoteriker treffen, es geht von Heilsteinen bis hin zu schamanischen Ritualen. Alles ziemlich kruder Kram. Diesen Beitrag aber, den solltet ihr euch ansehen.«

Ute vergrößerte eine der Seiten.

»Jemand schreibt, er sei sich sicher, dass die Wunden auf einen Angriff durch einen Wassermann zurückzuführen sind. Er greift die Legenden vom Rostocker Schnatermann auf und sagt, dass es Sichtungen eines merkwürdigen Wesens gab und die Polizei es geheim hält.«

»Was für ein Blödsinn!«

Der Professor setzte seine Lesebrille ab und funkelte Ute und Lotte empört an.

»Ja, aber schau dir einmal die Reaktionen an. Es wird nicht lange dauern, dann werden die ersten Schaulustigen hier auftauchen.«

Lotte, die etwas länger als die beiden anderen zum Lesen gebraucht hatte, lehnte sich wieder in ihrem Sessel zurück.

»Das wird die Freifrau zur Weißglut treiben. Oder sie wird ihre Schrottflinte rausholen wie vor zwei Jahren, als die Wildschweine im Park waren, und um sich schießen.«

»Fairerweise muss gesagt werden, dass sie nicht auf die Schweine geschossen hat. Nur in die Luft«, meinte Ute.

»Ja, die Freifrau würde nie ein Tier verletzen. Aber warum sie sich dann ständig so kleidet, als wolle sie gleich auf die nächste Jagd gehen, ist mir ein Rätsel.«

»Es ist eine Verkleidung. Sie muss sich bei ihrer Hochzeit mit dem ach so adeligen Windhund Hubert überlegt haben, was sich für eine Ehefrau ziemt. Und sie ist halt bei diesem englischen Landadellook gelandet.«

»Also eine Art Tarnung?«

Ute nickte.

»Genau. So wie Harald sich hier als Professor verkleidet und Jaro als Handwerker.«

Der Professor, der im Begriff war, sich den Rest seines dritten Croissants in den Mund zu schieben, protestierte.

»Ich bin ein richtiger Professor, ich muss mich nicht als einer verkleiden, liebe Ute.«

»Das hätte ich auch gesagt an deiner Stelle.«

»Also...«

Lotte warf Ute einen neugierigen Blick zu, während diese sich eines der für die beiden typischen Wortgefechte mit dem Professor lieferte. Wusste sie etwa etwas über Jaro, was Lotte bisher nur vermutete? Aber Ute schien gar nicht bemerkt zu haben, was sie gerade so nebenbei gesagt hatte. Das war eine ihrer Spezialitäten. Schon zu Schulzeiten war sie gefürchtet gewesen für diese kleinen Momente, in denen sie gut versteckt geglaubte Wahrheiten einfach hinausposaunte.

Lotte lehnte sich zurück.

»Wir haben den Faden verloren, meine Lieben. Es geht immer noch um einen Mord. Und um meinen Mann. Ihr habt ja mitbekommen, dass Hannes und ich gestern von der Polizei mitgenommen wurden.«

»Eine Unverschämtheit!«

Ute machte sich bereit, eine ihrer gewaltigen Schimpftiraden loszulassen, aber Lotte beschloss, sosehr sie Utes Phantasiereichtum in Hinblick auf Beschimpfungen liebte, ihr den Wind aus den Segeln zu nehmen.

»Die Kommissarin und ihr Kollege hatten keine Wahl, Ute. Hannes ist mit dem Schuh des Opfers aus dem Wald aufgetaucht. Er konnte nicht erklären, woher er ihn hatte. Und zwei Zeugen, – ich wette, das waren der Vogel und die Röge, – haben Hannes unten am Bach pfeifen gehört. Nach dem Konzert.«

»Verdammt.«

»Hannes und ich haben uns wacker geschlagen, und nach kurzer Zeit tauchte dann auch der Anwalt auf. Dr. Hildebrand war beeindruckend effizient und hat mir erklärt, dass er schon dafür sorgen werde, dass die Polizei uns in Ruhe lässt. Danke für den Anruf, Harald.«

»Kein Problem. Er schuldet mir noch den ein oder anderen Gefallen. Damals in Kreuzberg habe ich ihm mehr als einmal den Hintern gerettet.«

»Trotz der Versicherung Dr. Hildebrands, dass Hannes nichts zu befürchten hat, mache ich mir Sorgen. Und daher würde ich euch gern bitten, mir zu helfen, den Mörder der Sängerin zu finden.«

Der Professor nickte, ohne zu zögern, nur Ute schüttelte den Kopf.

»Erst musst du dich für dein Basta entschuldigen.«

»Was?«

»Gestern. Als ich im Liebstöckel sagte, wir sollten unsere Nasen in den Fall stecken, hast du mich gebastat.«

»Das ist kein Wort.«

»O doch. Gebastat. Ich kann es sagen, also ist es ein Wort. Und du lenkst ab.«

Ute verschränkte die Arme und funkelte sie an.

»Zuerst eine Entschuldigung, Madame.«

»Ja, du hast recht. Es tut mir leid, Ute. Ich hatte auch schon gestern Angst um Hannes, und daher wollte ich nicht, dass du oder der Professor euch mit dem Fall beschäftigt. Ihr seid zu schlau.«

Ute schnaubte.

»Und jetzt erzähl uns, was in der Nacht passiert ist, Lotte.«

31

Chris Christiansen stand in der Tür zum Schlafzimmer und beobachtete, wie seine Frau vor ihrer eleganten Frisierkommode saß und eine Schicht Make-up nach der anderen auf ihr Gesicht auftrug. Er wusste, dass sie Schmerzen hatte. Und er wusste, dass die Mittel, die sie durch den Tag brachten, ihr zwar einen Teil der Schmerzen nahmen, aber ihren Körper und ihren Geist mit der Zeit zerstörten. Er hasste sich dafür, dass er jeden Morgen den Moment herbeisehnte, in dem die Tabletten wirkten und ihre vor Schmerz verzerrten Züge sich entspannten.

»Du musst das nicht tun.«

Sanne hielt kurz mit ihrer Arbeit inne.

»Ich will aber.«

Während seine Frau ihr Gesicht nach und nach in eine unbewegliche Maske verwandelte, dachte Chris Christiansen wehmütig an den Moment, an dem er sie zum ersten Mal gesehen hatte. Es war am Set von Dr. Himmel gewesen, Sanne hatte eine kleine Nebenrolle gehabt. Sie hatte den Raum betreten – und es war um ihn geschehen. Liebe auf den ersten Blick – das war es gewesen. Trotz seiner vierzig Jahre war es für ihn das erste Mal gewesen, dass er so etwas empfunden hatte.

Aber er hatte nicht gewusst, dass es möglich ist, sich einem anderen Menschen so nahe zu fühlen. Jeder, der Lotte und Hannes zusammen beobachtet hatte, wusste das. Und er hatte sich viele Jahre seines Lebens danach gesehnt, das Gleiche zu erleben. Dann war Sanne in sein Leben getreten, und der Neid auf das Glück seiner Freunde verschwand. Jahre später hatte Lotte Hannes dann nach Bucheneck gebracht – und dafür gesorgt, dass er von Freunden umgeben war. Viele wunderten sich, wieso einige der Wohnungen noch leer standen, aber Chris war nicht dumm. Er wusste, dass bei vielen Dingen, über die man sich wunderte, Lotte dahintersteckte. Lotte, die alles und jeden steuerte. Auch ihn, keine Frage. Doch er war ihr dankbar gewesen, als sie ihm und Sanne Bucheneck als Rückzugsort vorschlug. Er sah wieder zum Spiegel. Sanne hatte gedacht, sie habe ihn mit ihrer Schönheit erobert. Aber er hatte schon viele schöne Frauen vor ihr gekannt. Und die junge Frau, die mit ihrem wippenden Pferdeschwanz an ihm vorbeigelaufen war und mit ihrem lauten Lachen dafür gesorgt hatte, dass alle sich zu ihr umdrehten, war schön gewesen. Keine Frage. Aber das war nicht der Grund. Er hatte es ihr schon so unendlich oft versichert. Nicht ihr Gesicht, nicht ihre Haut, nicht ihre Jugend waren es, die ihn gebannt hatten. Es war ihr Lachen gewesen. Dieses laute, unbekümmerte Lachen, das über das Set geweht war und dafür gesorgt hatte, dass er sich glücklich fühlte.

In den darauffolgenden Wochen hatte er versucht, sie so oft wie möglich zum Lachen zu bringen. Hatte ihr Geschenke gemacht, sie umworben und ihr seine Welt zu Füßen gelegt. Sie wurde seine Frau – und er wurde glücklich.

Dann – und es war seine Schuld, dass er es erst so spät gesehen hatte – begann Sanne sich zu verändern. Er wusste bis heute nicht, wie und warum es geschehen war. Die ersten Falten in ihrem Gesicht, Lachfalten, stinknormale, herrliche und wunderbare Lachfalten. Er hatte sie geliebt. Sanne hatte in den Spiegel geschaut und geweint. Die ersten Spritzen, die ersten kleinen Eingriffe. Sanne hatte aus ihm unbegreiflichen Gründen versucht, sich in der Zeit stillzustellen. Und hatte sich dabei verloren.

Hilflos sah er, wie sie nun in den Spiegel blickte. Er sah den Hass in ihren Augen. Hass, der ihr galt. Hass, der ihm galt. Und er fragte sich, was Sanne aus Hass bereit gewesen war zu tun. Er würde es wissen müssen. Um sie zu beschützen, würde er es wissen müssen.

»Liebling?«

»Ja?«

Sie hatte mittlerweile den breiten Make-up-Schwamm gegen einen dunklen Stift getauscht und malte ihre Augenbrauen nach. Vor Konzentration lugte die Spitze ihrer Zunge hervor. Etwas, womit er sie immer wieder aufgezogen hatte. Etwas, was sie, wenn sie es bemerkte, zum Lachen gebracht hatte.

»Ach, schon gut.«

Er ging aus dem Zimmer in das Badezimmer hinüber. Am Haken hinter der Tür hing Sannes weißer Morgenmantel. Er nahm ihn, ließ Wasser in das Waschbecken und versuchte, die dunklen Flecke, die den rechten Ärmel verschmutzten, auszuwaschen. Aber er hatte keine Chance.

32

Und warum hast du schon gestern früh solche Angst um Hannes gehabt, Lotte? Den Schuh hat Hannes erst nach unserem Mittagessen gefunden. Da muss also noch etwas anderes gewesen sein.«

Der Professor sah sie nachdenklich an.

»Warum hast du Hannes' Uhr versteckt?«

Auch Ute hatte ihre Stirn in Fakten gelegt. Lotte seufzte. Ihre Freunde hatten ein Recht, alles zu erfahren. Fast alles.

»Ich wusste schon gestern früh, dass Hannes unten am Bach gewesen ist. Denn nach dem Konzert war er nicht mehr in der Wohnung. Ich habe also seine Uhr geortet – und ihn am Bach gefunden.«

»Da, wo ...?«

»Ja. Aber da war niemand, keine Leiche. Er war da ganz allein. Er hat die Fledermäuse beobachtet. Aber ...«

Sie musste ihren Freunden vertrauen. Wem, wenn nicht ihnen?

»Aber da war etwas anderes. Ein Geräusch, hinter mir im Wald. Eine Art Lachen. Und dann ich habe etwas gesehen.«

»Was genau hast du gesehen, Lotte?«

Lotte schloss die Augen und erinnerte sich: Hannes war in der Pause des Konzertes ungeduldig und müde geworden und hatte beschlossen, lieber in die Wohnung zu gehen. Sie hatte kurz gezögert, ihn dort allein zu lassen, aber eigentlich damit gerechnet, dass er schnell einschlafen würde. Als sie dann nach dem Eklat und dem abrupten Ende des Abends ebenfalls in die Wohnung gegangen war, war Hannes jedoch nirgends zu sehen gewesen, und die Terrassentür hatte einen Spalt offen gestanden. Eben für solche Fälle gab es den Sender in der Uhr. Sie hatte ihr Handy genommen und ihn dann auch lokalisieren können. Das Signal hatte ihr zu ihrer Erleichterung gezeigt, dass er nahe beim Schloss war. Unten am Bach. Seufzend hatte sie ihre schicken Schuhe gegen die flachen Turnschuhe vertauscht und war ihm nachgegangen, froh, dass es eine warme Nacht war und es nicht regnete. Sie hatte ihn schon von Weitem gesehen, die Nacht war hell gewesen. Er hatte am Bach gestanden und kleine Stöckchen und Steinchen in die Luft geworfen. Um Fledermäuse anzulocken. Er pfiff dabei leise vor sich hin – sie erinnerte sich, dass es eine Mischung aus Elvis-Songs und Vogelgezwitscher gewesen war. Ein Großonkel von ihm hatte früher sein Geld als Kunstpfeifer verdient, etwas, was ihn als Kind unendlich fasziniert hatte. Er war selbst auch ein guter Pfeifer. Kurz bevor sie bei ihm angekommen war, hatte sie dann das erste Mal etwas gespürt. Blicke aus dem Wald, das Gefühl, beobachtet zu werden. Ein Unbehagen, das ihre Schritte schneller werden ließ. Bei Hannes angekommen, hatte sie seine Hand genommen und gemeinsam mit ihm den kleinen schnellen Schatten am Himmel bei ihren Flugmanövern zugesehen. Hannes hatte gelacht – und Lotte mit ihm. Doch dann hatte sie aus den Augenwinkeln eine Bewegung am Waldrand wahrgenommen, ein schleichendes, fast schon kriechendes Hasten hinter den Bäumen. Ein weißer Schemen, viel zu hell, um zu einem Reh oder einem Wildschwein zu gehören. Zu groß, um ein Waschbär zu sein. Sie hatte nicht gewusst, ob Hannes es auch gesehen hatte, aber sein Pfeifen war verstummt, und er hatte ihre Hand gedrückt.

Lotte öffnete die Augen und sah den Professor an.

»Eine Gestalt, gebückt. Als das Mondlicht auf sie fiel, leuchtete sie silberweiß auf. Dann war sie weg.«

Lotte schluckte.

»Ich habe gedacht, meine Phantasie spielte mir einen Streich. Trotzdem hatte ich Angst.«

Sie schauderte bei der Erinnerung.

»Es lag etwas in der Luft, etwas Böses. Ihr wisst, wie sehr ich solchen Mumpitz verabscheue. Aber in der Nacht da unten am Bach ... da war etwas.«

Sie hatte etwas gesehen, und sie hatte etwas gespürt. Daran war nichts zu rütteln.

»Ich habe mir Hannes geschnappt – er war auch ganz leise geworden, ich glaube, er hat es auch gespürt – und ihn zurück in die Wohnung gebracht.«

Sie war mit Hannes mehr gerannt als gegangen, hatte so schnell wie möglich die Stelle am Bach verlassen wollen.

»Aber das Ganze ging mir nicht aus dem Kopf. Ich konnte nicht schlafen, und beim ersten Morgenlicht habe ich mich über meine Angst geärgert und bin dann raus, wieder zum Bach. Da habe ich sie dann gefunden. Die Sängerin. Sie lag genau an der Stelle, wo Hannes und ich wenige Stunden zuvor die Fledermäuse beobachtet hatten.«

Die Erinnerung an das blau angelaufene und geschwollene Gesicht, an das rote, glitzernde Kleid und die länglichen Wunden, die sich über den Körper der Sängerin gezogen hatten, blitzte vor Lottes Augen auf.

»Ich habe die Polizei gerufen.«

Lotte setzte sich aufrechter hin. Nun hatte sie alles erzählt. Nun ja, fast alles.

»Und – das macht das, was Ute da gerade im Internet gefunden hat, umso spannender – die Sache mit den Bisswunden stimmt. Die Tote war davon übersät Die Polizei hat mich gebeten, es für mich zu behalten. Habe ich auch. Aber irgendjemand anderes nicht.«

»Sie hatte wirklich solche Wunden? Aber was zum Teufel soll die Frau dem hier gebissen haben?«, fragte Ute.

»Das waren keine wirklichen Bisse. Also, sie sahen so aus, aber sie waren gleichmäßig verteilt. Und es ... fehlte nichts.«

Lotte hatte in ihrem Leben zwar eine Menge gesehen, aber das unendliche Glück gehabt, nie mit solcher Gewalt in Kontakt gekommen zu sein. Sie merkte, wie sie beim Gedanken an den mit den roten Bissen – ein besseres Wort fiel ihr nicht ein – übersäten Körper der Frau von einer Mischung aus Entsetzen, Abscheu und Wut überschwemmt wurde.

»Als ich und Hannes die Stelle am Bach verlassen hatten, war sie noch nicht da. Ich hatte aber Angst, dass die Polizei das nicht glauben würde. Daher ...«

»Daher hast du Hannes' Uhr verschwinden lassen?«

»Ja. Ist sie sicher versteckt? Sie war ein Geschenk von Joost, und ich wollte, nein, ich konnte sie einfach nicht zerstören. Habt ihr die Uhr und – und das andere holen können?«

Lotte wusste nicht, was ihre Freunde von ihrer Art hielten, Joost in ihrer Nähe zu haben. Aber sowohl der Professor als auch Ute schienen nicht allzu verärgert oder besorgt zu sein. Lotte atmete auf. Sie kannte eine Menge Menschen, die sie wegen der Sache für mehr als nur ein bisschen verrückt halten würden.

»Ja. Beides ist sicher versteckt. Ich sage nicht, wo. Aber es ist ein guter Ort, um einige Zeit dort zu verbringen«, erklärte Ute. Lotte war erleichtert, ihren Freunden von der Nacht am Bach erzählt zu haben, und wartete gespannt auf ihre Reaktionen.

Der Professor beugte sich schließlich zu ihr vor.

»Du hast etwas gesehen. Halten wir das einmal fest. Warum daran zweifeln? Du bist wirklich einer der wenigen Menschen, bei denen ich mir sehr sicher bin, dass seine Phantasie eben gerade nicht mit ihm durchgeht. Da war etwas. Du sagtest, eine gebeugte Gestalt. Wenn wir Gestalt sagen, meinen wir damit kein Tier, richtig? Wenn wir Wassermänner und andere Sagengestalten einmal einfach ausschließen, bleibt nur eine Lösung übrig. Du hast einen Menschen gesehen.«

Seine ruhige Stimme wirkte Wunder, und Lotte merkte, wie ein Teil der Anspannung von ihr abfiel. Sie war nicht alleine – und sie hatte jemanden gesehen. Und jetzt müssten sie nur noch herausfinden, wer das gewesen war.

»Warum er weiß glänzte, wissen wir noch nicht, Aber wir finden eine Erklärung. Mit der Zeit,«, fuhr der Professor fort.

Ute war noch nicht zufrieden.

»Und das Böse, was Lotte gespürt hat? Wie erklärst du das?«

Der Professor dachte kurz nach.

»Ich habe eine Vermutung. Die ich aber nicht beweisen kann. Noch nicht. Aber bei allen Ritualen, die ich in den letzten Jahrzehnten beobachten durfte und bei denen ich selbst das Gefühl hatte, etwas Böses oder Teuflisches liege in der Luft, haben die Menschen um mich herum mit bestimmten Gerüchen oder Geräuschen gearbeitet. Also den Einsatz von Drogen einmal ausgenommen, die sind hier ja wahrscheinlich nicht relevant.«

»Wenn du das Glas Wein, das ich beim Konzert getrunken habe, außer Acht lässt, nein.« Lotte lächelte für einen Moment.

»Wie meinst du das mit den Geräuschen und Gerüchen?«

»Bei allen Ritualen gab es etwas, was ich nicht direkt sehen konnte. Entweder wurde etwas verbrannt, gekocht oder vermengt, auf die Haut gerieben oder in die Luft verteilt, das einen Geruch auslöste. Wie Weihrauch. Und es gab Musik oder Trommeln. Gesang oder Laute, die ebenfalls alles umgaben. Und diese Gerüche und Geräusche mich und die anderen dann auf einer Ebene getroffen haben, die für den Moment stärker als der beobachtende rationale Verstand waren.«

Lotte nickte. Sie sah, worauf der Professor hinauswollte.

»Du meinst, ich habe auch etwas gerochen und gehört?«

»Ja. Das könnte eine logische Erklärung für das sein, was du empfunden hast.«

Sie dachte an die merkwürdigen Wunden am Körper der Sängerin.

»Habe ich Blut gerochen?«

»Vielleicht. Blut riecht intensiv. Unser Körper reagiert sehr stark darauf. Aber vielleicht hast du auch nur ganz unterschwellig den Tod gerochen, der in der Nähe war. Auch wenn der Geruchssinn des Menschen ziemlich degeneriert ist, können wir mehr Dinge riechen, als wir glauben. Aber eben nur sehr schwach.«

»Du meinst also, das, was ich gesehen und gehört habe, war der Täter, und die Frau war schon tot. Das habe ich gerochen, und deswegen habe ich Angst bekommen?«

»Ja. In etwa so. Es wird eine Mischung aus allem gewesen sein. Und ich nehme an, du warst wegen Hannes und der nächtlichen Umgebung sowieso schon in Alarmbereitschaft, also dein Körper. Was heißt, dass er eine Menge chemische Dinge gemacht hat, die deine Sinneswahrnehmungen geschärft haben. Es ist kein Irrglaube, sondern ein Fakt, dass wir Gefahr riechen können.«

»Das ergibt einen Sinn.«

Lotte versuchte sich die Erleichterung, die sie überschwemmte, nicht allzu sehr anmerken zu lassen.

»Sanne hat ihn auch gesehen.«
»Wen?«
Ute sah erstaunt auf.
»Den Wassermann. Sie hat es gestern erzählt«, erwiderte Lotte.
»Du hast Sanne gesehen?«
»Gestern vor dem Schloss Sie ist aus der Tür gestürmt und auf mich und die Polizistin zugerannt. Dann hat sie etwas von einem Wassermann erzählt.«
Lotte gab wieder, was Sanne gesagt hatte.
Ute klopfte mir ihrem Löffel nachdenklich auf den Tisch.
»Glaubst du, sie weiß noch mehr?«
Lotte dachte an die beiden zerstochenen Autoreifen der Sängerin. Und an die dunklen Flecke auf ihrem Mantel. Sanne hatte im letzten Jahr bei einer Veranstaltung einer Besucherin ein Glas Wein über das Kleid geschüttet, weil diese mit Chris geflirtet hatte.
»Vielleicht. Ich versuche, nachher mit ihr zu sprechen. Wenn Chris mich lässt.«
Wobei sich Lotte sicher war, dass sie ihn überzeugen konnte.
»Aber was ist das jetzt mit diesem Wassermann eigentlich. Woher kommen die Geschichten?«
»Ah, dazu kann ich wahrscheinlich meinen Teil beitragen«, ergriff der Professor das Wort. »Und Agnes Liebherr hat die Geschichte vom Wassermann in einem Gedicht aufgenommen. Genau dem Gedicht, dessen Vertonung die Sängerin vortragen wollte, bevor sie gestört wurde. Das kann kein Zufall sein, oder?«
Lotte und Ute nickten.
»Sie erzählt darin die Geschichte eines jungen Mädchens, das am Fluss Wäsche wäscht und singt und das von einem Wassermann in seine unterirdische Höhle gelockt wird. Dort

muss es dann ein ewiges Leben in Nässe und Kälte an seiner Seite leben.«

»Wirklich schaurig.« Lotte spürte wieder, wie ihr ein Schauer über den Rücken lief.

»Ja. Das sollte es auch sein. Ursprung der Legenden um solche Wassermänner oder auch Nöcks ist wie so oft wahrscheinlich eine Warnung oder eine Abschreckung. Kein Kind sollte in der Dämmerung an einen Fluss gehen oder an den Ufern spielen. Wasser war schon immer mit sehr ambivalenten Geschichten über Naturgewalten verbunden. Doch auch die ruhige Oberfläche eines Waldsees konnte für jemanden. der nicht gelernt hatte zu schwimmen, tödlich sein. Wassermänner oder besser Geschichten von ihnen gibt es in allen Teilen Europas. Meistens sind sie schon als böse beschrieben, sie sollen an Furten, an Brücken oder auch an Quellen mit unterschiedlichen Methoden Menschen zu sich in ihr unterirdisches Reich locken und dort gefangen halten. Manchmal wird erzählt, dass der Wassermann die Seele eines Menschen in Tontöpfen gefangen hält, manchmal ist es aber auch gezielt die Jungfrau, die er in seine Höhle lockt und zu seiner Frau macht. Man soll sie, wenn sie sich zeigen, an ihrer tropfenden Kleidung, aber vor allem an ihren spitzen und grünen Zähnen erkennen. In der Mosel soll es den Krappenmann geben, der seine Opfer mit Fischerhaken ins Wasser zieht. In England gibt es Grindylows, die in Sümpfen oder Mooren leben und Kinder mit ihren langen Armen hinabziehen. In Schottland ist es der Shellycoat, der das Gleiche mit unvorsichtigen Wanderern tut. Alles Warnungen – die dann durch die menschliche Freude daran, zu erzählen und sich zu gruseln, immer weiter ausgeschmückt wurden. Auch im Meer gibt es Wassermänner. In Friesland Ekke Nekkepenn – der hat eine lange Fehde mit den Syltern und sorgt der Legende nach dafür, dass diese bei Sturm nicht viel zu lachen haben. In den slawischen Sagen ist es der Wodjanoi, der ...«

Lotte seufzte, aber Ute war es, die den Professor, der sich nun in seinem Redefluss warm gelaufen hatte, unterbrach.

»Du schweifst ab, Harald. Was ich nicht ganz verstehe: Warum haben Vogel und seine Komplizin Röge das Ganze gestern Abend gestört? Was ist so schlimm an der Geschichte mit dem Wassermann? Es gibt doch Hunderte Sagen und Geschichten von bösen Geistern.«

»Agnes Liebherr war überzeugte Faschistin und Anhängerin der Rassenideologie der Nazis. Und das Gedicht und die Geschichte von dem Wassermann ist vor diesem Hintergrund ganz klar antisemitisch. Der Wassermann wird mit Attributen beschreiben, die antisemitisch und rassistisch sind. Und so wurde es auch damals in den Schulbüchern genutzt.«

»Und die Sängerin wusste das und hat das Gedicht trotzdem ausgesucht?«

Der Professor zuckte mit den Schultern.

»Ich weiß es nicht. Vogel scheint es zu glauben. So oder so ist es kein geheimes Insiderwissen. Zwei Klicks im Internet, und die Sängerin hätte zumindest gewusst, was sie da tut. Agnes Liebherr und ihre Texte sind seit Jahren mehr als umstritten. Und wenn ich an meine Studenten denke – die wären da hellhörig geworden.«

»Wenn Vogel es glaubt, hat er vielleicht gute Gründe dafür. Vielleicht kannte er die Sängerin doch.«

»Oder er wusste mehr als wir«, warf Ute ein.

Lotte sah in die Runde.

»Habt ihr euch noch nicht gefragt, woher Vogel überhaupt wusste, dass die Sängerin genau dieses Lied vortragen wollte? Es gab kein Programm, oder?«

»Das ist eine gute Frage. Wir brauchen mehr Informationen.«

»Wir brauchen einen Plan.«

Ute seufzte und sah den Professor an.

»Lotte hat eine Liste. Du hast eine Liste, nicht wahr?«

Der Professor lächelte. »Natürlich.«

Lotte griff neben sich und nahm den Zettel in die Hand.

»Harald, du gehst zu Vogel und findest heraus, woher er von dem Lied wusste.«

»Er wird mir etwas über Gott erzählen. Muss ich?«

»Ja. Sieh es einfach als eine Forschungsarbeit an.«

Lotte ignorierte das Stöhnen des Professors und wandte sich an Ute.

»Du wirfst dich in Schale und besuchst die Freifrau. Ich will wissen, woher sie die Sängerin kannte und was sie über sie weiß.«

»Mist«, war alles, was Ute entgegnete.

Lotte sah auf ihre Liste.

»Ich muss als Erstes mit Jaro sprechen.«

»Wieso?«

»Erzähle ich euch später. Und danach werde ich unseren feinen Dr. Himmel besuchen – ich will endlich wissen, was mit Sanne los ist.«

»Und wie willst du das bitte alles machen?«

Ute wies mit ihrer schmalen Hand auf Lottes Knie, das immer noch von einem Kühlpack bedeckt auf dem Hocker lag.

»Ach, das geht schon. Ich nehme einfach den hier.«

Sie griff nach dem schweren Krückstock, der neben ihrem Sessel lehnte.

»Lasst uns einen Wassermann jagen gehen.«

33

Selin hatte die Autofenster trotz Zanders Hinweis auf die Klimaanlage heruntergedreht und ließ sich den Fahrwind um die Nase wehen. Der Tag würde heiß werden, es waren Gewitter angekündigt. Schon jetzt hatte die Luft diesen süßen, klebrigen Geschmack. Sie erinnerte sich aus ihrer Kindheit an die Sommergewitter, die sich über der Ostseeküste aufbauten, wenn die heiße und trockene Luft aus Süden auf die kühlere Meeresluft stieß. Auch in Berlin hatte es natürlich Gewitter gegeben, ihre Töchter hatten sich dann ängstlich unter dem großen Küchentisch versteckt, und Selin hatte sich mit ihnen eine Höhle aus Kissen und Decken gebaut. Während die Blitze den Himmel über der Stadt erhellten und der Regen gegen die großen Altbaufenster schlug, lasen sie im Licht der Taschenlampe Bilderbücher, später erzählten sie sich wilde Geschichten oder kuschelten sich schweigsam aneinander. Der Gewittertisch, so nannten sie ihm, war auch noch dann, als Faye und Ella älter wurden, immer eine willkommene Gelegenheit gewesen, für einige Minuten einfach wieder Kind zu sein und die Anstrengungen der frühen Pubertät hinter sich zu lassen. Bis Selin eines Tages beim ersten entfernten Donnergrollen nach ihren Töchtern gerufen hatte, diese aber nicht kamen, sondern lieber weiter taten, was immer auch Vierzehnjährige stets Wichtiges zu tun hatten. Der Zauber war vergangen, die Zeit des Gewittertisches vorbei. Und heute würden Faye und Ella mit ihrer Handballmannschaft irgendein Spiel haben, und sie wusste weder, wo und gegen wen, noch wäre sie auf der Seitentribüne dabei.

Sie schloss das Fenster und sah, wie Zander erleichtert die Klimaanlage wieder einstellte. Eiskalte Luft blies ihr entgegen.

Sie sah ihren Kollegen an, der konzentriert auf die Straße blickte, und hielt ihm die Schachtel mit Keksen hin, die Anna Gruber ihr nach der Besprechung in die Hand gedrückt hatte.

»Ein kleines Willkommen in Rostock. Statt Brot und Salz. Ich backe gern und dachte …«

Selin hatte die Schachtel mit einem Lächeln angenommen und war dank des Kaffees, den sie mitsamt einem Becher aus der Kanne im Bereitschaftsraum mitgenommen hatte, deutlich besser gelaunt.

Zander schüttelte den Kopf. Sein Pech – und mehr Kekse für sie. Wahrscheinlich hatte er für sein Auto ebenso strenge Regeln, was Krümel betraf, aber das war ihr egal. Er hatte sie auf der Besprechung ziemlich verärgert und konnte daher froh sein, nur mit Wind und Krümeln bestraft zu werden.

Zander hatte die Abbiegung zum Schloss erreicht, aber Selin schüttelte den Kopf.

»Wir fahren nach Pfuhlhagen, ich werde dort aussteigen und mit Martin Vogel sprechen. Sie fahren ins Schloss und nehmen die weiteren Aussagen auf.«

Schweigend fuhren sie weiter, bis sie das verblasste Ortsschild erreicht hatten.

»Halten Sie hier an, ich gehe die restlichen Meter zu Fuß«, wies Selin ihren Kollegen an.

Zander lenkte seinen Wagen an den Straßenrand und stellte den Motor ab.

»Soll ich Sie später wieder abholen?«

»Nein. Ich werde nach dem Gespräch mit Vogel von hier aus zu Fuß zur Revierförsterei gehen, das sind laut Karte nur zwei Kilometer. Danach laufe ich dann weiter zum Schloss, wir treffen uns dort.«

Er sah sie skeptisch an.

»Es soll gewittern.«

»Ja, aber erst mittags. Ich werde rechtzeitig da sein. Das sollte ich auch, ich habe meine Regenjacke nämlich im Revier vergessen.«

»Ich kann Ihnen ein Regencape leihen.«

Zander stieg aus und ging zum Kofferraum seines Kombis, an dem einer dieser schmalen Fahrradträger moniert war, und öffnete die Klappe. Selin folgte ihm und kam neugierig näher, als er die schwarze Abdeckung zurückrollen ließ.

Wie sie gedacht hatte, war alles sorgfältig sortiert. Selin seufzte, als sie die durchsichtigen Kisten mit den Einmalanzügen und dem Absperrband, die Warnleuchten, den Erste-Hilfe-Koffer und die schwere stichsichere Weste sah. Feste Stiefel aus schwarzem Leder standen neben einer Tasche, die wahrscheinlich Ersatzkleidung enthielt. Einige Flaschen mit Wasser und einem bunten isotonischen Getränk, wie ihre Töchter es auch liebten, lagen neben einigen Müsliriegeln in einer weiteren Kiste. Der Kofferraum ihres Kollegen war besser sortiert als alles, was sie besaß.

Nur ein Paar schlammige Turnschuhe und ein feuchter Haufen Sportkleidung, die zwischen den Kisten lagen, passten nicht ins Bild.

»Sie laufen?«

»Ja. Das bin ich auch heute Morgen, deswegen habe ich Ihre Nachricht auf der Mailbox nicht sofort gehört.«

»Sie waren ja auch nicht in Bereitschaft. Auch Polizisten

wie wir haben ein Recht auf ein Privatleben. Trainieren Sie für etwas?«

In Selins Augen musste jemand, der morgens vor einem langen Arbeitstag lief, einen guten Grund dafür haben.

»Ja.«

Sie lächelte. Durch einsilbige Antworten konnte man sie nicht loswerden.

»Und für was genau?«

Sie sah wieder in den Kofferraum und bemerkte einen Kompass und einige Landkarten neben der Kleidung liegen.

»Orientierungslauf.«

»Ah – und das heißt?«

»Beim Orientierungslauf ist das Ziel, in freiem Gelände vorher bestimmte Positionen nacheinander so schnell wie möglich und auf kürzestem Weg zu erreichen. Man hat eine Karte und einen Kompass. Es gibt keine vorgegebene Strecke, der Läufer muss sich selbst die ideale Route durch das Terrain suchen.« Zander spulte die Informationen herunter, als hätte er sie auswendig gelernt.

»Macht so etwas Spaß, Zander? Oder ist es langweilig und öde?«

Nun musste er doch lachen, und sie sah, wie sich sein Gesicht entspannte.

»Ja. Es macht großen Spaß. Es ist wirklich total anstrengend, es gibt auch Läufe bei Nacht. Es ist verrückt, wie wenig wir es gewohnt sind, auf unebenem Grund zu laufen. Bei meinen ersten Versuchen hatte ich das Gefühl, nur zu stolpern und zu schleichen. Aber wenn man einmal dabei ist, lässt es einen nicht mehr los. In Schweden ist es der Volkssport schlechthin und wird an den Schulen unterrichtet. Hier sind es nicht sehr viele Läufer. Noch nicht.«

Er musterte sie neugierig.

»Laufen Sie auch?«
»Nicht mehr oft.«
»Kommen Sie doch einmal mit mir mit. Ich versuche, eine Staffel aus Kollegen zusammenzustellen, es gibt Teamwettbewerbe über kürzere Distanzen.«

Selin fand die Vorstellung, sich allein und mit einem Kompass durch einen Wald schlagen zu müssen, nicht sonderlich attraktiv, wollte Zander aber nicht sofort wieder vor den Kopf stoßen. Es war wichtig, dass er Vertrauen zu ihr aufbaute.

»Ja. Gern.«

Er beugte sich in den Kofferraum und zog aus einer der Kisten ein zu einem säuberlichen Viereck zusammengefaltetes grünes Regencape hervor.

»Hier, bitte.«

»Danke.«

Sie wandte sich um und wollte gerade weiter in Richtung Dorf gehen, als er sie noch einmal anrief.

»Frau Özcan? Ich … es tut mir leid.«

Selin blieb stehen.

»Was tut Ihnen leid?«

»Na ja, dass ich gestern die Staatsanwältin informiert habe.«

»Zander, es muss Ihnen nicht leidtun, wenn Sie anderer Meinung als ich sind. Ich schätze es sogar, auch wenn Sie sich das vielleicht nicht vorstellen können. Wofür Sie sich entschuldigen könnten, ist etwas anderes: Ich werde es auf jeden Fall nicht noch einmal dulden, dass Sie hinter meinem Rücken mit der Staatsanwaltschaft sprechen. Und die Informationen, die Sie über Vogel gefunden haben, hätten Sie mir vor der Besprechung geben sollen.«

Zander hatte anscheinend einen Teil seiner Freizeit damit verbracht, im Netz nach Informationen zu den Zeugen zu suchen, und war im Falle von Vogel fündig geworden.

»Ihre Ideen und Ihr Einsatz sollen nicht unter den Tisch fallen. Wenn Sie der Meinung sind, die Staatsanwaltschaft sollte etwas unabhängig von den Einsatzsitzungen wissen, dann sprechen Sie das mit mir ab. Und wenn Sie neue Informationen haben, die relevant für die Ermittlung sind, dann geben Sie diese mir – und verkünden Sie sie nicht in der Besprechung vor allen.«

Selin blickte über das Dorf mit seinen in einem Halbkreis angeordneten kleinen Häusern.

»Ich leite die Ermittlung, und ich bin Ihre Vorgesetzte. Mein Job ist es aber auch, meine Mitarbeiter zu schützen und ihnen die bestmöglichen Voraussetzungen für ihre Karriere zu schaffen. Ihr Anruf bei der Staatsanwältin schadet Ihnen mehr als mir. Für mich bedeutete er nur eine Chance, mich als eigenständige Ermittlerin zu beweisen und der Staatsanwaltschaft gegenüber meine Position zu stärken. Für Sie kann er aber etwas viel Negativeres bedeuten. Sie haben gestern dafür gesorgt, dass die Staatsanwältin mit Ihrem Namen eine Insubordination verbindet. Sie wird Sie, wenn es noch einmal passieren sollte, als den Beamten abspeichern, der seinen Vorgesetzten in den Rücken fällt.«

Zander schwieg, dann nickte er langsam.

»Ich verstehe.«

»Gut. Dann akzeptiere ich Ihre Entschuldigung, und wir vergessen das Ganze. Versuchen Sie, mir zu vertrauen. Ich werde versuchen, Ihnen zu vertrauen.«

Damit drehte sie sich wieder um und ging in Richtung Dorf. Sie hörte, wie er den Motor startete, und atmete auf.

34

Kurz hinter dem Ortsschild hörte der Asphalt plötzlich auf, und Selin ging auf grobem Kopfsteinpflaster weiter. Rechts und links der Straße gab es einen unbewachsenen Streifen, auf dem sich einige Fahrradspuren tief in den sandigen Boden gegraben hatten. Das Kopfsteinpflaster fiel von der Mitte des Weges her ziemlich ab. Ein Auto mit Spoiler oder ein tiefer gelegter Wagen käme hier nicht mehr durch. Die Straße führte auf eine Wiese zu, die sie in einem weiten Oval umgab. Auf der Wiese standen einige sichtbar alte Obstbäume, die sich müde herabneigten und deren Stämme und Äste mit Moos und Flechten überzogen waren. Ein alter Schuppen stand wahrscheinlich nur noch, weil alle seine Bretter gleichzeitig gegeneinanderfielen. Das Ganze war mit einem modernen Elektrozaun umgeben, der seltsam fremd in seiner Umgebung wirkte. Der Grund für den Zaun starrte Selin aus schwarzen Augen neugierig an: Schafe.

Neben der Straße standen die Häuser des Dorfes ordentlich nebeneinander aufgereiht. Alle waren eher klein und einstöckig, die verputzten Wände bis auf wenige Ausnahmen grau und seit Jahren nicht gestrichen. Aber alle der schmalen Vorgärten waren auf die ein oder andere Art bepflanzt, teilweise üppig mit Stauden und Sommerblumen, teilweise eher trostlos mit dünnem Rasen und Betonschalen, in denen einige wenige Geranien oder Begonien wuchsen.

Es gab eine kleine Kirche, die hinter der Wiese stand. Ihr

aus Ziegeln gemauerter breiter Turm ragte nur wenige Zentimeter höher in den Himmel, als es die Kronen der Bäume taten, die ihn umgaben.

Selin überquerte den kleinen Platz und trat an den Zaun. Durch die an einigen Stellen noch hoch bewachsene Wiese kam eines der eher braungrauen als wollig weißen Tiere auf sie zu und blökte. Selin überlegte kurz, ob sie ihm ihren letzten Haferkeks geben sollte, aber sie war sich nicht sicher, ob das die geeignete Nahrung für so ein Schaf wäre.

Ihr Blick wurde abgelenkt von einem Mann in einer dunklen Hose, einem hellen T-Shirt und einem Strohhut auf dem Kopf, der aus einem Seitenweg aus dem Wald heraus auf die Straße trat und in ihre Richtung ging. Aber nach wenigen Metern hielt er plötzlich an und bog mit einigen schnellen Schritten zu einem der Häuser ab. Aber er trat nicht durch das Gartentor, sondern blieb davor stehen und sank dann mit einem kleinen Aufschrei auf die Knie.

Was, zum Teufel, hatte das zu bedeuten?

35

Ute wusste, dass sie schmollte, aber gegen Lotte war kein Kraut gewachsen. Lotte hatte beschlossen, dass Ute die Freifrau ausfragen sollte, also würde sie es auch tun. Aber sie und die Freifrau waren nun mal wahrlich keine dicken Freunde. Allein die Reiterhosen, karierten Blusen und gesteppten Westen, die diese Frau tagaus, tagein wie eine Uniform trug, waren für Ute mit ihrem Sinn für Ästhetik schwer zu ertragen.

Sie selbst hatte aus vielen Gründen bei ihrem Einzug ins Schloss das Gerücht in die Welt gesetzt, ein ehemaliger sehr prominenter, aber natürlich in seiner Rolle anonym zu bleibender Geliebter habe ihr die Wohnung sozusagen als Abschiedsgeschenk oder als Gegenleistung für treue Dienste kurz vor seinem Tod gekauft. Damals war es ihr wie eine gute Idee erschienen, ihre eigene finanzielle Situation zu verschleiern. Ihr war klar, dass sowohl der Professor als auch Lotte ihr die Geschichte niemals abgenommen hatten, sogar Chris Christiansen hatte ihr nach kurzer Zeit mit einem Zwinkern gesteckt, dass er sie nur schwer in der Rolle der trauernden Geliebten sehen könne. Allein die Freifrau glaubte immer noch an Utes vermeintliches Schicksal und hatte offenbar beschlossen, dass damit so etwas wie Seelenverwandtschaft zwischen ihnen bestand.

Ute tadelte sich seit geraumer Zeit selbst. Die Wahrheit wäre ja gar nicht so schlecht gewesen. Und ja auch nicht gerade langweilig. Nur eben nicht glamourös. Die wenigsten Menschen fanden jemanden reizvoll, der etwas von Buchhaltung und Zahlen verstand. Egal, ob es um die Zahlen international organisierter Verbrecher ging oder nicht. Und eben diesen Teil durfte sie auch nicht erzählen. Bei Zahlen und Bilanzen waren Menschen eigen. Die meisten bekamen allein bei dem Gedanken an sie verdächtig trübe Augen. Lotte war eine Ausnahme, das hatte damals ja auch ihre Freundschaft erst ins Leben gerufen, aber Lotte wusste ohnehin, wie der Hase lief. Jenny gehörte auch zur Fraktion wacher Blick. Ute vermutete hinter ihrer Anwesenheit in Pfuhlhagen weit mehr als nur eine gescheiterte Liebesgeschichte, aber sie mochte Jenny und hatte deshalb bisher nicht weiter nachgeforscht. Wobei es gerade jetzt vielleicht sinnvoll sein könnte. Wer sagte denn, dass der Wassermann wirklich ein Mann sein musste?

Die Freifrau war eher kein Zahlenmensch. Allerdings liefen die Geschäfte der Sonneborn AG unter ihrer Leitung ziemlich gut. Berater waren zwar manchmal nützlich, meistens aber eher gefährlich, und allzu vertrauensvoll erschien ihr die Freifrau nicht zu sein. Also war sie doch cleverer, als sie sich gab? Vielleicht sollte Ute einmal genauer hinter die Kulisse der Sonneborn AG schauen. Aber nicht heute. Heute ging es um Mord.

Also würde sie nun in Lottes Auftrag ihre Freundschaft zur Freifrau vertiefen und sie in ihrem Büro aufsuchen. Nachfragen, wie es ihr ging. Mitgefühl zeigen in dieser so schwierigen Situation.

Ute zupfte den hellen Kragen ihres pastellblauen Etuikleides zurecht. Heute war es weder die Hepburn noch die Deneuve gewesen, die ihr vor ihrem Kleiderschrank vorgeschwebt hatte. Nein – heute sollte es Lady Di sein. Tapfer der Welt gegenübertretend. Leider waren Handschuhe nicht mehr in Mode, und es war ja auch zu heiß dafür. Aber die schmale Handtasche, die im gleichen Blau wie ihr Kleid glänzte, und die schmale Perlenkette an ihrem Hals müssten reichen, um das Bild zu vervollständigen. Sie griff mit ihrer freien Hand nach ihrem hellen Sommerhut, ein hinreißendes Modell, angelehnt an die Hüte der frühen fünfziger Jahre, und rückte ihn ein letztes Mal zurecht.

Doch als sie gerade ihre Hand hob, um an die schwere Tür des Büros zu klopfen, hielt sie erstaunt inne. Aus dem Inneren war eine warme, tiefe Männerstimme zu hören. Und das hohe Lachen der Freifrau. War der flinke Hubert, Prinz Rollig, Graf Geil, Freiherr von Sonneborn, wieder da? Aber so wie die Freifrau lachte, wäre das äußerst unwahrscheinlich. Ute zögerte kurz, klopfte aber dann.

Als sie das fröhliche Herein der Freifrau vernahm und

die Tür öffnete, sah sie dann zu ihrer Erleichterung nicht den welken, braun gefärbten Haarkranz des Freiherrn, sondern einen stattlichen Kopf mit kurzen grauen Haaren, die in einer fast altmodisch anmutenden Art und Weise mit Pomade nach hinten gekämmt waren. Der Mann war bei ihrem Eintreten von seinem Sessel aufgestanden und sah sie neugierig an.

»Ute – komm doch herein. Wie schick du heute aussiehst!«, rief ihr die Freifrau entgegen.

»Du schmeichelst mir, Sandra, Liebes.« Ute trat ein.

Die beiden Frauen begrüßten sich mit einem angedeuteten Küsschen links und rechts, und dann drehte sich Ute neugierig zu dem Mann um, der immer noch höflich wartend stand. Er war vielleicht einen Kopf kleiner als sie, was ihn aber nicht im Mindesten zu stören schien. Gekleidet war er in eine dunkle Hose, ein helles Hemd mit schwarzen Nähten und feste Lederschuhe. Seine Haut war braun gebrannt, an den Fingern, die trotz ihrer Falten und Flecken erstaunlich kräftig wirkten, steckten mehrere schwere silberne und von Türkisen geschmückte Ringe, und sein Ohrläppchen wurde ebenfalls von einem silbernen Ring geschmückt. In dem zerfurchten Gesicht, dessen Falten aber mehr vom Lachen als vom Grübeln zu kommen schienen, leuchteten zwei braungraue Augen voller Humor und Wärme. Unter dem Ärmel des kurzen Hemdes stachen mehrere Tattoos hervor. Er erwiderte ihren musternden Blick gelassen und zwinkerte ihr zu. Ein Zwinkern, das in Utes Bauch ein Kribbeln auslöste. Er roch nach Tabak und Zedernholz. Was machte der Mann, den sie sich als Besitzer einer Ranch in Südamerika oder als Betreiber eines Casinos in Las Vegas vorstellen konnte, hier auf Schloss Bucheneck?

»Ute – das ist mein Vater.«

Die Freifrau schien das Erstaunen auf Utes Gesicht nicht zu bemerken.

»Papa, das ist Ute Schneider, sie wohnt in einer der Wohnungen im Schloss.«

»Jonny Heuer – angenehm.«

Er reichte ihr die Hand, und Ute spürte, dass sie nicht nur kräftig, sondern auch rau von Arbeit war. Ihr wurde warm.

36

Wissen Sie, was das ist?«

Selin sah sich, etwas atemlos von ihrem Spurt, den Torpfosten des Gartenzaunes an, vor dem der Mann in die Knie gesunken war. Er war offensichtlich nicht gestürzt, sondern war anscheinend nur begeistert in die Knie gegangen, um etwas zu betrachten. Ein Etwas, das an den Pfosten des Gartenzauns genagelt war und aussah wie eine etwa handtellergroße verschrumpelte Frucht, die jemand auf ein Stück Metall geklebt hatte.

Selin wischte sich den Schweiß von der Stirn und holte tief Luft. Das Wetter und die Luftfeuchtigkeit machten sie ganz kribbelig. Der Mann, der vor ihr kniete, schaute sie immer noch neugierig an. Er schien auf eine Antwort zu warten, und Selin beugte sich vor, um sich sein Fundstück genauer anzusehen.

»Nein. Ich weiß nicht, was das ist.«

»Haben Sie ein Handy dabei? Ich habe meines mal wieder vergessen. Könnten Sie mir einen Gefallen tun und das

Ganze einmal fotografieren? Das hier oben und das dort bitte auch?« Er wies nach unten, wo Selin einen weißen Kreis auf dem Boden erkennen konnte, der aus Salz gestreut zu sein schien.

Selin zögerte, holte dann aber ihr Diensthandy aus der Tasche und machte einige Bilder. Der Mann hatte sich mittlerweile wieder aufgerichtet. Er sah aus wie auf dem Foto, das die Kollegen seinem Vernehmungsprotokoll zugefügt hatten. Sie wusste, dass Harald Martens einen Lehrstuhl für Ethnologie und vergleichende Religionswissenschaften in Berlin innegehabt hatte. Zum Glück war sie ihm an der Seite von Alex nicht früher schon begegnet. Die einzelnen Fachbereiche waren oft sehr abgeschottete Welten. Sie war froh, dass niemand hier in Rostock wusste, mit wem sie verheiratet war – und sie war sich auch sicher, dass der Mann vor ihr trotz seiner so deutlichen Tollpatschigkeit kein Gesicht vergäße. Professor Martens war laut der Seite seiner Uni mittlerweile im Ruhestand, wobei er wohl auch schon vorher mehr auf Reisen als in seinem Büro gewesen war.

Zumindest gab es im Netz mehrere Fotos, die ihn an den unterschiedlichsten Orten der Welt zeigten. Ein längerer Artikel war auf seine Reise durch Papua-Neuguinea und Borneo eingegangen, ein anderer hatte sich um seinen Aufenthalt auf Kuba gedreht. Was die Artikel aus den Fachzeitschriften nicht erzählten, was aber sein Eintrag bei Wikipedia verriet, war sein familiärer Hintergrund. Die Kollegen hatten ihr eine kurze Zusammenfassung gegeben. Harald Martens war der jüngste Sohn der Industriellenfamilie Grauf. Die Graufs: Stahl, Chemie und Waffen. Seit über vier Generationen. Durch zwei Weltkriege hindurch. Gegen und trotz aller Ausfuhrverbote. Die Graufs machten stetige Gewinne – saßen alle paar Jahre einen Skandal aus, wenn wieder einmal ein Reporterteam zu dem ach so überraschenden Ergebnis kam, dass die Waffen von Grauf in sämtlichen Krisenregionen der Welt auftauchten. Hermann Grauf, der Patriarch der Familie, war vor zwanzig Jahren gestorben, und Harald Martens' ältere Schwestern Henrike und Heike hatten das Geschäft übernommen. Harald Martens war weder in der Geschäftsführung des Unternehmens noch im Vorstand der Stiftung zu finden. Er hatte den Namen seines Vaters schon früh abgelegt und den Mädchennamen seiner Großmutter angenommen. War er das schwarze Schaf der Familie? Selin war gespannt darauf, was jemanden wie Martens ausgerechnet nach Bucheneck verschlagen hatte. Sie streckte ihm die Hand entgegen.

»Hauptkommissarin Selin Özcan.«

Er ergriff ihre Hand.

»Harald Martens.«

Begeistert sah er sich wieder den Torpfosten an.

»Ich wette, wir werden an einigen anderen Häusern das Gleiche finden. Vielleicht sogar ...«

»Was ist das denn? Was fotografiere ich hier?«

»Ah, ich denke, das ist ein Herz, vielleicht von einem Reh oder einem anderen kleineren Tier? Dahinter ein Stück poliertes Metall, eigentlich sollte es Stahl sein, aber das ist vermutlich einfach ein Stück Blech. Vielleicht von einem Fahrrad? Und das da unten ist schlichtes Salz.«

Selin sah zu dem, was sie für eine verschrumpelte Frucht gehalten hatte.

»Das ist ein Scherz!«

»Nein. Das ist kein Scherz, das ist ein Herz. Ein Schutzzauber.«

»Aber ...«

Selin brach ab.

»Der Wassermann, oder? Soll das etwa vor ihm schützen?«
»Ja, Sie haben es wahrscheinlich gelesen? Die Gerüchte im Netz?«
»Ja, Heute Morgen. Aber dass es so schnell seine Runde macht und zu ...«
Sie wies auf den Torpfosten.
»... zu so etwas führt?«
Der Professor schüttelte nachdenklich den Kopf.
»Wahrscheinlich war es auch schon gestern da. Die Leute haben von dem Mord gehört, und da es die Vorstellung gibt, dass eine Tote, die in einem fließenden Gewässer verstorben ist, als Geist oder Wiedergänger noch einige Zeit durch die Welt streift, hat man hier anscheinend geeignete Vorsichtsmaßnahmen ergriffen.«
»Wir sind mitten in Europa im einundzwanzigsten Jahrhundert. Und Sie erzählen mir, die Leute hier haben ein Hühnerherz an ihren Gartenzaun genagelt? Um Geister abzuwehren?«
Der Professor nickte.
»Ja, und? Haben Sie nicht das Bedürfnis, einem Schornsteinfeger auf die Schulter zu tippen? Einer schwarzen Katze aus dem Weg zu gehen? Dreimal auf Holz zu klopfen, wenn sie eine Voraussage gemacht haben? Ich wette, Sie tragen sogar einen Talisman bei sich. Die meisten Menschen tun das.«
Selin errötete, und er lachte.
»Lassen Sie mich raten. Sie heißen Özcan, richtig? Ihr Geburtsname?«
»Ja.«
»Ich wette, Sie tragen irgendwo ein Nazar bei sich.«
Selin musste nun auch lachen und zog ihren Schlüsselbund aus der Tasche. An ihm hing ein tropfenförmiger Anhänger,

dessen sich umschließende Kreise in Dunkelblau, Hellblau, Weiß und schließlich wieder Dunkelblau leuchteten.

»Von meiner Großmutter.«

»Sehen Sie.«

Der Professor schien zufrieden zu sein.

»Aber auch Menschen, die keinen so sichtbaren Talisman tragen, tragen Glücksschuhe. Oder nehmen immer die gleiche Art von Stift, um wichtige Dinge zu unterschreiben. Oder trauen sich nicht, während eines Fußballspiels auf die Toilette zu gehen, weil dann immer die gegnerische Mannschaft ein Tor schießt. Der Glaube an solche Dinge ist vielleicht leiser geworden, weniger ...«

Er deutete auf den Gartenpfosten, an dem das vertrocknete Herz hing.

»... weniger archaisch. Aber dieser Glaube existiert. Sport ist vielleicht das beste Beispiel. Und hier auf dem Dorf findet man dann doch manchmal noch einige dieser Dinge in ihrer ursprünglichen Form.«

»Werden Sie die Bewohner danach fragen?«

»Nein. Es würde den – den Zauber stören. Außerdem ist es den Leuten hier bei uns oft peinlich, dass sie so etwas tun. Sie haben Angst, als Spinner abgetan zu werden. Nicht ohne Grund, oder?«

Er zwinkerte ihr zu.

»Es gibt genügend Texte über diesen speziellen Glauben. Aber ich habe mich gefreut, ihn so zu sehen.«

»Gibt es auch Texte über böse Wassermänner?«, wollte Selin wissen.

»Ja, natürlich. Ich kann Ihnen etwas zusammen stellen dazu, und ich habe einen Kollegen in Berlin, der Ihnen dazu auf jeden Fall mit Begeisterung alles erzählen würde.«

»Was wissen Sie darüber?«

»Oh, so einiges.«

Der Professor lächelte sie an und begann dann, einen Vortrag über die Herkunft und die Funktion der Sagen über Wassermänner zu halten. Er schien sich mit dem Thema beschäftigt zu haben. Selin lauschte aufmerksam seinen Worten. Erst als er bei Wassernixen in der nordischen Mythologie angekommen war, unterbrach sie ihn.

»Danke, ich glaube, das reicht mit erst einmal an Wissen.«

»Oh, ja. Natürlich. Sie müssen mich wirklich unterbrechen, wenn ich den Faden verliere.« Er lächelte verlegen.

»Warum sind Sie eigentlich nach Bucheneck gekommen? Ist das hier nicht etwas zu – gediegen für jemanden, der auf Sumatra ein Jahr lang auf dem Boden einer Strohhütte geschlafen hat?«, fragte sie.

»Sie dürfen nicht alles glauben, was Sie lesen. Wir hatten Hängematten.«

Selin lachte.

»Gut. Aber trotzdem würde ich gern wissen, weswegen Sie gerade nach Bucheneck gekommen sind.«

»Das ist ganz einfach: Ich bin wegen Lotte hier.« Er bemerkte ihren erstaunten Gesichtsausdruck.

»Es ist nicht so, wie Sie gerade denken.«

»Was denke ich denn?«

»Oh, entschuldigen Sie. Das kann ich natürlich nicht wissen. Ich meinte, dass ...«

Selin winkte ab.

»Schon gut. Mir war nur nicht klar, dass Sie und Lotte Hansen sich schon vor Bucheneck kannten.«

»Ich kenne Lotte und Hannes seit einigen Jahren. Vielleicht war meine Antwort auch nicht ganz richtig. Vielleicht bin ich sogar mehr wegen Hannes hier. Er ist ein Freund.«

Was Selin manchmal an ihrem Beruf liebte, war die Erlaubnis, Fragen zu stellen, die ansonsten nicht unbedingt den gesellschaftlichen Konventionen genügten.

»Ich frage mich, was ein emeritierter Professor und Autor zahlreicher Bücher für Gemeinsamkeiten mit dem Gründer einer Supermarktkette hat?«

»Ah – Sie glauben, dass Freundschaft auf Gemeinsamkeiten beruht? Das Konzept der Freundschaft ist auf der ganzen Welt sehr unterschiedlich angelegt. Es gibt Kulturen, die die Idee der gegenseitigen Ergänzung zur Grundlage von Freundschaft machen, andere nehmen als Grundlage astrologische Gegebenheiten an. In anderen wiederum geht die Freundschaft der Eltern auf ihre Kinder über und wird vererbt. Aber ich schweife ab. Hannes Hansen und ich haben nicht viel gemeinsam, das stimmt. Ich muss zugeben, dass meine Freundschaft zu ihm vor allem auf der Hoffnung beruht, von ihm lernen zu können.«

»Was genau wollen Sie von ihm lernen?«

»Meine Freundschaft zu Hannes und Lotte Hansen hat ihre Anfänge in einem kleinen Dorf in der Nähe der Grenze zwischen Brasilien und Bolivien am Rio Paraguay genommen. Ich war wegen meiner Arbeit dort, es gibt in der Region einige …«

Er brach ab und setzte ein überraschend charmantes Lächeln auf.

»Ich sollte mich auf das Wesentliche beschränken, richtig? Nun, Lotte und Hannes sind ja nach dem Verkauf ihrer Supermärkte aufgebrochen, um sich die Welt anzusehen. In Brasilien hatten sie zunächst zusammen mit einer Reisegruppe eine geführte Tour gemacht und waren ihrer Gruppe und ihrem Reiseleiter dann entflohen, die wohl allesamt fürchterliche Langweiler gewesen sein müssen. Lotte hatte dann einen eigenen Guide organisiert, und zusammen mit ihm waren sie und Hannes nach Cáceres geflogen. Hannes erzählte, dass ein Bruder seiner Großmutter um 1900 wohl nach Brasilien ausgewandert sei und es Hinweise gebe, er sei dort gelandet. Sie haben wohl nichts gefunden, und beschlossen, sich in der Umgebung umzusehen. Und so kamen sie auch in das kleine Dorf, in dem ich mich gerade aufhielt. Es hat fürchterlich geregnet, und dann hat es auf der einzigen Straße, die aus dem Dorf hinausführte, einen Erdrutsch gegeben, und niemand kam durch. Die Regierung hatte wohl in Aussicht gestellt, einen Räumungstrupp zu schicken, aber die Zeit in so abgelegenen Regionen folgt ihren eigenen Regeln. Hannes und Lotte waren ...«

Er sah sie an, als wollte er sich vergewissern, dass sie ihm genau zuhörte. Es schien ihm wichtig zu sein.

»Hannes und Lotte haben eine besondere Fähigkeit, Freundschaften zu schließen. Sie sind neugierig und auf eine Art und Weise offen, für die ich nicht das richtige Wort finde. Ich würde ja ›unschuldig‹ sagen, wenn die beiden es nicht faustdick hinter den Ohren hätten. Als Duo sind sie eine Naturgewalt. Keine Ahnung – auf jeden Fall erreichten sie damals etwas, was ich auf all meinen Reisen zuvor nicht erreicht hatte. Sie wurden Teil des Dorfes, wurden zu Freunden. Es war ...«

Er lächelte, und Selin konnte sehen, wie sehr er in seinen Erinnerungen aufging.

»Ich war ungeduldig und genervt. Ich war unhöflich und habe meinen Frust über die Verzögerung an den Menschen um mich herum ausgelassen. Lotte und Hannes hingegen haben das Ganze mit Gelassenheit genommen, als Chance gesehen. Innerhalb weniger Stunden hatte Lotte das halbe Dorf kennengelernt, konnte mehrere Sätze im örtlichen Dialekt sagen und fachsimpelte mit dem Sohn der Bürgermeisterin in einer kruden Mischung aus Englisch und Portugiesisch über die Möglichkeit, ein eigenes Geschäft auf Rädern für die Versorgung des Dorfes aufzumachen. Hannes hatte sich gemütlich auf die überdachte Terrasse eines Hauses gesetzt, einige Kinder um sich geschart und ließ sich von ihnen ihre Lieblingslieder beibringen. Im Gegenzug sang er ihnen Lieder von Elvis vor. Irgendwoher hatte er ein kaputtes Radio bekommen, er schraubte es auf und reparierte es. Danach bekam er einen stetigen Strom von alten Elektrogeräten in die Hand gedrückt. Lotte und Hannes hätten dort bleiben können. Sie verschmolzen mit dem Dorf – und waren einfach zufrieden. Eine hohe Kunst. Ich war neidisch und merkte in diesem Moment sehr deutlich, wie mir das hohe Ross der Wissenschaft, auf das ich mich zu setzen pflegte, jeglichen Weg versperrte, Menschen wirklich kennenzulernen. Die Grundlage meiner Freundschaft zu den beiden erklärt sich so. Nach vier Tagen war die Straße frei – und unsere Wege trennten sich wieder. Aber wir hielten Kontakt, und die beiden besuchten mich mehrmals während meiner weiteren Reisen. Als Lotte mich einige Jahre später anrief und mich einlud, sie und Hannes hier in Bucheneck zu besuchen, setzte ich mich in mein Auto und fuhr los. Von Berlin sind es ja nur zwei Stunden. Bei Hannes waren damals die ersten Anzeichen der Demenz zu sehen. Ich wollte ihn noch so lang wie möglich als meinen Freund neben mir haben. Das Schloss, die Landschaft und die Nähe zum Meer gefielen mir, es gab zufällig eine freie Wohnung mit einem Fenster nach Westen, vor das ich meinen Schreibtisch stellen konnte. Daher packte ich Rosa und meine Sachen und kam her.«

»Wer ist Rosa?«

Der Professor errötete leicht.

»Eine andere Geschichte. Was machen Sie denn nun hier in Pfuhlhagen?«

Er lenkte ab, aber Selin war das recht. Sie fände so oder so heraus, wer Rosa war und warum der Name bisher noch nie aufgetaucht war. Sie zeigte auf das kleine Haus, in dem Pastor Vogel lebte.

»Ich möchte zu Pastor Vogel.«

»Da haben wir beide den gleichen Plan.«

Selin zog erstaunt die Augenbrauen hoch.

»Ist Martin Vogel ein Freund von Ihnen?«

»Das würde ich nicht unbedingt sagen.«

»Ah – und heute wollen Sie mit ihm ...«

Der Professor lachte.

»Ich wollte von ihm mehr über die Sängerin wissen.«

»Warum?«

»Ich denke, das habe ich Ihnen erzählt, oder?«

»Weil Hannes Hansen Ihr Freund ist?«

»Weil Hannes Hansen mein Freund ist.«

Dann machte er eine kleine Verbeugung und trat einen Schritt zurück.

»Aber ich lasse Ihnen gern den Vortritt, Frau Hauptkommissarin.«

Mit diesen Worten ging der Professor in die andere Richtung davon, immer einen Blick auf die Pfosten der Gartentore gerichtet. Selin seufzte. Sie mochte ihn, und zugegebenermaßen hatte sie seine Geschichte berührt. Aber sie hoffte sehr, dass weder er noch ein anderer von Lotte Hansens Freunden sich in den Fall einmischen.

37

Lotte wusste, wo Jaro meistens zu finden war, wenn er nicht im Schloss oder im Park werkelte. Außerdem hatte Jenny erwähnt, dass sie ihn auf dem kleinen Kriegsgräberfriedhof gesehen hatte.

Sie stützte sich auf den Stock und fluchte leise. Sie hasste es, körperlich eingeschränkt zu sein, und war bisher von den meisten Problemen des Alters verschont geblieben. Gute Gene wahrscheinlich. Ihre eigene Mutter war weit über neunzig geworden und hatte noch bis in die Woche vor ihrem Tod im Garten des kleinen Bungalows gestanden, den Hannes und Lotte ihr gekauft hatten. Körperlich erstaunlich fit und mit mehr Haaren auf den Zähnen, als ein Wildschwein Borsten hat.

Lotte lächelte. Ihre Mutter war wahrlich keine einfache Frau gewesen, früh verwitwet, hatte sie Lotte zur Selbstständigkeit erzogen – aber ihr auch so einiges ermöglicht, was die Tochter armer Landarbeiter sonst nicht bekommen hätte. Wahrlich auch keine warmherzige Frau, aber eine auf ihre Art sehr ehrliche. Und Wärme hatte Lotte dann ja bei Hannes gefunden, der mehr davon ausstrahlte als jeder andere Mensch, den sie kannte.

Hannes – bei dem Gedanken an den Schleier, der sich mittlerweile immer öfter über seine sonst so wachen Augen legte, wurde ihr schwer ums Herz.

Als sie endlich und mit mehr Schmerzen im Knie, als sie

es sich eingestehen wollte, beim Friedhof angekommen war, hörte sie schon von Weitem Jaros Stimme. Er sang ein trauriges Lied in seiner Muttersprache, während er damit beschäftigt war, einige Bretter am hinteren Zaun auszuwechseln.

Lotte ging langsam über die sandigen Wege auf ihn zu und ließ sich dann mit einem leisen Seufzer auf eine der Bänke sinken. Sie wühlte in ihrer Tasche nach einem Tuch und wischte sich den Schweiß von der Stirn.

Jaro musste sie kommen gehört haben, denn er verstummte und sah von seiner Arbeit auf.

Er wischte sich die Hände an seiner Arbeitshose ab und ging zu ihr.

»Du solltest im Schloss sein. Dein Knie schonen.«

»Dem Knie geht es gut. Und ich wollte mit dir sprechen.«

»Es ist viel zu heiß.«

»Du arbeitest doch auch.«

Lotte hatte nicht vor, sich wie ein Kind behandeln zu lassen. Jaro schüttelte nur den Kopf.

»Aber ich bin auch nicht ...«

Er überlegte und lachte dann leise.

»... ich bin nicht so reif wie du.«

»Käse ist reif. Oder Äpfel. Ich bin schlicht alt. Deswegen habe ich ja auch keine Zeit, einfach in meiner Wohnung herumzusitzen.«

Sie zog zwei Flaschen mit Wasser aus ihrem Rucksack und hielt ihm eine hin.

»So, Jaro, wer bist du wirklich? Es kann ja sein, dass die anderen dir den Handwerker abnehmen, aber ich nicht.«

»Was?«

»Jaro – hier hört uns niemand, und ich vermute, die Polizei wird früher oder später auch darüber stolpern, dass der polnische Hausmeister von Schloss Bucheneck nicht ganz das ist, was er vorgibt zu sein.«

»Wir kommst du denn darauf, dass ...«

»Ach, verdammt, wir haben keine Zeit für so etwas!« Lotte hieb mit ihrem Stock auf den Boden.

»Jaro, ich habe dich erkannt, ganz einfach. Ich bin gut darin, mir Gesichter zu merken. Kunden liebten es, wenn sie von mir mit ihrem Namen begrüßt wurden. Du hast dir zwar deinen Bart abrasiert, und letztes Jahr bei deinem Besuch bei der Freifrau hast du noch eine Brille statt der Kontaktlinsen und einen schicken Anzug statt der Arbeitshose getragen, aber dein Gang, deine Augen und deine Stimme hast du nicht verändern können.«

Jaro sah sie an und schüttelte den Kopf.

»Wir haben damals kein einziges Wort miteinander gesprochen!«

Lotte lächelte. Also hatte sie recht gehabt. In Jaros Antwort hatte nur noch ein Hauch des schweren polnischen Akzentes mitgeschwungen, den er vorher vielleicht etwas zu eifrig auf seine Sätze zu legen versucht hatte. Und den er in regelmäßigen Abständen vergessen hatte, wenn er sich mit Hannes unterhielt und unbeobachtet gefühlt hatte. Was immer Jaro war, ein guter Schauspieler war er wirklich nicht.

»Nein, das stimmt. Aber du warst damals auf dem Friedhof hier, hast dir da alle Grabsteine angesehen, Fotos gemacht und bist dann schnurstracks zur Freifrau in ihr Büro. Da warst du weniger als eine halbe Stunde, bist wütend und mit rotem Kopf wieder rausgekommen. Und dann bist du, ohne dich noch mal umzudrehen, in den silbernen Leihwagen mit polnischem Kennzeichen gestiegen und abgehauen. Die Freifrau hat niemandem erzählt, was du wolltest. Nur ihrem guten Freund Chris gegenüber hat sie einmal gesagt, die Spinner, die in der Vergangenheit von Schloss Bucheneck herumwühlen wollten, könnten ihr gestohlen bleiben. Chris hat es mir erzählt. Du hast Glück, dass er an diesem Tag nicht selbst da war, er hätte dich wahrscheinlich noch schneller wiedererkannt als ich. Schauspieler sind gut darin, hinter Verkleidungen zu schauen.«

»Du bist unglaublich.«

»Nein, nur neugierig. So wie Ute und der Professor auch. Wir treffen uns einmal am Tag zum Mittagessen. Was meinst du denn, worüber wir da die ganze Zeit reden!«

»Über das Wetter?«

»Nein, absolut nicht. Aber wir machen einen Tausch, ja?«

Er sah sie skeptisch an.

»Was für einen Tausch?«

»Eines meiner Geheimnisse gegen dein Geheimnis.«

Er lachte und hob wie selbstverständlich ihre Hand an seine Lippen.

»Einverstanden. Aber du fängst an.«

»Ich habe einen guten Grund, alles, was die Freifrau tut, genauer zu beobachten. Mir, oder besser mehreren meinen Firmen, gehören mittlerweile insgesamt mehr als fünfzig Prozent von Bucheneck.«

Jaro stieß einen kleinen Pfiff aus.

»Was die Freifrau allerdings nicht weiß und auch nicht wissen muss. Solange der Laden hier läuft und Gewinn abwirft, habe ich nicht vor, mich in den Vordergrund zu drängen.«

Jaro blickte über den Friedhof und dann wieder zu ihr.

»Du könntest über das, was auf Bucheneck passiert, bestimmen?«

»Mit einigen Einschränkungen – ja.« Lotte dachte an die leeren Wohnungen. Wenn Jaro und die anderen wüssten …

Jaro war damit beschäftigt, ihre Informationen zu sortieren. Schließlich sah er sie nachdenklich an.

»Gut. Dann erzähle ich dir mein Geheimnis. Ich will dir etwas zeigen.«

Er stand auf und ging zu seinem Rucksack, der neben dem Zaun stand. Mit einem an den Ecken und Kanten abgegriffenen Umschlag aus dickem Papier kehrte er zurück. Neugierig sah Lotte auf das, was er aus dem Umschlag zog und ihr reichte.

Es waren Fotos beziehungsweise wohl Vergrößerungen von Fotos, da die Bilder körnig und an einigen Stellen verschwommen waren. Zwei von ihnen zeigten das Schloss, zwei den kleinen Friedhof, auf dem sie gerade saßen.

»Das sind einige Bilder, die ich vor einigen Jahren im Nachlass meines Vaters gefunden habe«, erklärte Jaro.

Lotte legte die Bilder nacheinander vor sich auf die Knie.

Alle Fotos zeigten Bucheneck. Das erste musste kurz nach der Wende aufgenommen worden sein. Die Eingänge zum Schloss waren noch zugemauert. Das zweite Foto zeigte den Friedhof, wahrscheinlich zur gleichen Zeit. Die Wege und Grabsteine waren völlig überwuchert. Auch das dritte Foto zeigte den Friedhof, aber etwas fiel Lotte auf.

Sie hob das Bild an und betrachtete es genauer.

»Das scheint eine Ecke des Friedhofes zu sein.«

Sie sah auf und wies in die nordöstliche Ecke.

»Diese dort. Aber so sieht es heute nicht mehr aus. Auf dem Foto sind dort Gräber. Heute ist da nur Rasen.«

»Genau«, sagte Jaro. »Es fehlen Grabsteine, ein großer Bereich hier an der Seite wurde anscheinend zerstört und alle Spuren vernichtet.«

»Welche Steine fehlen? Und warum hat dein Vater diese Fotos gemacht?«

»Sieh dir das nächste Bild an.«

Das letzte Bild zeigte einen Grabstein. Auch das Bild war vergrößert, aber mit einiger Mühe konnte Lotte die Buchstaben entziffern, die in den Stein gemeißelt waren: Saul Jakob Löwenstein. Darunter zwei Daten: 01.12.1907 und 16.04.1945.

»Mein Vater hat diesen Grabstein als einzigen in Großaufnahme abgelichtet. Ich weiß nicht mit Sicherheit, warum, aber ich habe mittlerweile eine Theorie.« Jaro trank einen Schluck Wasser, ehe er weiterredete.

»Mein Urgroßvater hieß Michael Piotrowski. Aber das war wohl nicht der Name, den er von seinen Eltern nach seiner Geburt bekommen hat. Er muss ihn als junger Mann geändert haben, bevor er meine Urgroßmutter geheiratet hat. Ich glaube, er war Jude und ist konvertiert und hat alle Spuren an seine Eltern und Großeltern vernichtet.«

»Wie lautete sein Geburtsname?«

»Ich weiß es nicht mit Sicherheit, aber ich habe doch ganz gute Gründe zu vermuten, dass er Saul Jakob Löwenstein hieß.«

Lotte nickte.

»Deswegen hat dein Vater den Grabstein fotografiert.«

»Ja, das Geburtsdatum stimmt. Und ich habe in den Sachen meines Vaters einige Bücher gefunden, die auf der ersten Seite mit S.J.L. beschriftet waren. Kinderbücher meines Urgroßvaters. Er floh mit meiner Urgroßmutter 1939 nach Osten und kämpfte ab 1943 in der polnischen Armee. Seit 1944 gab es kein Lebenszeichen mehr von ihm. Er galt als verschollen und wurde wie Millionen anderer später für tot erklärt. Meine Urgroßmutter hatte seine Feldpost, also das, was gegen Ende des Krieges noch durchkam, in einer Kiste unter ihrem Bett aufbewahrt und nie jemandem gezeigt. Mein Vater muss die Kiste gefunden haben. Der letzte Brief kam hier aus Bucheneck, aus dem Lazarett, das hier provisorisch eingerichtet worden war. Aber in den wenigen Aufzeichnungen, die die Nachkriegsjahre überstanden haben, war nie von einem Verstorbenen mit dem Namen Michael Piotrowski die Rede. Er wurde nicht in den Listen geführt. Kein Grabstein auf dem Friedhof hier trug seinen Namen.«

Lotte sah wieder auf das Foto.

»Aber ein Grabstein trug den Namen Löwenstein – und zufälligerweise das Geburtsdatum deines Urgroßvaters.«

»Genau.«

»Und dein Vater hat den Grabstein gefunden.«

»Es gibt nur dieses eine Foto. Er ist vor zehn Jahren gestorben, daher konnte ich ihn nicht mehr fragen. Aber mir ist das Geburtsdatum aufgefallen, und ich habe angefangen, in unserer Familiengeschichte zu forschen. Ich habe keine Geburtsurkunde meines Urgroßvaters gefunden, nichts. Keine Unterlagen, in denen er auftauchte, nichts aus der Zeit vor der Hochzeit mit meiner Urgroßmutter. Und auf dem Hochzeitsfoto ist niemand aus seiner Familie zu sehen, nur die Verwandten meiner Urgroßmutter.«

Jaro zuckte mit den Schultern.

»Auf dem Foto hier sind mehrere Grabsteine zu sehen.«

»Ja. Sie sind weg. Sie müssen irgendwann zwischen 1989 und 1992 entfernt worden sein. Ich weiß nicht, warum sie entfernt wurden.«

»Aber du hast eine Vermutung?«, fragte Lotte.

»Ja. Ich würde gern weiter forschen.«

Lotte dachte nach.

»Auch wenn die Freifrau dich hier nicht forschen lassen wollte – ich traue ihr nicht zu, Grabsteine verschwinden zu lassen. Sie mag die Vergangenheit des Schlosses unter den Teppich kehren wollen, aber das hier ...«

Lotte blickte zu der mit Gras bewachsenen Stelle, auf der also vor dreißig Jahren noch mehr als ein Dutzend Grabsteine gestanden hatten.

»... aber das würde sie nicht tun. Da bin ich mir sicher.«

»Ja. Ich habe mich umgehört, und die Gräber müssen schon weg gewesen sein, als die Sonneborn AG hier zum ersten Mal auftauchte. Und auch bevor die freiwilligen Helfer die Kriegsgräber 1992 wieder herrichteten. Ab dem Zeitpunkt gibt es einen Haufen Fotos und Berichte. Alles wurde dokumentiert. Die jüdischen Grabsteine tauchen auf keinem dieser Fotos auf.« Jaro zögerte kurz.

»Und ich weiß, wohin die Steine gebracht wurden. Im Wald, vielleicht einen Kilometer entfernt Richtung Küste gibt es eine Senke, in der ich einige Steine gefunden habe. Steine, aus denen die Inschriften entfernt wurden. Und sie gleichen denen auf dem Foto. Einer von den Steinen wird derjenige sein, der den Namen meines Urgroßvaters trug. Allerdings sind es viel mehr. Auf dem Bild hier sind es vielleicht zehn Steine, ich habe im Wald fast vierzig gefunden.«

Vierzig Grabsteine, die jemand mühsam in den Wald geschleppt und von ihren Inschriften gesäubert hatte. Lotte merkte, wie ihr trotz der Hitze ein kalter Schauer über den Rücken lief.

»Du willst mehr wissen, oder? Herausfinden, was hier passiert ist?«

»Ja. Und nicht nur, weil es um meinen Urgroßvater geht. Es ist mein Beruf. Mehr oder weniger zumindest.«

»Dein Beruf?«

»Ich heiße wirklich Jaro. So nennen mich meine Mutter und meine Freunde. Alle anderen sagen Dr. Jaroslav Piotrowski. Ich bin Historiker und Archivar und arbeite in Warschau.«

Wieder einmal hatte Ute in Schwarze getroffen. Die Rolle des Hausmeisters war nur eine Verkleidung.

»Warum hast du Geschichte studiert?«

»Ich denke, weil in meiner Familie niemand gern über die Vergangenheit reden wollte. Meine Oma nicht, sie ertrug es nicht. Mein Vater hat dieses Schweigen von seinen Eltern übernommen. Kinder spüren, wenn es Geheimnisse gibt, und ich war ein Kind, das von so etwas magisch angezogen wurde. Ich wollte schon immer versteckte Schätze finden. Früher welche aus Gold und Silber, später dann welche, die aus Papier bestanden. Als ich die Fotos und die ersten Hinweise fand, begann ich, alles, was ich zu Bucheneck finden konnte, zu lesen und zu sammeln. Und dann ...«

Lotte seufzte.

»... und dann bist du zur Freifrau und hast ihr erzählt, dass du vor Ort weiterforschen willst, und sie ...«

»... hat mich ausgelacht und rausgeworfen. Sie hat gesagt, irgendwelche Spinner, die auf dem Gelände buddeln und sowieso nur Dreck dabei aufwirbeln, könnten ihr gestohlen bleiben. Ich habe es dann noch einmal über einige offiziellere Wege versucht, aber ...«

»... aber die Freifrau hat Verbindungen und du wurdest abgewimmelt. Richtig?«

»Genau. Ich habe dann beschlossen, mich an meiner Uni für ein Jahr freistellen zu lassen. Dann habe ich mich bei der Freifrau als günstige Arbeitskraft beworben. Ohne Brille und Anzug. Sie hat mich nicht erkannt. Und es hat geklappt. Ich habe das Gelände kartografiert, alles, was ich vor Ort finden konnte, dokumentiert und vor allem fotografiert. Habe das Schloss von oben bis unten durchsucht und das ein oder andere gefunden, was vielleicht Licht ins Dunkel bringen kann. An meinen freien Tagen bin ich ins Landesarchiv gefahren und habe dort weitergeforscht. Ich glaube, ich habe genügend Material gesammelt, um damit im zweiten Anlauf ausreichend Unterstützung zu bekommen und auch so viel Druck auf die Freifrau ausüben zu können, dass sie einem offiziellen Forschungsprojekt zustimmen muss. Heute Nachmittag fahre ich nach Schwerin, ich treffe da einen Kollegen, der sich auf die Zeit spezialisiert hat. Vielleicht weiß er mehr. Ich komme Montag wieder – und spreche dann mit der Freifrau.«

»Willst du die Gräber freilegen?«

»Nein, das will ich nicht.«

Seine Antwort kam schnell und bestimmt.

»Mein Urgroßvater hat sich hier unter seinem jüdischen Namen beerdigen lassen.«

Lotte nickte. Sie hatte vor Jahren den jüdischen Friedhof in Prag besucht.

»Die Totenruhe wird nicht gestört. Die Gräber bleiben für immer unangetastet.«

Sie sah erneut auf das Foto, das den Grabstein von Jaros Urgroßvater zeigte. »Sprich erst einmal nicht mit der Freifrau. Es ist nicht der richtige Moment. Wenn hier wieder Ruhe eingekehrt ist, werde ich dafür sorgen, dass du hier forschen kannst. Und ich werde dir deine Forschung finanzieren.«

Lotte dachte an die Stelle wenige Meter hinter ihr, an der Ute und der Professor letzte Nacht Joosts Urne ausgegraben hatten.

»Ehrlich, ich finde den Gedanken fürchterlich, dass es unter der Erde von Bucheneck Gräber gibt, an die sich keiner erinnert.«

Lotte holte tief Luft.

»Eine letzte Frage.«

»Ja?«

»Hast du die Sängerin getötet?«

Jaro sah sie abschätzend an.

»Du sitzt hier mit mir, allein auf einem Friedhof, und stellst mir diese Frage? Hast du denn gar keine Angst? Was, wenn ich es war? Glaubst du nicht, ich würde noch einmal töten?«

38

Als Selin auf das kleine Haus von Pastor Vogel zuging, hörte sie laute Schläge und dumpfe Schreie. Sie rannte los, sprang über das niedrige Gartentor und lief um die Ecke, nur um dann wie angewurzelt und mit einem leisen Fluch auf den Lippen stehen zu bleiben. Es war einfach zu heiß, um schon zum zweiten Mal anscheinend grundlos losgerannt zu sein.

Sie hatte bisher nur ein Foto von Martin Vogel gesehen, und das hatte einen bebrillten Endsechziger mit langem, zu einem im Nacken gebundenen graublonden Zopf und einem harmlosen Lächeln gezeigt. Der Mann vor ihr war Vogel, aber er hatte nicht im Ansatz etwas mit ihrer Vorstellung von dem Mann auf dem Foto zu tun.

»Was, zur Hölle, tun Sie da?«

Vielleicht nicht die richtige Wortwahl, um einen Pastor anzubrüllen, aber ihr Herz schlug ihr noch bis zum Hals.

»Ich trainiere.«

Martin Vogel trug eine weite dunkelblaue Hose und ein ebenso blaues Hemd. Er schwitzte stark, und sein Atem ging schwer. Einen etwa einen Meter langen Stock hielt er immer noch hüfthoch erhoben. Selin konnte die angespannten Muskeln seiner Unterarme sehen. Dann erkannte sie, dass das, was sie für einen schlichten Stock gehalten hatte, ein Stab aus mehreren einzelnen Teilen war, der an einigen Stellen mit weißem Stoff umwickelt war. Vor Vogel stand eine Art gepolsterte Vogelscheuche, auf die er anscheinend gerade einprügelte.

»Könnten Sie die Waffe senken?«

»Was? Oh. Das ist ein Shinai. Ich mache Kendo.«

»Senken Sie den Stock, bitte.«

Gleichgültig, ob er ein Pastor war oder nicht – Selin würde niemandem entgegentreten, der eine Schlagwaffe in der Hand hielt.

»Keine Panik.« Der Pastor senkte den Stock und lehnte ihn mit einer kleinen Verbeugung gegen die Vogelscheuche.

»Wer sind Sie?«, fragte er dann.

»Selin Özcan, Kriminalpolizei.«

»Ah, Ihr Kollege war gestern schon hier. Was kann ich denn noch für Sie tun?«

»Ich habe noch einige Fragen.«

Vogel seufzte und lehnte sich missmutig gegen einen schweren Gartentisch.

»Schießen Sie los.«

»Ich frage Sie zuerst, ob Sie Ihren gestrigen Aussagen vielleicht noch etwas hinzufügen wollen. Vielleicht ist Ihnen ja noch etwas eingefallen?«

»Nein.«

Er verschränkte die Arme und sah mit seiner dunkelblauen Kleidung dabei aus wie eine Figur aus einem der Manga-Bücher, die ihre Töchter für einige Zeit begeistert verschlungen hatten.

»Auf die Frage meines Kollegen, ob Sie die Sängerin schon vor dem Konzert kannten, haben Sie mit Nein geantwortet.«

»Ja. Weil ich sie *nicht* kannte.«

»Und der Name Imken Wegener sagte Ihnen auch nichts, als Sie ihn das erste Mal hörten?«

»Nein. Und das habe ich Ihrem ach so korrekten Kollegen auch schon alles erzählt.«

Selin nickte nur, fragte sich aber, wie Vogel dazu kam, Zander als korrekt zu bezeichnen. Dann ging sie zu dem Stock, den der Pastor gegen den mit alten Decken und Kissen umwickelten Dummy gelehnt hatte.

»Sie machen also Kendo – ich glaube, ich habe darüber einmal etwas gelesen.«

»Ach ja? Und bitte fassen Sie meinen Shinai nicht an. Es gibt da gewisse Regeln. Man berührt die Ausrüstung eines anderen nicht.«

Selin nickte und kramte in ihrem Gedächtnis nach dem, was der Trainer vor vielen Jahren über verschiedene Kampftechniken erzählt hatte.

»Heißt es nicht beim Kendo: Wer verteidigt, verpasst die Gelegenheit zum Angriff?«

»Ja, so ist es. Im Wettkampf.«

»Und was ist dann mit der Sache mit der rechten Wange, die man hinhalten soll?«

»Sie überraschen mich, aber hier geht es um Sport. Nicht um eine Lebensphilosophie.« Vogel stieß sich vom Tisch ab und richtete sich auf, dann kam er auf sie zu.

»Und was machen Sie, Frau Hauptkommissarin? Angriff oder Verteidigung?«

»Bitte?«

»Welche Kampfsportart? Als ich meinen Shinai noch hielt, haben Sie sich seitlich zu mir positioniert und Ihr Gewicht auf das hintere Bein verlagert. Sie waren bereit, sich zu verteidigen.«

»Sie sind ein guter Beobachter.«

»Ich habe über zwei Jahrzehnte im Gefängnis als Seelsorger und Sozialarbeiter gearbeitet. Da entwickelt man einen guten Sinn dafür, wann jemand angespannt ist.«

Selin nickte. Vielleicht wäre es ganz gut, Vogel ein Gefühl der Gemeinsamkeit zu geben, bevor sie weitermachen würden.

»Ursprünglich komme ich aus dem Taekwondo. Aber später habe ich dann eine Mischung aus sehr unterschiedlichen Stilen trainiert.«

»Sind Sie gut darin?«

Selin dachte an das Gefühl des schweren Stoffes auf ihrer Haut, den Geruch der Turnhalle und die Freude, als sie ihre erste Medaille in den Händen hielt. Dann später an die Situationen, in denen sie gekämpft hatte, um das Leben anderer und ihr eigenes zu schützen.

»Ich war es.«

Sie beschloss, dass es Zeit war, Vogel etwas in die Ecke zu treiben.

»Aber zurück zu meiner Frage: Wenn Ihnen der Name Imken Wegener nichts sagte, wird Ihnen der Name Wilhelm Wegener sehr wohl etwas sagen, oder?«

Der Pastor trat einen Schritt von ihr zurück, nun offenbar unsicher geworden. »Ich weiß nicht …«

»Ich helfe Ihnen einmal auf die Sprünge. Kennen Sie den verstorbenen Rechtsanwalt Dr. Wilhelm Wegener?«

»Ah – ja.«

Er wurde blass.

»Verdammt. Das Mädchen war seine Tochter? Die Sängerin war sein Kind? Oh, das wusste ich nicht.«

Er trat noch einen weiteren Schritt zurück und zog einen der verblichenen Gartenstühle zu sich. Als er sich setzte, schien alle Kraft von ihm abzufallen.

»Woher kannten Sie Dr. Wegener?«

»Das wissen Sie doch sicher schon. Sonst wären Sie nicht hier.«

»Ja, ich weiß es. Aber erzählen Sie es mir bitte doch einmal selbst.«

»Wilhelm Wegener ist, nein, er war ein widerlicher Nazi. Einer von denen, die ... Ach, Sie kennen so was doch sicher. Er hat als Rechtsanwalt gearbeitet und sich einen Namen gemacht, indem er immer wieder rechte Schläger und Neonazis verteidigte. Er war als Student in einer beschissenen Burschenschaft und hatte überall Kontakte. Morgens einen Nazi verteidigen, abends mit deutschen Wirtschaftsgrößen essen. Ich habe ihn 1993 bei einer Veranstaltung in Frankfurt mit einem Farbbeutel beworfen.«

»Und?«

Selin wusste, wie die Sache weitergegangen war, aber sie wollte es von Vogel hören. Sie wollte wissen, wie viel Wut noch in dem Mann vor ihr war.

»Und dieses Schwein hat danach behauptet, der geworfene Beutel hätte ihn so am Ohr getroffen, dass sein Trommelfell geschädigt und sein Hörvermögen dauerhaft eingeschränkt sei. Er hat mir mit einer Anzeige und einer Klage auf Schmerzensgeld gedroht.«

Laut Zanders Informationen auf ein ungewöhnlich hohes Schmerzensgeld. Nur ein Einschreiten der Kirche hatte verhindert, dass es so weit gekommen war. Deswegen hatten die Kollegen bei ihrer ersten Überprüfung von Vogel auch nichts über die Sache gefunden. Zander hatte es ausgegraben – sie würde ihn bei Gelegenheit nach seiner Quelle fragen müssen.

»Ich wusste nicht, dass die Sängerin Wegeners Tochter war. Das ist so lang her. Ich bin kurz nach der Sache von Frankfurt nach Berlin gewechselt und habe meine Arbeit dort angefangen. Das Letzte, was ich von Wegener hörte, war, dass er gestorben ist. Und das ist auch schon einige Jahre her. Und diese junge Frau vorgestern war also seine Tochter. Das ist doch verrückt. Ich lebe am Ende der Welt und trotzdem ...«

Er sah Selin müde an.

»Ich wusste es nicht. Allerdings erklärt es vielleicht, warum ihre Wahl ausgerechnet auf das Lied von Agnes Liebherr fiel. Der Apfel fällt nicht weit vom Stamm.«

Selin dachte an den Professor und an viele Menschen, die sie kannte und die sich sehr bewusst gegen den Weg entschieden hatten, den ihre Eltern gegangen waren.

Vogel stand auf und trat mit leicht ausgebreiteten Armen, die Handflächen nach vorn geöffnet, auf sie zu. Die Geste hatte etwas Theatralisches.

»Hören Sie, ich habe vorgestern die Veranstaltung gestört. Und das würde und werde ich auch jederzeit wieder tun. Aber danach bin ich nach Hause gegangen. Dietlind hat Ihrem Kollegen das Ganze schon bestätigt. Ich wusste nicht, wessen Tochter die junge Frau war, und selbst wenn ich es gewusst hätte, was glauben Sie denn, warum ich sie dann hätte umbringen sollen?«

Selin schwieg. Es war viel spannender für sie, wenn Vogel seine Frage selbst beantwortete.

»Aus Rache? Wilhelm Wegener ist tot – was hätte ich davon, seine Tochter zu ermorden? Ich bin ein Mann der Kirche und würde nie ...« Vogels Stimme bekam etwas Salbungsvolles. Er mochte ein Mann der Kirche sein, aber seiner Art, für seine Überzeugungen einzustehen, war eher alttestamentarisch, mit Schwert und Blut.

Er sah sie mit vor Aufregung leuchtenden Augen Zustimmung heischend an.

»Gerade Sie müssen doch wissen, wie ...«

Selin brach Vogels Versuch, sich als edler weißer Retter zu inszenieren, mit einer weiteren Frage ab.

»Wären Sie bereit, uns eine Haarprobe zu überlassen?«

»Nein, das bin ich sicher nicht.«

»Ich kann auch mit einem richterlichen Beschluss wiederkommen.«

Selin pokerte, sie hatte keine Ahnung, ob sie eine Richterin finden würde, die nur aufgrund der Vorgeschichte Vogels mit Wegener so etwas unterschriebe.

Vogel spuckte auf den Boden.

»Scheiß Bullen.«

Als Selin, den Umschlag mit einer Haarprobe sicher in ihrer Tasche verstaut, um die Ecke bog und das Grundstück verließ, hörte sie erneut die lauten Schläge eines Stocks, der gegen eine mit Kissen und Stroh gepolsterte Puppe gerichtet wurde.

39

Die Sonne stand mittlerweile hoch am Himmel, aber der Wald um sie herum verwandelte das Licht in ein warmes grünes Leuchten. Von der nahen Ostsee fuhr ein leichter Wind durch die Kronen der Buchen und erzeugte ein Raunen, ein Flüstern, das alle anderen Geräusche überlagerte und nur ab und an von einer Vogelstimme durchbrochen wurde.

In Pfuhlhagen hatten noch viele Vogelstimmen durch die Gärten geklungen, hier im Wald schien es, als läge alles in merkwürdiger Ruhe da. Für Selin hatte diese Ruhe nichts Freundliches oder Sanftes, sie musste vielmehr an Hänsel und Gretel denken, die sich verliefen, oder an Schneewittchen, eingesperrt in einen Glassarg und schlafend für die Ewigkeit.

Sie zog ihr Handy aus der Tasche, um ihre Position zu überprüfen. Aber der Wald schien nicht nur das Licht und die Geräusche, sondern auch den Empfang ihres Handys auszuschließen. Sie hatte sich den Weg zum Glück eingeprägt. Dummerweise schien es nur so, dass die Karte, die sie sich am Morgen angesehen hatte, viel weniger Wege aufwies, als sie nun wirklich im Wald fand. Alle paar Meter schien ein Pfad oder ein Forstweg abzuzweigen.

Sie merkte, dass sie schwerer atmete. Sie hasste es, nicht genau zu wissen, wo sie war. Die Zeichen an den Bäumen verwirrten sie. Es gab weiße Pfeile oder Kreise, bunte Dreiecke und auf die Spitze gestellte Quadrate. Sie sah Reste von beschrifteten Schildern, die wohl jemand gezielt mit schwarzer Farbe unleserlich gemacht hatte.

Selin blieb kurz stehen und versuchte, ihren Atem unter Kontrolle zu bringen. Sie war gerade mal zehn Minuten im Wald, die Abzweigung zum Forsthaus würde frühstens in einem Kilometer kommen und wäre sicherlich deutlich zu erkennen.

Sie ging weiter. Sie versuchte, sich auf die einzelnen Pflanzen zu konzentrieren, und versuchte einige davon zu benennen. Blaubeere. Die grünen Flecken mit den weißen Blüten waren Maiglöckchen? Oder Bärlauch? Oder etwas ganz anderes, sie hatte zugegebenermaßen keine Ahnung davon, was im Wald wuchs. Aber die Aufgabe lenkte sie von den Bäumen um sie herum ab. Bäume, hinter denen überall jemand stehen konnte.

Nach einigen Metern sah sie am Rande des Weges einen Stein stehen. Er war einen Meter hoch und einen halben Meter breit. Sie ging näher und erkannte, dass auf seiner Seite etwas eingemeißelt war. Buchstaben, ein P und ein H, das musste Pfuhlhagen heißen. Und darunter war ein Wappen zu sehen, nicht mehr allzu scharf, aber noch zu erkennen. Ein Kreuz im oberen Teil, darunter eine Figur, die bis zur Hüfte von etwas umgeben war. Wellen? Wasser? Zeigte das Wappen vor ihr einen Wassermann? Sie griff zu ihrem Handy, um ein Foto zu machen. War das Zufall? Wer wusste von dem Wappen – und warum hatte man es ihr oder den Kollegen nicht erzählt? Sie fuhr mit den Fingern über den Stein und meinte, im Gesicht der Figur spitze Zähne zu ertasten.

Ein Schauder lief über ihren Rücken. Mit schnellen Schritten ging sie weiter. Hatte da jemand gepfiffen? War da etwa wirklich jemand hinter den Bäumen versteckt? Selin wirbelte herum und sah den Weg entlang. Niemand. Aber so viele Bäume, es wäre doch so einfach, sich zu verstecken. Der Wald um sie herum begann mit jedem Meter lebendiger zu werden. Sie lauschte und hörte doch nur ihr eignes Atmen. Das waren doch Schritte. Ein Zweig, der unter einem Stiefel zerbrach. Ihr Fuß verfing sich an einer Wurzel, und sie schlug der Länge nach hin. Keuchend blieb sie kurz mit geschlossenen Augen liegen. Mühsam richtete sie sich nach ein paar Sekunden wieder auf. Ihre Hose war am Bein zerrissen, und sie hatte sich die Handfläche ihrer linken Hand aufgeschürft. Dann hörte sie ein Geräusch, ein Automotor. Es wurde lauter, und sie sah, wie ein grüner Jeep auf sie zugefahren kam und kurz vor ihr abbremste. Verdammt! Sie musste sich zusammenreißen. Sich aufrichten, Luft holen. Normal aussehen.

Die junge Frau, die vom Fahrersitz rutschte, kam mit einigen schnellen Schritten auf sie zu. Sie trug eine grüne Hose und ein helles Hemd. Dicke Wanderstiefel und eine schwarze Baseballkappe, durch deren Verschluss sie ihre zu einem Pferdeschwanz gebundenen dunklen Haare gezogen hatte.

»Alles in Ordnung?«, fragte die Frau und blieb kurz vor ihr stehen.

Selin nickte.

»Brauchen Sie Hilfe?«

Selin schüttelte den Kopf. Sie musste sprechen, würde gleich ihre Stimme wiederfinden, und erfahrungsgemäß half die Wahrheit in diesem Fall am meisten. Sie zwang sich, der Frau ins Gesicht zu sehen, und sprach es aus.

»Ich hatte eine Panikattacke.«

Ein so kleines Wort für etwas, dem sie so unendlich hilflos ausgesetzt war.

»Aha.«

Die Frau blieb kurz unschlüssig stehen, ging dann zum Wagen und kam mit einem kleinen Verbandskasten, zwei Wasserflaschen und einer Dose aus Metall zurück. Sie sah sich um und wies auf einen Baumstamm, der einige Meter entfernt am Rand des Weges lag.

»Setzen wir uns.«

Sie ging voran, und Selin folgte ihr. Am Baumstamm angekommen ließ sie sich erleichtert sinken und schloss die Augen.

»Zeigen Sie mir Ihre Hand.«

Selin spürte, wie eine kalte Flüssigkeit auf die Wunden gesprüht wurde. Es brannte kurz. Sie öffnete die Augen, als die Frau ihr ein Stück Verband auflegte und es geschickt mit zwei Streifen Pflaster befestigte.

»Das machen Sie nicht zum ersten Mal.«
»Nein.«
Die Frau packte das Verbandszeug wieder ein und reichte Selin eine der Flaschen.
»Wasser?«
»Ja, danke.«
Sie öffnete mit schmerzenden Händen den Verschluss und trank gierig.
Die Frau hielt ihr dann die geöffnete Dose hin.
»Haferkekse. Mit viel Zucker. Greifen Sie zu!«
Selin langte nach einem Keks und musste dann lächeln. Sie hatte am Morgen schon einmal genau so einen Keks in der Hand gehabt.
»Sie sind Franziska Thomas, die Försterin?«
»Ja, das stimmt. Und Sie müssen Frau Özcan sein.«
»Ja, die bin ich.«
Selin merkte, wie die Sonne warm auf ihren Rücken schien und wie sich ihre Muskeln langsam entspannten.
»So einen Keks habe ich heute Morgen schon einmal gegessen.«
Ein leises Lächeln legte sich über das Gesicht der Försterin.
»Das kann gut sein. Anna hat sie gebacken.«
Sie saßen einen Moment still nebeneinander.
»Geht es wieder?«
»Ja. Es ist nicht meine erste Panikattacke. Lange Geschichte.«
Und eine, die sie sicherlich niemandem außer dem Therapeuten der sie in den letzten Jahren regelmäßig begleitete, erzählen würde.
»Aber sie hat mich hier und heute überrascht. Ich dachte, ich hätte es unter Kontrolle.«
Was eine Lüge war, aber eine, an die sie selbst gern glauben wollte.

»Der Wald hat mich nervös gemacht.«

»Der Wald macht Sie nervös?«

»Zu viele uneinsehbare Stellen. Zu viele Verstecke.«

»So kann man das also sehen.«

»Ich bin ein Stadtmensch. Das bin ich nicht gewohnt.«

Die Försterin nickte.

»Ich war vor einem Jahr in Berlin, eine große Demonstration. Es waren über zehntausend Menschen dort. Ich habe so viele Gesichter gesehen. Irgendwann hat mein Kopf dann einfach abgeschaltet, und ich habe nur noch auf den Boden geschaut. Ich glaube, sonst wäre ich …«

»In Panik geraten? Ja, genau. Und jetzt stellen Sie sich vor, Sie hätten nicht zu Boden geblickt. Hätten nicht ausblenden können, was Sie so verstört hat.«

»Das mag ich mir nicht vorstellen, aber ich glaube, ich verstehe, was Sie meinen.«

Selin versuchte, sich zu sammeln.

»Meine Kollegin Gruber meinte, Sie könnten mir etwas zu Fangeisen sagen?«

»Ich habe heute Morgen die Gerüchte im Netz gelesen. Ist die Frau wirklich mit einem Fangeisen getötet worden?«

Entsetzen lag in der Stimme der Försterin.

»Nein. Sie ist erwürgt worden. Aber nach ihrem Tod wurden ihr Verletzungen zugefügt, die die Rechtsmedizin möglicherweise auf ein Fangeisen zurückführt.«

»Wie groß sind die Wunden? Haben Sie ein Bild?«

Selin versuchte abzuschätzen, was sie der Frau vor sich zumuten konnte.

»Sind Sie sicher, dass Sie so ein Foto sehen wollen?«

»Ich war Notfallsanitäterin, bevor ich studierte. Ich habe schon viele Dinge gesehen. Und ich denke, wenn ich weiß, wie die Wunden aussehen, kann ich Ihnen mehr sagen.«

Selin zögerte, zog dann aber ihr Handy hervor und zeigte der Frau neben sich einen Bildausschnitt, bei dem sie darauf achtete, dass nur die Wunde zu sehen war.

»O verdammt. Aber sie war tot, bevor ...?«

»Ja, sie war bereits tot.«

»Fangeisen sind sogenannte Schlagfallen. So ein Eisen besteht aus zwei halbrunden Bügeln, die aufgespannt einen Kreis oder ein Oval ergeben. In der Mitte der Falle ist der Aufziehmechanismus, auf den der Köder für die Beute befestigt wird. Tritt das Tier in die Falle, löst sie den Mechanismus aus, und die beiden mit Zacken bestückten Teile klappen mit großer Kraft zusammen. Es ist eine grausame Methode, weil die Tiere oft nur mit den Beinen oder einem Teil des Körpers eingefangen und verletzt werden. Schlagfallen sind deshalb schon seit fast hundert Jahren verboten. Das ist Tierquälerei. So etwas hat mit Jagd nichts zu tun!«

Die Försterin holte Luft und sah dann nochmals auf das Handybild.

»Die Wunden sind relativ klein, oder täusche ich mich?«

»Ja, sie sind ungefähr sechs Zentimeter lang.«

»So kleine Fallen habe ich selten gesehen. Aber wenn, dann waren sie für die Jagd auf Marder bestimmt.«

»Gibt es hier Marder?«

»Marder gibt es so ziemlich überall. Und vor allem da, wo es Menschen gibt. Sie fressen fast alles, was sie finden können. Und zum Ärgernis für den Menschen werden sie, wenn sie nachts in einen Hühnerstall kommen. Das Problem ist, dass sie mit Pech nicht nur ein Huhn töten, so wie ein Wiesel es machen würde, sondern meistens gleich mehrere. Das Kreischen der Hühner lässt ihren Jagdinstinkt verrücktspielen, und sie beißen so lang zu, bis alles still ist. Daher richten Marder in Hühnerställen manchmal wahre Blutbäder an.«

»Und dann setzen die Besitzer Fallen ein?«

»Ich hoffe doch sehr, dass sie das nicht tun! Neben dem Verbot von Schlagfallen unterliegen Marder dem Jagdgesetz, die Jagd auf sie darf also nur von berechtigten Personen ausgeübt werden. Und wenn, dann nur außerhalb der Schonzeiten von März bis Oktober. Das ist im Bundesjagdgesetz und im Jagdgesetz des Landes geregelt. Wer gegen das Gesetz verstößt, begeht eine Straftat, die mit bis zu fünftausend Euro Geldstrafe oder auch einer Freiheitsstrafe geahndet werden kann.«

Sie zuckte mit den Schultern.

»So viel zur Theorie.«

»Und die Praxis?«

»Nun – es gibt eben doch noch auf vielen Dachböden und in Scheunen alte Fangeisen. Wir haben sogar im Forsthaus eine Kiste davon. Und im Internet kann man immer noch Fangeisen bestellen. Natürlich steht da dann, dass diese nicht eingesetzt werden dürfen und nur der Dekoration dienen – aber ...«

»Ja, verstehe.«

»Ich habe in den letzten Jahren wieder vermehrt Fallen im Wald gefunden. Fangeisen, aber auch Schlingen und andere, meist selbst gebaute Vorrichtungen. Die Kollegen und ich vermuten, dass Leute da versuchen, irgendwelche Survivaltrainingsachen aus den Medien nachzuspielen. Oder meinen, sich in irgendeiner Form auf das Überleben in der Wildnis vorbereiten zu müssen.«

Selin nickte. Sie hatte letztens einen Bericht über die sogenannte Prepperszene gelesen und wie weit einige ihrer Anhänger gingen.

»Wir zerstören dann die Fallen und erstatten Anzeige gegen unbekannt.«

»Wissen Sie, wer hier so eine Falle haben könnte?«
»Nein, keine Ahnung.«
Die Antwort war schnell gekommen, fast etwas zu schnell. Selin musterte die Försterin nachdenklich.
»Sie haben an jemanden gedacht.«
Die Försterin zögerte. »Der Koch des Liebstöckel, Konstantin, der hält hinter den Stallungen des Gutshauses Hühner. Und ich weiß, dass er vor einiger Zeit ein Problem mit einem Marder hatte. Mein Neffe arbeitet am Wochenende im Liebstöckel und hat mir erzählt, dass der Koch wohl ziemlich aufgebracht war.«
Sie würde Zander informieren müssen. Er sollte schnell mit dem Koch sprechen.
»Danke für Ihre Unterstützung.«
»Kein Problem. Wenn Sie einmal Zeit haben, kommen Sie doch Anna und mich besuchen. Wir veranstalten einmal im Monat am alten Forsthaus einen Abend mit Musik.«
Selin fragte sich, wann sie das letzte Mal unabhängig von Alex eingeladen worden war. Aber Kontakte waren gut, waren normal, waren gesund.
»Ja, das klingt gut.«
»Wollen Sie jetzt nach Bucheneck? Ich kann Sie schnell hinfahren. Es würde mich nicht wundern, wenn es bald ein Gewitter gibt.«
»Ja, ich will nach Bucheneck, aber ich werde laufen.«
Ihr Entgegnung trug ihr einen zweifelnden Blick ein.
»Nun gut. Es ist ja nicht weit. Sie gehen den Weg weiter geradeaus, dann kommt eine Abzweigung nach links. Dort steht eine Wetterschutzhütte. Der Weg führt dann am alten Friedhof vorbei geradewegs zum Schloss.«

40

Ohne sich umzusehen, ging Hauptkommissar Timo Zander am Restaurant Liebstöckel und den zu Gästezimmern ausgebauten Gebäuden des Gutshauses vorbei in Richtung Straße, bog hinter dem Parkplatz ab und schlug den schmalen Weg ein, der ihn an den Rand des Waldes und zu den Ställen führte. Schon von Weitem konnte er ein aufgeregtes Gackern hören. Er schnaubte, aber die Anweisungen seiner Chefin waren klar und deutlich gewesen. Den Koch befragen und nach Hinweisen auf Fangeisen suchen. Zander hatte einiges über Konstantin, den Koch des Liebstöckel, gehört, auch wenn er sich nicht sicher war, wie er die Erzählungen einordnen sollte. Zum einen schwärmten sowohl die Mitarbeiter als auch die Bewohner und Gäste von seinem Essen. Und auch er hatte schon von Bekannten gehört, die abends von Rostock aus zum Gutshaus fuhren, um dort zu essen. Auch das Netz war voll mit begeisterten Bewertungen, wobei die Rezensionen negativ herausfielen, in denen Gäste über einen Zusammenstoß mit dem Koch berichteten. Zum anderen war ihm mehrmals durch die Blume oder auch völlig ungeniert gesagt worden, dass Konstantin – der Mann schien keinen Nachnamen zu haben, er würde ihn nach seinem Ausweis fragen müssen – ein Choleriker und Despot in der Küche war. Eine junge Kellnerin hatte ihm gerade mit ängstlichen Augen erzählt, dass Konstantin bei seinen Hühnern sei, und ihn gewarnt, dort ja nichts anzufassen.

Der Hühnerstall war ein alter Bauwagen, der in einem von allen Seiten mit engem Maschendrahtzaun umgebenen Auslauf stand. Auch nach oben hin war das Gelände mit Draht überspannt, so dass das Ganze eher wie eine große Voliere oder ein Käfig in einem Zoo wirkte als wie ein schlichter Stall. Der Bauwagen selbst war dunkelrot gestrichen, und jemand hatte mit mehr Enthusiasmus als Talent einige Hühner auf seine Seitenwand gemalt.

Als Zander am Zaun angekommen war, hörte er neben dem mittlerweile leiser gewordenen Gackern eine sanfte Stimme.

»So ist brav, geht mal lieber rein hier. Ich weiß, ihr wollt lieber draußen bleiben, aber es ist so heiß, und es soll ein Gewitter geben. Hier drin habt ihr es kühl und seid sicher. Kommt her, kommt her! Ich gebe euch etwas Futter, und nachher, wenn das Gewitter vorbei ist, komme ich und lasse euch raus. Dann werdet ihr dicke, fette Regenwürmer finden. Na, was machst du denn da, Mary? Das ist doch der Platz von Pamela. Du gehörst doch zwischen Cindy und Lou. Meine Damen, bitte keinen Ärger jetzt.«

Zander überlegte kurz, ob er rufen sollte, aber da er keine Ahnung hatte, wie Konstantin mit Nachnamen hieß, und er sicherlich nicht nur einen Vornamen im Gespräch mit einem Zeugen nutzen würde, beschloss er, es mit einem lauten Räuspern zu versuchen. Es funktionierte.

Der Mann, der aus dem Stall trat, ihm einen bösen Blick zuwarf und dann äußerst langsam und sorgfältig die Tür hinter sich schloss, entsprach kein bisschen dem Bild, das Zander sich von einem Hühner haltenden cholerischen Koch gemacht hatte.

Er war weder dick, noch hatte er ein rotes Gesicht. Er trug keine Kochmütze, auch keine Kochjacke. Vielmehr stand ein kleiner, breitschultriger Mann mit dünnen Beinen vor ihm, der eine kurze blaue Leinenhose und ein schwarzes T-Shirt anhatte. Die nackten Unterarme und Waden waren mit Tattoos bedeckt, die Totenköpfe und Fratzen zeigten. Die kurzen Haare waren seitlich gescheitelt und mit Gel fixiert. Das Gesicht zeigte keine Regung, nur die zu Fäusten geballten Hände machten deutlich, was er von der Störung hielt. Alles in allem erinnerte er Zander an einen äußerst gereizten mageren Pitbull.

»Was wollen Sie?«

Der Koch bellte auch mehr, als dass er sprach. Zander richtete sich unwillkürlich zu seiner vollen Größe auf und zog seinen Ausweis aus der Tasche.

»Zander, Kriminalpolizei. Ich habe einige Fragen an Sie.«

»Ich weiß nichts.«

Na, ein super Anfang.

»Ich suche jemanden, der mit etwas zu Fangeisen erzählen kann.«

»Fangeisen?« Der Koch wirkte nun ganz aufmerksam.

»Ja, um zum Beispiel Marder zu töten.«

Der Koch begann bedächtig, die Fenster des Stalles zu kontrollieren.

»Marder? Alles Mistviecher.«

»Wissen Sie, was ein Fangeisen ist?«

»Ja, natürlich weiß ich das.«

»Besitzen Sie so ein Fangeisen?«

»Nein, tue ich nicht.«

Zander wartete und schwieg. Die meisten Menschen reagierten auf ein schweigendes Gegenüber, indem sie umso mehr redeten. Der Koch schien da keine Ausnahme zu sein.

»Die Freifrau würde mich umbringen, wenn sie mich mit einem Fangeisen erwischte. Sie ist eine große Tierschützerin.

Sie hat den letzten Gärtner rausgeschmissen, weil er einen Maulwurf mit einem Spaten getötet hat.«

Zander zuckte zusammen. Er hatte als Kind einmal gesehen, wie ein Nachbar auf seinem Rasen mit einem Spaten über einem Maulwurfshügel gestanden hatte. Das Geräusch des in die Erde stoßenden Metalls und sein triumphierendes Lächeln, als er das tote, blutige Tier hervorzog, hatte er nie vergessen.

»Und ja, es hat einen Vorfall mit einem Marder gegeben«, fuhr der Koch fort. »Vier Hühner habe ich dabei verloren! Und danach habe ich dafür gesorgt, dass auch die allerletzten Lücken im Stall geschlossen wurden.«

Er zeigte auf den unteren Teil des Stalles, der sorgfältig mit Holzbrettern und einer Art Metallgeflecht verstärkt worden war.

»Das ist der einzig sinnvolle Weg, die Hühner zu schützen. Denn sogar wenn ich einen der Marder töte, gibt es da draußen sicherlich noch einige mehr. Und die Wiesel nicht dazugezählt. Die kommen durch noch kleinere Lücken.«

Der Koch griff nach einem Rechen, der an die Wand des Stalls gelehnt stand, und fing an, den trockenen Boden rings um den Bauwagen zu harken. Zander trat eilig einige Schritte zurück. Wahrscheinlich war es nicht nur Staub, der aus dem Gehege aufgewirbelt wurde.

»Wissen Sie, ob es hier auf Bucheneck irgendwo solche Fangeisen gibt?«, fragte Zander.

»Nein. Weiß ich nicht. Wenn es auf dem Gelände hier noch solche alten Fallen gibt, dann weiß Jaro, wo sie sind. Seitdem der hier angefangen hat, hat er alles von den Kellern über die Scheunen bis hin zu den Dachböden durchwühlt und aufgeräumt. Er hat dabei einige Sachen zutage gebracht.«

Der Koch verstummte abrupt und bückte sich kurz, um

einen Stein, der vor seinem Rechen lag, über den Zaun zu werfen. Der Stein flog einige Meter links an Zander vorbei. Der Koch grinste.

»Die Freifrau war ganz begeistert über einige alte Möbelstücke und Bilder. Sie kennt sich damit aber auch richtig gut aus.«

Wieder bückte er sich, ein weiterer Stein flog, diesmal ein deutliches Stück näher an Zander vorbei über den Zaun.

»Wieso fragen Sie eigentlich danach?«

Also gehörte der Koch zu den Leuten, die noch nicht die Gerüchte und Spekulationen im Netz gesehen hatten.

Zander antwortete nicht, aber der Koch wurde trotzdem blass.

»O verdammt! Sagen Sie nicht, die tote Frau wurde ... Scheiße!«

Ein weiterer Stein flog, und diesmal musste Zander sich zwingen, nicht auszuweichen. Er sah Konstantin nachdenklich an, während dieser weiter den Boden harkte.

Hatte der Koch den Namen des Hausmeisters nur ins Spiel gebracht, um von sich abzulenken?

»Wo waren Sie eigentlich an dem Abend des Konzertes?«, fragte Zander weiter. »Das Restaurant hatte an dem Tag doch geschlossen, oder?«

Der Koch hörte auf zu harken. Er blickte auf.

»Wollen Sie mir etwa etwas anhängen, he?«

»Ich habe gefragt, wo Sie waren.«

Der Koch ließ den Rechen fallen und kam mit für seine kurzen Beine erstaunlich großen Schritten auf ihn zu, bis er, nur durch die dünnen Maschen des Zauns getrennt, direkt vor ihm stand. Zander holte tief Luft.

41

Und was hat Sie heute hierhergebracht, Herr Heuer?«

Ute ging zwischen der Freifrau und ihrem Vater die breite Treppe hinunter. Die Freifrau hatte vorgeschlagen, den Ställen und ihren heiß geliebten Pferden einen Besuch abzustatten. Ute hatte tapfer ein Schaudern unterdrückt und mit hoffentlich gut gespielter Begeisterung zugestimmt.

»Sagen Sie doch Jonny zu mir.«

»Gerne, Jonny.«

Ute schenkte ihm ein Lächeln, auf das Lady Di stolz gewesen wäre. Die Freifrau ließ indes ihrem Vater keine Chance, zu antworten.

»Papa ist gekommen, um mich bei dieser fürchterlichen Sache mit der toten Sängerin zu unterstützen. Ute, du kannst dir ja gar nicht vorstellen, wer alles angerufen hat. Die Zeitungen, das Fernsehen. Ein Alptraum.«

Ute konnte es sich allerdings gut vorstellen. Die Freifrau und ihr treuloser Ehemann waren seit Jahren immer wieder in allen bunten Zeitungen zu sehen gewesen. Erst im letzten Jahr hatte es eine Fotostrecke über Bucheneck gegeben, bei der die Freifrau gekonnt mit ihren Pferden vor ihren goldenen Spiegeln und nachdenklich versunken auf einer Bank im Wald posiert hatte. Und da die Leute auch wussten, dass Chris Christiansen mit seiner Frau ebenfalls auf Bucheneck lebte, war das Interesse sicherlich noch größer. Lotte und Hannes jedoch hatten es über die Jahre mit schlichter Unaufgeregtheit geschafft, trotz ihres Vermögens nicht allzu sehr in Erscheinung zu treten, vielleicht waren die Besitzer einer Supermarktkette auch nicht glamourös genug. Ute wusste, dass Joost einige Jahre für einige Schlagzeilen gesorgt hatte, immerhin war er ein gut aussehender, reicher Erbe, aber auch er hatte genug von Lottes Genen und vor allem ihrem gesunden Menschenverstand abbekommen, um dem Ganzen schlussendlich so weit wie möglich aus den Weg zu gehen. Und der Professor war zu politisch, sowohl in Hinblick auf seine fürchterliche Familie als auch in seiner eigenen Arbeit, um in das Konzept der Klatschzeitungen zu passen.

Heute Morgen waren im Internet neben den bereits bekannten Gerüchten auch noch Fotos der Sängerin aufgetaucht, auf denen sie in einem Abendkleid neben einem Klavier stehend zu sehen war. Eine schöne Frau, die einen schrecklichen Tod gestorben war. Dazu Gerüchte über einen bösen Wassermann. Promis und Adel. Die Zutaten für ein perfektes Drama.

»Wir sollten die Straßenschilder abmontieren oder übermalen und Jaro bitten, die Zufahrt zu blockieren«, erwiderte Ute auf die Klage der Freifrau. »In einer der Scheunen steht doch noch so ein verrosteter Heuwender.«

Die Freifrau lachte, dabei hatte Ute ihren Vorschlag durchaus ernst gemeint.

Obwohl die Sonne noch nicht ihren Zenit erreicht hatte, war es schon ziemlich heiß. Ute spürte, wie ihr der erste Schweißtropfen den Rücken hinabrann. Schuld daran war die dünne Strumpfhose, die sie unter dem Kleid trug. Aber für eine Lady ziemte es sich einfach nicht, unbedecktes Bein zu zeigen. Vielleicht hätte sie heute doch ein anderes Vorbild wählen sollen. Die junge Gina Lollobrigida hatte sicherlich nie Strumpfhosen getragen. Und auch verschwitzt atemberaubend ausgesehen. Sie warf einen missmutigen Seitenblick auf die Freifrau in ihren engen Reiterhosen, der karierten Bluse und mit den streng nach hinten gekämmten Haaren. Und jetzt kündigte der Geruch nach Pferdemist auch noch die nahen Ställe an. Würde sie die Tiere streicheln müssen? Ute mochte schnelle Pferde, die sie auf der Rennbahn durch ihr Fernglas betrachten konnte und die ihr neben Nervenkitzel am besten auch noch Geld bescherten.

Sie stolperte leicht auf dem ausgetretenen Weg und spürte im nächsten Moment, wie ihr Arm galant gegriffen und sie gestützt wurde.

»Danke«, sagte sie.

»Gern.« Jonny lächelte galant.

Der Weg war leicht abschüssig. Als sie um die letzte Kurve bogen, lagen die Ställe von Bucheneck vor ihnen. Ute musste zugeben, dass sie wie alles, was die Freifrau unter ihre Finger bekam, gepflegt und strahlend waren. Weiß gekalkte Wände neben dunklen Balken, helle Holztüren, die im oberen Bereich offen standen und aus denen zwei Pferde neugierig in ihre Richtung blickten. Ein von einem weißen Holzzaun umgebenes Rechteck diente als kleine Reitbahn, und unter den Schrägen des Gebäudes flogen Schwalben ein und aus. Hinter den Ställen hörte Ute den Bach, der durch das Gelände von Bucheneck floss, plätschern. Kurz stellte sie sich vor, wie sie ihre Füße in das kühle Wasser hielt. Noch während sie überlegte, wie sie sich möglichst elegant ihrer Strumpfhose entledigen konnte, wurde sie von lauten Stimmen aufgeschreckt.

»Das ist doch Falco, der da brüllt?«

Die Freifrau sah ihren Vater fragend an.

»Ja, verdammt.«

Wer zum Teufel war nun wieder Falco? Aber ihre beiden

Begleiter waren schon losgestürmt, und Ute blieb nichts weiter übrig, als ihnen zu folgen.

Hinter den Ställen führte der Weg durch den Wald und auf eine kleine Lichtung. Dort stand der Bauwagen, in dem Konstantin, der Koch, seine Hühner hielt. Ute war schon öfter auf ihren Spaziergängen dort vorbeigekommen und hatte die scharrenden und gackernden Tiere beobachtet.

Doch jetzt war von den Hühnern nichts zu sehen. Vielmehr standen sich vor dem Bauwagen zwei Männer mit zu Fäusten geballten Händen gegenüber und starrten sich wütend an.

»Ich werde Ihnen zeigen, was …«

Konstantins Gesicht war rot angelaufen. Er war offensichtlich kurz davor, die Kontrolle zu verlieren. Vor ihm stand der gut aussehende junge Polizist, dessen Hose und Hemd mit Staub bedeckt waren und dessen ebenmäßiges Gesicht ebenfalls gerötet war.

»Halt!«

Jonny Heuer hatte mit einigen große Schritten die Männer erreicht, aber er kam zu spät. Konstantin hatte bereits ausgeholt, und seine Faust raste auf das Gesicht des Polizisten zu. Aber der war schnell, verdammt schnell, wie Ute beeindruckt feststellen musste, und drehte sich zur Seite. In der nächsten Sekunde griff er nach dem anderen Arm des Kochs, trat einen Schritt vor und drehte ihm den Arm mit einer fließenden Bewegung auf den Rücken. Konstantin schrie kurz auf und sank dann auf die Knie.

»Schluss!«

Die Freifrau hatte die beiden Männer nun ebenfalls erreicht und griff nach dem Arm des Polizisten.

»Sie tun ihm weh.«

»Nicht, wenn er ruhig bleibt«, erklärte der Polizist gänzlich unaufgeregt.

Konstantin hielt nun notgedrungen still, und Ute konnte beobachten, wie er die Freifrau und deren Vater mit großen Augen ansah.

»Verdammt, was machst du denn hier?«, stöhnte der Koch.

Jonny Heuer schüttelte den Kopf.

»Was für eine Begrüßung! Die Frage sollte ich dir stellen. Was soll das hier?«

»Der Typ will mir etwas anhängen.«

Ute sah, wie der Polizist mit mühsam unterdrückter Wut auf Konstantin hinabsah.

»Dann sagen Sie mir noch einfach, wo Sie in der Tatnacht waren.«

Konstantin stöhnte abermals. »Nein. Das geht Sie gar nichts an!«

»Dann muss ich Sie wohl mitnehmen. Sie können auf dem Revier dann ...«

»Antworte dem Mann!«

Die Freifrau trat drohend auf Konstantin zu, und Ute wunderte sich über die Schärfe, die in ihrer Stimme lag.

»Nein, ich sage es nicht, weil ich mich weigere, auf so eine Anschuldigung zu antworten.«

»Sag es ihm!«

»Ich denke gar nicht daran. Das ist Schikane.«

Ute beobachtete fasziniert, wie die Freifrau dem Koch einen letzten missbilligenden Blick zuwarf und sich dann an den Kommissar wandte.

»Wenn er es nicht erzählt, dann mache ich es.«

Der Polizist schien nicht zu wissen, was er von der Situation zu halten hatte.

»Ja?«

»Er war bei mir. Ich habe ihn nach dem Liederabend angerufen, und er ist zu mir gekommen. Wir haben zusammen etwas getrunken, und er hat beschlossen, nicht mehr nach Hause zu fahren.«

Hatte Ute sich da verhört? Konstantin und die Freifrau? Der cholerische kleine Koch und die ach so elegante Landadlige?

Auch der Polizist schien kurz aus dem Konzept gebracht, doch dann musterte er die Freifrau nachdenklich.

»Und Sie sind sich sicher, dass er Ihr Bett nicht später noch verlassen hat?«

»Mein Bett? Was glauben Sie eigentlich, wer Sie sind? Was fällt Ihnen ein, so etwas anzunehmen?«

»Sandra!«

Jonny Heuer stellte sich zwischen seine Tochter und den Polizisten, der dadurch wahrscheinlich einem zweiten Angriff entkam.

»Heuer, Jonny Heuer«, redete der Vater der Freifrau an den Polizisten gewandt weiter. »Ich bin der Vater der beiden. Und ich möchte Sie bitten, meinen Sohn umgehend loszulassen.«

Vater? Ute sah fassungslos zwischen Koch, Freifrau und Jonny Heuer hin und her.

»Ich verstehe nicht.«

Der Polizist schien ebenso erstaunt zu sein.

»Ich bin Jonny Heuer. Sandras und Falcos Vater.«

»Wer ist Falco?«

Mittlerweile hatte sich Konstantin beruhigt, und Ute konnte die Ähnlichkeiten zwischen Vater und Sohn erahnen.

Konstantin sah seufzend zu Zander auf.

»Ich bin Falco, Falco Heuer. Konstantin ist sozusagen nur ein Künstlername.«

»Er ist mein Bruder.«

Die Freifrau hatte sich wieder gefangen.

»Und ich würde Ihnen empfehlen, ihn so schnell wie möglich loszulassen, wenn Sie es nicht mit einer Armee von Anwälten zu tun bekommen wollen. Er war in der Nacht bei mir. Ende der Geschichte.«

Ute bewunderte die eisige Schärfe, die die Freifrau in ihre Stimme gelegt hatte. Wäre sie anstelle des Beamten, ließe sie Konstantin, nein, Falco, wie ein heißes Eisen los.

Doch der Polizist schien aus härterem Holz geschnitzt zu sein und bewegte sich nicht. Jonny Heuer ergriff wieder das Wort.

»Ich möchte mich für meinen Sohn entschuldigen. Er ist nun einmal ein Hitzkopf. Natürlich werden wir Ihre Ermittlungen mit allen Kräften unterstützen, und ich versichere Ihnen, dass meine Kinder ihre Aussagen zu Protokoll geben werden.«

Als sowohl die Freifrau als auch der Koch den Mund aufmachen wollten, verhinderte ihr Vater das mit einer knappen Geste.

»Falco, du entschuldigst dich umgehend bei Herrn ...«

Er sah den Polizisten fragend an.

»Zander, Hauptkommissar Timo Zander.«

»Du entschuldigst dich bei Herrn Zander und gehst an deine Arbeit zurück. Sandra, du wirst Herrn Zander zum Schloss begleiten und dort dafür sorgen, dass er sich säubern kann. Dann bietest du ihm etwas zu trinken an und machst deine Aussage.«

Jonny Heuer richtete sich auf und sah seine Tochter an.

»Jetzt sofort.«

Zander ließ den Koch los und schüttelte den Kopf.

»Ich gehe alleine zurück. Und ich werde den Vorfall melden. Das war ein versuchter Angriff auf einen Polizeibeamten. Und das wird Konsequenzen haben.«

Er sah sie alle noch einmal wütend an, dann ging er in Richtung Schloss davon.

Ute trat zu den drei Mitgliedern der Familie Heuer.

»Den sind wir losgeworden.«

Keiner reagierte auf sie, und sie sah, dass die Gesichter der Freifrau, ihres Vaters und Konstantins, also Falcos, nicht Erleichterung, sondern Sorge zeigten.

Der Koch wandte sich an seinen Vater.

»Was meinst du, wie lange braucht er, bis er es weiß?«

»Nicht lange. Er hat ja jetzt deinen richtigen Namen.«

Die Freifrau stieß einen wenig damenhaften Fluch aus.

»Ich rufe die Anwälte an. Die sollen sich besser auf Ärger vorbereiten.«

Konstantin – Ute beschloss, ihn auch weiterhin so zu nennen – starrte seine Schwester wütend an.

»Mach, was du willst. Ich gehe zurück in die Küche. Und ich habe nichts getan.«

»Das hast du beim letzten Mal auch gesagt.«

»Sandra! Es reicht.« Jonny Heuer wandte sich an den wütenden Koch, und Ute rätselte, um was es hier gerade eigentlich ging.

»Sandra hat recht – es ist besser, vorbereitet zu sein. Sie macht ihre Anrufe, und du gehst ganz normal zur Arbeit. Ich würde nämlich nachher gern bei dir essen – und ich hoffe ...« Er warf Ute einen Seitenblick zu und setzte ein charmantes Lächeln auf.

»... und ich hoffe, diese wunderbare Lady hier leistet mir dabei Gesellschaft.«

42

Er hätte sich nicht so provozieren lassen dürfen. Zander atmete tief durch. Wer sich provozieren ließ, machte Fehler. Und bei seiner neuen Chefin konnte er sich keinen Fehler mehr erlauben, die hatte ihn sowieso schon auf dem Kieker. Bei jedem Ausatmen stellte er sich vor, wie etwas von seiner Wut aus ihm herausströmte. Er spürte, wie sich seine Hände und seine Schultern langsam entspannten. Er war seinem Ausbilder dankbar, der ihm damals gezeigt hatte, wie er es schaffen konnte, schlechte Energie auszuatmen. Wahrscheinlich hätte diese merkwürdige Röge ihre Freude daran, ihn jetzt so zu sehen. Im Gegensatz zu ihr hatte er es im Leben zu etwas gebracht. Hauptkommissar Timo Zander. Er hob sein Kinn. Hauptkommissar. Ein weiter Weg, auf den er stolz sein konnte. Er wusste, warum er tat, was er tat. Und wenn er es schaffte, einen passenden Verdächtigen für den Mord an der Sängerin zu finden, würde auch Selin Özcan erkennen, was er wert war.

Dieser Koch und die Freifrau mit ihrem Vater waren schon eine merkwürdige Sippe. Ob wohl die Presse wusste, aus was für einem Stall die Frau kam? Zander würde wetten, dass der Vater aus dem Ruhrgebiet stammte oder sich zumindest dort niedergelassen hatte. Und Konstantin, nein, Falco Heuer war sicherlich kein unbeschriebenes Blatt. Auch wenn er keine Ahnung hatte, wie man ernsthaft zuschlug. Zander lachte leise. Der Koch hatte die Kontrolle verloren, und er hatte es so deutlich kommen sehen, als wäre alles in Zeitlupe geschehen. Das Verengen der Augen, das Anspannen der Muskeln und dann der Schlag. Langsam, in einem harmlosen Winkel, ohne eine Idee davon, wie man seine Kraft sinnvoll und mit dem größtmöglichen Ergebnis einsetzte. Ein Verlierer, so viel war klar. Trotzdem sollte er ihn überprüfen lassen.

Als Zander fast wieder vor dem Schloss angekommen war, hatte er sich so weit beruhigt, dass er sein Mobiltelefon aus der Tasche ziehen und die Kollegen in Rostock bitten konnte, alle Daten zu Falco Heuer und dessen Vater abzurufen und ihm zuzuschicken.

Er beendete das Gespräch und klopfte sich den Staub aus seiner Hose. Wahrscheinlich war er am ganzen Körper von einer feinen Schicht Hühnerdreck bedeckt. Sicherlich roch er nach Stall. Dieser verdammte Koch!

Zander beschloss, erst einmal zu seinem Wagen zu gehen und sich saubere Kleidung zu holen. Im Keller des Schlosses gab es eine Waschküche, wo er sich ungestört umziehen und säubern könnte. Er würde den Teufel tun, den Schlossbewohnern so verdreckt und stinkend gegenüberzutreten. Wieder merkte er, wie die Wut in ihm aufstieg. Wie oft war er früher in der Schule gehänselt worden, weil er nach Bauernhof roch? Kinder konnten erbarmungslos sein. Seine Mutter und er hatten eine Wohnung am Rande eines kleinen Dorfes in Hessen gehabt, umgeben von Feldern und Wiesen. Feldern, auf denen die Bauern im Sommer gern die Schweinegülle ausbrachten. Kein Schrubben half – und die Mitschüler aus der Stadt hatten ihn und die anderen aus seinem Dorf »Schweinekinder« genannt.

Er schüttelte die Erinnerungen ab. Es brachte nichts, sich über Vergangenes zu grämen. Erst einmal würde er sich umziehen und dann nach dem Hausmeister suchen. Die Kollegen hatten diesen Jaro schon kurz befragt; er war an dem fraglichen Abend auf seinem Zimmer gewesen und hatte angeblich nichts gehört oder gesehen, was von Bedeutung war. Da sein Zimmer im obersten Stock lag und er, um das Schloss zu verlassen, an den Gästen hätte vorbeigehen müssen, hatte man seine Aussage als glaubhaft eingestuft. Aber in einem Haus von der Größe Buchenecks gab es gewiss noch andere Wege hinaus. Und welche abgeschlossene Tür würde einen Hausmeister mit etwas Geschick schon aufhalten?

Zander lächelte. Vielleicht könnte er eine Lücke in Jaros Aussage finden und damit bei seiner Chefin punkten.

Als er um die Ecke des Schlosses bog, sah er eine junge Frau auf der Terrasse der Hansens sitzen; sie trug eine Sonnenbrille und hatte ein Buch in der Hand. Neben ihr auf einer Gartenliege lag im Schatten eines Sonnenschirms Hannes Hansen. Er hatte seine Mütze über die Augen gezogen und schien zu schlafen. Als Zander näher kam und der Kies auf dem Parkweg unter seinen Füßen knirschte, sah die Frau auf und legte einen Zeigefinger an die Lippen. Sie warf noch einen schnellen Blick auf den schlafenden Mann, dann stand sie auf und ging ihm entgegen.

»Wir müssen leise sein, er ist gerade eingeschlafen«, erklärte die junge Frau.

»Entschuldigung, ich wollte ihn nicht wecken.«

»Sie sind von der Polizei, richtig?«

»Ja, Hauptkommissar Timo Zander.«

»Ich bin Jenny Schäfer.«

»Sie waren an dem Abend des Konzertes die Kellnerin?«

»Ja. Ihre Kollegen haben mich schon befragt – ich konnte ihnen leider nicht viel erzählen.«

Zander hatte ihre Aussage auch bekommen. Sie hatte die

Halle erst verlassen, als alle anderen Gäste schon gegangen waren, und hatte dann ihre Nachtschicht an der Rezeption des Gutshauses angetreten und nicht vor fünf Uhr früh wieder verlassen. Da die Rezeption von einer Kamera überwacht wurde, besaß sie ein ziemlich gutes Alibi.

»Und was machen Sie jetzt hier?«, fragte Zander.

»Ich passe auf Hannes auf. Wir alle tun das regelmäßig, um Lotte zu entlasten.«

»Wen genau meinen Sie mit wir?«

»Ich, die anderen Schlossbewohner, Jaro, den Hausmeister. Sogar die Freifrau springt ein. Letzte Woche hat sie Hannes mit in die Ställe genommen und ihn da das Lederzeug putzen lassen. Ihm hat es gefallen, er liebt es, etwas mit seinen Händen zu tun und dabei eine Geschichte nach der anderen zu erzählen. Und Konstantin, der Koch, hat Hannes einmal Kartoffeln schälen lassen, das fand er auch klasse, es hat ihn an seine Zeit bei der Bundeswehr erinnert.«

Zander, der bei der Erwähnung von Konstantin wieder spürte, wie sein Nacken vor Wut und Scham brannte, schüttelte den Kopf. Lotte und Hannes Hansen waren richtig reich. Warum befand sich der Mann nicht in professioneller Betreuung?

»Warum stellt Frau Hansen nicht einfach eine Pflegekraft ein?«

»Irgendwann wird sie das tun. Aber ich denke, bis dahin gefällt es Hannes, wenn er von Freunden umgeben ist. Und seinen Freunden gefällt es, mit ihm Zeit zu verbringen. Ich kann mir kaum vorstellen, dass eine Pflegekraft sich gemeinsam mit ihm auf ein Motorrad schwingt.«

Jenny lächelte, als sie Zanders erstauntes Gesicht sah.

»Hannes ist früher eine Triumph gefahren. Das geht jetzt natürlich nicht mehr. Aber Lotte hat herausgefunden, dass es in Rostock einen Klub von enthusiastischen Triumph-Fahrern gibt. Und einige haben einen Beiwagen. Also hat sie dafür gesorgt, dass die Truppe Hannes abholt. Er hat im Beiwagen gesessen, seinen alten Helm auf dem Kopf und wie ein Honigkuchenpferd gegrinst. Die Mitglieder des Vereins waren wohl zuerst skeptisch, aber dann sind sie wie wir alle Hannes' Charme erlegen und holen ihn jetzt alle paar Wochen für eine Tour ab.«

»Sicherlich bezahlt Frau Hansen die Leute gut.«

»Nein. Sie bezahlt sie gar nicht. Es gibt gewisse Dinge, die man tut, weil sie richtig sind, nicht, weil sie einem Geld einbringen.«

Zander musterte die Kellnerin nachdenklich. Ihre Art, zu sprechen und dabei kleine Bewegungen mit den Händen zu machen, wirkte elegant, fiel ihm auf. Sie sprach ein sehr sauberes Hochdeutsch ohne irgendeine Färbung. Sie trug eine schlichte kurze Jeanshose und ein schwarzes T-Shirt. Keinen Schmuck, bis auf eine dünne goldene Halskette, an der ein schmaler Ring hing. Der Ring sah aus, als trage sie ihn schon lang. Ein Erinnerungsstück? Hatten die Kollegen ihre Vorgeschichte unter die Lupe genommen? Oder stand sie zu weit unten auf der Liste der relevanten Zeugen?

»Entschuldigung, ich wollte niemandem etwas unterstellen. Nur sehe ich in meinem Beruf leider viel zu selten Menschen, die uneigennützig handeln. Vielleicht macht es mich zynischer, als es mir guttut.«

»Dann sollten Sie sich umso mehr bemühen, Ihr Mitgefühl nicht zu verlieren«, erwiderte Jenny und hielt sich dann erschrocken eine Hand vor den Mund.

»Entschuldigung. Ich wollte Sie nicht … Sie sehen sicherlich sehr viele Dinge, die sich viele andere Menschen nicht vorstellen können.«

Zander registrierte neugierig, dass sie von *anderen* Menschen sprach und nicht von sich selbst. Doch gerade, als er nachfragen wollte, was sie in ihrem Leben denn selbst schon gesehen hatte, hörte er Stimmen aus Richtung des Waldes dringen und sah, wie Lotte Hansen an der Seite des Hausmeisters auf sie zukam.

Sie stützte sich auf einen Stock und hatte sich mit dem anderen Arm bei dem Mann eingehakt. Sie gingen langsam nebeneinanderher und unterhielten sich. Zander beobachtete, wie Lotte etwas sagte, und Jaro, der Hausmeister, daraufhin lachte und seine Hand auf ihre legte. Die beiden schienen sehr vertraut miteinander zu sein. Zander war eine solche Nähe fremd – und in diesem Fall auch verdächtig.

Als sie bei ihnen angekommen waren, begrüßte ihn Lotte Hansen mit einem kühlen Nicken und wandte sich dann an Jenny Schäfer.

»Schläft Hannes?«

»Ja. Auf der Terrasse. Er hat mir gesagt, ich soll ihn nicht wecken, da er vorhat, von Hawaii zu träumen. Und von dir natürlich.«

Die beiden Frauen lächelten sich an, dann wandte sich Lotte Hansen an ihn.

»Herr Zander, kann ich Ihnen behilflich sein? Gibt es Neuigkeiten?«

Er war im Begriff zu antworten, als sein Handy klingelte. Er sah die anderen entschuldigend an und ging dann einige Meter zur Seite und um die Hausecke, um das Gespräch in Ruhe anzunehmen. Es waren die Kollegen aus dem Revier, die seine Vermutung über Falco Heuer und seine Familie bestätigten.

»Also hat Falco Heuer gesessen?«

»Ja. Drei Jahre. In Berlin. Wegen bandenmäßigen Betrugs.

Sportwetten – wir sehen gerade die Unterlagen durch, ob es Verbindungen nach Bucheneck oder zum Opfer gibt. Aber bisher haben wir nichts gefunden.«

Zander dachte nach.

»Und der Senior?«

»Ist sauber – betreibt einen großen An- und Verkauf im Duisburg. Hat mehrere Lagerhallen, veranstaltet Auktionen von Kunst und Antiquitäten und bespielt einige Trödelmärkte in ganz Deutschland.«

Zander bedankte sich und legte auf. Kunst, Antiquitäten und Trödel also. Und ein Sohn, der wegen Betrugs verurteilt worden war.

Er bog wieder um die Ecke und wollte zu Frau Hansen und den anderen zurückgehen, die immer noch auf dem Rasen standen, als er seinen Namen hörte und stehen blieb. Sie redeten über ihn.

Er konnte Lotte Hansen hören, die sich lachend an Jenny wandte.

»Hat er dir schöne Augen gemacht?«

Zander blieb im Schatten des Schlosses stehen und lauschte.

»Vielleicht.«

»Und?«

»Na ja, seine Augen sind wirklich schön, oder?«

Er hörte die junge Frau lachen, und sein Magen zog sich zusammen, als Frau Hansen weitersprach.

»Trotz seiner schönen Augen: Alles in allem kein Mann, der einen zweiten Blick wert ist, oder?«

»Ja. So sehe ich das auch. Entweder man hat es, oder man hat es nicht.«

»Was hat Mann?«

Der Hausmeister schien Probleme zu haben, dem Gespräch zu folgen.

Jenny beugte sich zu ihm vor, gab ihm einen Kuss auf die Wange.

»Keine Sorge, du hast es, mein Lieber.«

Zander sah, wie der Mann rot wurde, und hörte die beiden Frauen wieder lachen.

Er hatte genug. Doch gerade als er sich unauffällig durch den Nebeneingang ins Schloss stehlen wollte, fuhr ein Windstoß über die Wiese und warf die Tür mit einem lauten Krachen zu. Im nächsten Moment öffnete der Himmel alle Schleusen, und es begann zu regnen.

43

Ich kümmere mich um Hannes.«

Jenny rannte los, und Lotte versuchte fluchend, so schnell wie möglich ins Trockene zu humpeln. Der erste Blitz erhellte den Himmel, gefolgt von einem krachenden Donner. Verdammt! Dann spürte sie, wie Jaro nach ihrem Arm griff. Auch der junge Polizist kam auf sie zugelaufen, und die beiden Männer hoben sie, ohne zu zögern, rechts und links unter Schultern und Knien an und trugen sie ins Schloss. Lotte wollte etwas sagen, biss sich dann aber lieber auf die Lippe. Sie meinten es ja nur gut, und vielleicht gab es ja einfach Situationen im Leben, in denen man – beziehungsweise frau – Hilfe annehmen musste, gleichgültig, wie würdelos man sich dabei vorkam.

Obwohl das Ganze nur wenige Minuten gedauert hatte, waren sie alle drei klitschnass, als sie in der Halle des Schlosses standen. Lotte richtete sich auf und besah die beiden Männer neben sich.

»Vielen Dank.«

Jaro lächelte.

»Jetzt habe ich dich schon zum zweiten Mal auf Händen getragen.«

Lotte legte ihm eine Hand auf den Arm und wandte sich dann an den Polizisten. Sie hatte ein schlechtes Gewissen, da sie ihn kurz vor dem Platzregen am Schloss hatte stehen sehen.

»Auch Ihnen ein Dankeschön.«

Der junge Mann schwieg und sah sie nur mit seinen hellen Augen an. Er hatte wirklich schöne Augen. Augen, in denen es wütend blitzte. Er hatte sie also gehört.

Lotte seufzte.

»Zieht am besten eure Hemden aus, ihr seid ja klitschnass.«

Beide Männer zögerten.

»Schüchtern?«

Jaro lachte und zog sein Hemd aus, dann sah er Zander fragend an.

»Ich kann Ihnen etwas Trockenes zum Anziehen leihen.«

Lotte bemerkte, wie der junge Polizist errötete und schnell den Kopf schüttelte.

»Nein danke. Ich habe Kleidung im Auto.«

»Sie können jetzt nicht zu Ihrem Wagen.«

Ein erneuter Blitz, gefolgt von einem Donner, untermauerte Lottes Worte.

»Ich warte.«

Jaro zuckte mit den Schultern und ging die Treppe hinauf zu seiner kleinen Wohnung.

Lotte fröstelte und sah Zander freundlich an.

»Kommen Sie doch mit zu uns. Ich kann Ihnen zumindest ein Handtuch geben.«

Sie fühlte sich, als versuche sie, einen Esel zum Weitergehen zu überreden. Aber Zander blieb stur.

»Nein. Ich warte hier.«

Also hatte er sie wirklich gehört. Lotte verfluchte ihr loses Mundwerk und hatte ein schlechtes Gewissen.

»Hören Sie, ich möchte mich wegen gerade …«

Die Tür zur Halle wurde aufgestoßen.

Die Gestalt, die da vor ihnen erschien, wurde von einem weiteren Blitz erhellt. Lotte konnte nur einen grünen Umriss und zwei Beine ausmachen. Für einen flüchtigen Moment fragte sie sich, ob das Gewitter den Wassermann zu ihnen ins Haus getrieben hatte. Dann fiel die Tür wieder zu und im Licht der Halle sah sie, dass sie es mit einem Menschen unter einem grünen Regencape zu tun hatte.

»Frau Özcan!«

Die Polizistin schüttelte sich und sah dann Lotte mit einem müden Lächeln an.

»Heute ist einfach nicht mein Tag. Ich dachte, ich schaffe es noch vor dem Regen. Aber dann ging alles so schnell.«

»Gut, dass Sie so nah am Schloss waren. Die Blitze sind die eine Sache, aber vor allem sind es die herabfallenden Äste im Wald, die Ihnen bei so einem Wind gefährlich werden können.«

»Dann bin ich also doppelt froh, hier im Schloss zu sein.«

Lotte hörte Schritte auf der Treppe und sah, wie Jaro, nun in trockener Kleidung, wieder zu ihnen herunterkam. Über dem Arm trug er eine Hose und einen Pullover, die er nun Zander entgegenstreckte.

»Hier. Es wird Ihnen hoffentlich passen.«

»Nein, vielen Dank!«

Zanders Stimme blieb abweisend. Lotte registrierte, dass er Jaro wütend ansah.

»Aber es ist kein Problem. Die Sachen sind frisch gewaschen und ...«

»Ich habe Nein gesagt!« Der Polizist schlug Jaros Hand beiseite.

»Zander!«

Die Kommissarin starrte ihren Kollegen entsetzt an.

Schließlich hatte Lotte genug. Ihr lief kaltes Wasser aus den Haaren den Rücken hinab, ihr Knie schmerzte, und sie fror. Also hob sie ihren Stock und ließ ihn mit Wucht auf den Boden der Halle knallen.

»*Ich* gehe jetzt in meine Wohnung. Dort gibt es Handtücher, trockene Kleidung und Kaffee. Wer will, kommt mit. Wer nicht will, bleibt hier in der Halle stehen, holt sich einen Schnupfen oder Schlimmeres. Mir ist es egal.«

Damit drehte sie sich um und ging in die Wohnung.

Sie sah, wie die Polizistin ihrem jungen Kollegen einen wütenden Blick zuwarf, und sich dann ihr anschloss. Immerhin einer der Gesetzeshüter schien etwas gesunden Menschenverstand zu haben.

In der Wohnung angekommen nahm sie Hannes kurz beiseite.

»Warum bist du nicht nass? Wie hast du Schlawiner es geschafft, trocken reinzukommen? Du hast doch auf der Terrasse geschlafen. Jenny und ich haben uns schon Sorgen gemacht.«

Hannes strich ihr eine nasse Haarsträhne aus dem Gesicht und küsste sie auf die Nasenspitze.

»Die Vögel hörten auf zu singen, da bin ich schnell reingegangen.«

»Und auf die Idee, uns zu warnen, bist du nicht gekommen?«

Er sah sie zwinkernd an.

»Das hab ich doch glatt vergessen.«

44

Der Professor fuhr erschrocken auf, als er den ersten Donner hörte. Wann war es bloß so dunkel geworden? Ein Windstoß fuhr durch seine Haare und unter sein dünnes Hemd und ließ ihn schaudern. Er hatte anscheinend völlig die Zeit aus den Augen verloren. Und – er sah sich seine Umgebung genauer an – anscheinend auch den Weg. Nachdem er die Polizistin getroffen und sich mit ihr unterhalten hatte, war er die gewundene Straße des Dorfes bis zu ihrem Ende entlanggegangen. Ein Dorf, das in einer Sackgasse endete. Jenny hatte einmal von Pfuhlhagen als dem gefühlten Ende der Welt gesprochen – und er konnte es verstehen. Neben der Kirche, die zu DDR-Zeiten als Lager für Holz genutzt worden war, ging ein kleiner Weg hinter den Häusern entlang. Er war ihm gefolgt, in Gedanken noch bei der Frage, welche Formen der sogenannte Aberglaube an gute und schlechte Omen, Talismane oder glücksbringende Rituale heutzutage angenommen hatte. Er kannte diesen Zustand, zu laufen und dabei über ein Problem oder eine neue Idee nachzudenken. Leider hatte ihn das schon häufiger wortwörtlich auf Irrwege geführt – und auch gerade wusste er nicht, wo genau er sich befand. Er wusste allerdings, dass er bei einem Gewitter schnellstens Schutz suchen sollte.

Also musterte er seine Umgebung genauer und drehte sich dabei einmal um die eigene Achse. Wahrscheinlich war es nur logisch, wenn er den Weg in die entgegengesetzte Richtung lief. Theoretisch konnte er sich am Stand der Sonne orientieren, nur war diese dummerweise gerade hinter dichten schwarzen Wolken verborgen. Er beschleunigte seine Schritte, das erste Donnergrollen drang an seine Ohren. Er kramte in seinem Kopf nach seinem Wissen über Gewitter. Wenn ein Donner auf den nächsten mit weniger als sechs Sekunden Abstand folgte, war man in dem Bereich, in dem Blitzeinschläge jederzeit möglich waren. Eichen meiden und Buchen suchen – stimmte das, wäre er in bester Gesellschaft. Aber irgendwo hatte er gelesen oder gehört, dass das mit den Buchen wohl eher nicht stimmte und ein Fehler in der Überlieferung eines altdeutschen Sprichworts ins Hochdeutsche war.

Endlich konnte er zwischen den Bäumen etwas erkennen. Farben. Blumen. Erleichtert lachte er auf. Das waren die Gärten hinter den Häusern Pfuhlhagens. Er war anscheinend nicht sehr weit gekommen. Ein erster Blitz erhellte den Himmel. Dann begann der Regen auf ihn herabzuprasseln.

»Verdammt!«

Er beeilte sich, zu den Gärten zu kommen. An einer blau gestrichenen Pforte sah er eine Frau stehen, die ihn zu sich heranwinkte.

»Kommen Sie, schnell!«

Dietlind Röge – er hatte Glück. Sie nahm seine Hand und zog ihn in Richtung einer großen Gartenhütte. Er atmete auf, als er durch die breite Schiebetür in die Sicherheit trat.

»Danke.«

»Schuhe aus, bitte.«

Der Professor streifte seine nassen Leinenschuhe ab und sah sich um. Das, was früher einmal ein großer Gartenschuppen oder eine Werkstatt gewesen sein musste, war zu einer Art Studio umgebaut worden. Zwei Oberlichter, auf die jetzt schwere Regentropfen prasselten, ließen schwaches Licht auf einen Boden aus glattem Holz fallen. An der Wand aufgereiht standen zusammengerollte Yogamatten, und ein Stapel mit Sitzkissen lag neben der Tür. Es gab einen kleinen Altar am Boden, der eine für ihn unerklärliche Mischung aus Figuren unterschiedlichster Religionen zeigte, die von einigen Kerzen beleuchtet wurden.

Er nahm das Handtuch, das ihm Dietlind reichte, mit einem Lächeln an und trat dann näher an das kleine Heiligtum heran.

Er erkannte die unvermeidliche Buddha-Figur, mit rundem Bauch und großen Ohrläppchen, das Gesicht zu einem breiten Lächeln verzogen. Daneben stand, deutlich finsterer blickend, eine kleine Statuette Shivas, die ihre vier Arme im Tanz erhoben hatte. Ein aus Plastik gegossener Schlüsselanhänger mit einer ägyptischen Kartusche zeigte Schuh, die Gottheit des Windes. Eine schmale schwarze Madonna mit hohen Wangenknochen und in aufrechter Haltung befand sich daneben. Ein Zettel mit einer Kalligraphie, die den Namen Allahs zeigte, war an die Wand geheftet. In ein Stück Wurzelholz geschnitzt, waren die Gottheiten Rangi und Papa aus der maorischen Schöpfungsgeschichte in einer innigen Umarmung zu sehen. Der Professor meinte, auf einem handtellergroßen Relief einige Gestalten der nordischen Mythologie zu erkennen. In einem kleinen Bilderrahmen war eine feine Tuschezeichnung Amaterasus, der Sonnengottheit des Shinto, aufgestellt. Eine farbenprächtige geflügelte Schlange aus winzigen bunten Glasscherben zeigte Kukulkan. Der kleine Altar war mit noch weiteren Figuren und Bildern gefüllt, deren Bedeutung er nicht kannte. Billige Touristenware wechselte sich mit kunstvollen Einzelstücken ab. Er lachte laut, als er in der hinteren Reihe die kleine abgegriffene Plastikfigur einer Fee sah, die an Disneys Tinkerbell erinnerte. Sie stand neben einem runden, lächelnden Weihnachtsmann, der sich in seiner Umgebung sehr wohl zu fühlen schien.

Dietlind Röge war neben ihn getreten.

»Ich habe einmal mit dem Buddha dort angefangen.« Sie wies auf die runde Figur, die nur am Bauch eine glänzend goldene Stelle aufwies. Es brachte angeblich Glück, Buddhas Bauch zu streicheln.

»Aber dann dachte ich, es wäre nicht richtig, nicht auch andere Gottheiten aufzustellen. Menschen glauben an so viele Dinge.«

Ihr Gesicht wurde für einen flüchtigen Moment von einem Ausdruck überzogen, in dem er so etwas wie Trauer zu erkennen glaubte.

»Ich dachte, vielleicht färbt etwas von ihrem Glauben auf mich ab.«

Das war etwas, was er gut verstehen konnte. Auch wenn er sein Studium nie in dieser Hoffnung aufgenommen hatte. Ihn hatten die Geschichten fasziniert, in denen Menschen sich Erklärungsmodelle für die Welt aufbauten. Und wie aus Religion Macht wurde. Er wusste, dass Religion nicht heilte, sondern tötete. Aber manchmal hatte er es trotzdem bedauert, nicht selbst an eine dieser Geschichten glauben zu können.

Ein erneuter Blitz erhellte den Raum, unmittelbar gefolgt von einem ohrenbetäubenden Donner, der die Fenster der Hütte zittern ließ. Der Wind schlug den Regen gegen die Fenster.

Dietlind Röge sah hinaus.

»Meine armen Pflanzen.«

Der Professor trat neben sie. Wind und Regen hatten einen großen Teil des Gemüsegartens flach zu Boden gedrückt.

Stangen, an denen wahrscheinlich Bohnen oder Erbsen gewachsen waren, lagen zerbrochen auf den Beeten. An einer der Hauswände flatterten Folien im Wind, die an Latten genagelt waren, dahinter waren ebenfalls Pflanzen zu sehen.

»Meine Tomaten – oder das, was von ihnen übrig ist.«

»Glauben Sie an Karma?«

»Das ist eine sehr, sehr große Frage für einen Sommernachmittag«, erwiderte der Professor.

»Ich wette, Sie haben eine Antwort. Und ich frage nicht den Professor, sondern den Menschen dahinter.«

»Gut. Ich bin übrigens Harald.«

»Dietlind.«

Wieder sah sie auf ihren Garten, der von Regen und Wind zerstört wurde.

»Und?«

Harald zögerte. Ihr schien die Antwort sehr wichtig zu sein, und er wollte sie nicht noch unglücklicher machen, als sie es eh schon zu sein schien. Aber er konnte auch nicht lügen. Denn es gab Dinge, an die er sehr wohl glaubte.

»Ich glaube, das unsere Taten uns zu dem machen, der wir sind. Und auch zu dem, der wir sein werden.«

»Ja. Das glaube ich auch.«

»Warum die Frage, Dietlind?«

Sie griff nach einen schwarzen Beutel, der neben dem Altar stand, und reichte ihm ihn.

»Deswegen.«

45

Ute fluchte wenig damenhaft, als ihr der erste kräftige Windstoß den Hut vom Kopf riss und über die Kuhwiese zwischen Gutshaus und Schloss davonwehte. Aber es war ihr egal, ob ihr Begleiter sie für eine Dame hielt. Sie mochte ihren Hut, und sie mochte es verdammt noch mal nicht, dem Wetter schutzlos ausgesetzt zu sein. Aber Jonny Heuer lachte nur und griff nach ihrer Hand.

»Sind wir näher am Gutshaus oder näher am Schloss?«

Er sah sie fragend an, wobei seine Stimme trotz der über dem Wald aufgetürmten schwarzen Wolken erstaunlich gelassen war.

Ute dachte nach.

»Weder noch.«

Dann zog sie ihn auf einen kleinen Trampelpfad, der sich, von der Allee abzweigend, die Gutshaus und Schloss verband, in den Wald hineinschlängelte.

»In den Wald? Ich denke, das ist nicht die beste Wahl, oder? Ich meine ...«

Ute unterbrach Jonny, wurde dabei aber nicht langsamer.

»Eine Schutzhütte. Noch zweihundert Meter etwa.«

Sie hatte keine Lust, mehr zu erklären. Sie spürte, wie sich die feinen Haare an ihren Unterarmen aufstellten. Spannung lag in der Luft. Und damit meinte sie nicht die, die zwischen ihr und dem Vater der Freifrau knisterte.

Dann endlich konnte sie die Hütte sehen, die sich neben

einer kleinen Lichtung an den Waldrand duckte. Sie wollte gerade einen letzten Spurt einlegen, als die Hand ihres Begleiters sie unsanft zurückriss.

»Stopp!«

»Was ...?«

Im nächsten Moment brach eine Meute Wildschweine in irrem Tempo vor ihr aus dem Unterholz hervor und überquerte den Weg. Der Keiler, der die Gruppe anführte, rauschte als riesiger Berg aus Fleisch und Muskeln an ihr vorbei. Drei Bachen mit ihren Frischlingen folgten.

Ute blieb starr vor Schreck stehen und wagte es nicht, zu atmen. Die Freifrau hatte ihr mehrmals sehr anschaulich geschildert, warum man sich nie Wildschweinen in den Weg stellen sollte.

»Oh, mein Gott!«

Es blitzte, und ein Donner krachte, gefolgt von den ersten Regentropfen, über sie hinweg.

»In die Hütte.«

Jonny Heuer zog sie nun hinter sich her.

Nach wenigen Schritten waren sie in der Hütte, die nicht mehr als ein einfacher Verschlag war, angekommen. Aber das Dach war dicht und stabil und die schmalen Bänke an den Wänden sauber und trocken.

»Das war ...«

Ute drehte sich zu ihrem Begleiter und warf lachend die Arme in die Luft.

»... phantastisch! Was für ein Anblick!«

Sie konnte fühlen, wie das Blut durch ihre Adern rauschte, und schmeckte das Adrenalin auf ihrer Zunge. Vielleicht war eine Horde Wildscheine nicht mit dem Risiko eines gewagten Spielzuges oder einer riskanten Spekulation zu vergleichen, aber das Ergebnis war das Gleiche. Sie fühlte sich lebendig wie schon lange nicht mehr. Und wie immer, wenn sie sich so lebendig fühlte, hatte sie das Bedürfnis, diese Energie zu teilen. Kurzentschlossen umarmte sie Jonny und küsste ihn auf den Mund.

Nach ein paar Momenten löste sie sich dann von dem sichtlich erfreuten Jonny und schüttelte den Kopf.

»Entschuldige – die ganze Aufregung.«

Er lachte und hielt ihre Hände fest.

»Das ist das erste Mal, dass sich eine Frau bei mir dafür entschuldigt hat, mich geküsst zu haben.«

Etwas später saßen sie nebeneinander auf der schmalen Bank der Hütte und lauschten dem Regen. Ab und an wurde der Himmel noch von einem Blitz erhellt, aber der Donner war schon weitergezogen. Das Schlimmste schien vorbei zu sein. Ute lehnte sich an Jonny und blickte durch die offene Tür der Hütte hinaus in den Regen.

»Und Konstantin ist also dein Sohn. Sandras Bruder. Das hätte ich nie vermutet!«

Jonny seufzte.

»Ja. Falco hat einen Job gesucht, und Sandra hat ihm die Stelle als Küchenchef angeboten. Er wollte aber nicht, dass alle wussten, dass sie seine Schwester ist. Daher der Name und das ganze Theater. Sandra hat schon immer auf ihren kleinen Bruder aufgepasst und ihn beschützt. Vielleicht ist das auch der Grund, warum er es am Anfang so schwer hatte, allein die richtigen Entscheidungen zu treffen. Meine Frau, die Mutter der beiden, ist nur wenige Monate nach Falcos Geburt gestorben. Sandra war damals zehn Jahre alt. Die beiden wurden unzertrennlich.«

»Was waren das für Entscheidungen?«

Jonny sah sie schulterzuckend an.

»Falsche Freunde, falsche Jobs, falsche Versprechungen, auf die der Junge hereingefallen ist. Am Ende haben sie ihn wegen Betrugs verhaftet und verurteilt. Ich konnte das nicht verhindern – und vielleicht wollte ich es auch nicht. Im Gefängnis hat er dann kochen gelernt. Und so wie es aussieht, ist er verdammt gut darin. Sandra hat ihm hier auf Bucheneck eine große Chance gegeben, aber ich bin mir nicht sicher, ob er nicht weiterziehen sollte, um es irgendwo allein zu schaffen. Zu viel Sicherheit ist vielleicht nicht gut für ihn.«

»Er kocht phantastisch. Und ist berüchtigt für sein Temperament.«

Ihr Begleiter lächelte.

»Diese Begabung hat er von seiner Mutter.«

»Also will Sandra Falco schützen und Falco wiederum Sandra. Und du bist gekommen, um auf die beiden aufzupassen?«

»Ja, so sieht es wohl aus. Sandra kann normalerweise gut auf sich selbst aufpassen. Und sie ist schlau. Also bis auf die Wahl ihres Mannes. Das werde ich nie verstehen. Ich war damals gegen die Heirat mit Hubert. Ich wusste im ersten Moment, dass er nicht gut für sie war. Aber sie war verliebt.«

Ute seufzte.

»O ja. Liebe macht blind.«

»Genau. Sandra hat das Beste daraus gemacht, sie liebt Bucheneck und die Pferde. Ihr Mann und sie haben sich arrangiert, aber trotzdem wünschte ich mir manchmal, sie hätte einen anderen Weg eingeschlagen. Und dass sie näher bei mir geblieben wäre.«

Ute spürte die Trauer in seiner Stimme.

»Und der Mord nimmt sie ziemlich mit. Sie fühlt sich verantwortlich, weil es hier auf Bucheneck passiert ist und die Sängerin ihr Gast war. Sie hat ja niemanden zur Unterstützung an ihrer Seite – und da bin ich gekommen.«

Ute zuckte schuldbewusst zusammen. Bei all den Witzen über karierte Hemden und Pferde hatte sie nicht darüber nachgedacht, dass es Sandra schlecht gehen könnte. Sie, Lotte und der Professor hielten immer zusammen, aber wen hatte die Freifrau eigentlich?

»Ich hoffe, sie finden den Täter schnell.«

Ute dachte an Hannes und an den Ausdruck von Angst in Lottes sonst so mutigen Augen.

»Ja, das hoffe ich auch.«

Sie sah Jonny an.

»Was glaubst du, wer es war?«

»Immer jemand, mit dem man am wenigsten rechnet.«

Er strich ihr mit seiner warmen Hand über den Arm. Sie hätte am liebsten wie eine Katze geschnurrt.

»Und ich glaube, am gefährlichsten sind immer die Menschen, die jemanden schützen. Ich würde wahrscheinlich niemanden umbringen, der mich bedroht. Aber wenn es um die Menschen ginge, die ich liebe?«

Ute dachte an Lotte, die Hannes' Hand hielt. Sie dachte an Chris, der sich schützend vor Sanne stellte. Die Freifrau, die ihren kleinen Bruder schützte. Jonny, der seine Kinder beschützte. Und an sich selbst. Wen schützte sie?

46

Als Selin sich im Wohnzimmer der Hansens umsah, musste sie an das Ferienlager denken, in das sie als Kind mehrere Sommer gefahren war. Es hatte an einem kleinen und in ihrer Erinnerung unglaublich klaren See in der Nähe von Neustrelitz gelegen, und in den flachen Holzhütten mit ihren Stockbetten hatten sie und ihre Freundinnen sich nach dem Schwimmen immer lachend umgezogen, bevor es zum Abendessen in das Gemeinschaftshaus gegangen war.

Bis auf Herrn Hansen, der leise vor sich hin summend am Fenster stand und sich das langsam abflauende Spektakel aus Blitzen, Donner und Regen ansah, waren alle Anwesenden – wenn auch in unterschiedlichem Maße – nass geworden. Jenny Schäfer, die sich in der Wohnung bestens auszukennen schien, hatte ihnen allen Handtücher geholt und war dann in die Küche verschwunden, um Kaffee aufzusetzen. Auch das schien eine feste Gewohnheit zu sein. Lotte hatte sich die Haare mit dem Handtuch abgetrocknet und war gerade dabei, unbekümmert ihre helle Bluse aufzuknöpfen. Darunter trug sie ein Baumwollunterhemd, das mit einem kleinen Spitzenrand umsäumt war und seltsam zeitlos wirkte. Selin versuchte, ihre eignen Haare, so gut es ging, mit dem Handtuch zu trocknen. Ihre Jeans klebten an ihren Beinen, in ihren Schuhen stand das Wasser, und trotz der immer noch sehr warmen Luft im Zimmer fröstelte sie.

Lotte sah sie mitfühlend an.

»Sie hat es am meisten erwischt, oder? Und was ist mir Ihrer Hand passiert?«

Selin blickte auf ihre aufgeschürfte Handinnenfläche. Der Regen hatte wohl das Pflaster gelöst.

»Ich bin gestolpert.«

Lotte stemmte sich mit dem Krückstock aus dem Sessel.

»Ich habe sicherlich etwas Trockenes zum Anziehen, was Ihnen passt. Und im Bad ist ein Föhn. Und wenn Sie fertig sind, säubere ich Ihnen die Wunde. Damit habe ich Erfahrung. Mein Sohn hat so oft kaputte Knie oder Hände mit nach Hause gebracht, wenn er mit seinem Fahrrad über die Felder …«

Sie brach ab, und Selin, die mittlerweile wusste, dass Lotte Hansens Sohn bei einem Autounfall tödlich verunglückt war, wurde von einer Welle von Mitgefühl überschwemmt. Ein Kind zu verlieren. Sie dachte an Faye und Ella und merkte, wie ihr die ersten Tränen über die Wangen liefen. Sie rieb sich mit dem Handtuch über ihr Gesicht.

»Hier entlang.«

Lotte führte sie auf den Flur und bis zu einer breiten Tür, hinter der das Badezimmer lag.

»Lassen Sie sich so viel Zeit, wie Sie brauchen.«

Selin nickte. Die Tür schloss sich, und sie beeilte sich, den Schlüssel umzudrehen. Fünf Minuten. Vielleicht besser zehn Minuten. Pause vom Fall, vom Wald, von ihren Sorgen um ihre Familie.

Sie zog die restlichen Sachen aus und ließ sich vorsichtig und mit zusammengebissenen Zähnen warmes Wasser über die Hände laufen. Es blutete ein wenig, aber sie hatte Glück gehabt. Eine Schürfwunde. Nicht mehr, nicht weniger. Es würde heilen.

Sie sah sich um. Es gab eine breite bodentiefe Dusche, in die jemand sinnvollerweise eine gefliese Sitzbank gemauert hatte. Ein normaler Duschkopf, der fest an der Decke befestigt war, und einige seitlich angebrachte Düsen ließen Selin kurz davon träumen, sich unter den heißen Wasserstrahl zu stellen und die Augen zu schließen. Aber das würde bis heute Abend warten müssen.

Neben der Dusche war eine kleine Sauna eingebaut.

Es roch nach Holz und Lavendel und hatte etwas seltsam Intimes, nur halb angezogen in diesem fremden Raum zu stehen. Selin griff nach dem Föhn, der in einer altmodischen Halterung an der Wand hing, und begann, ihre Haare zu trocknen.

»Frau Özcan?«

Zanders Stimme drang durch die geschlossene Badezimmertür zu ihr.

»Einen Moment.«

Er klang aufgeregt, und Selin beeilte sich, in die weite, bunt gemusterte Hose zu schlüpfen, die Lotte, ja deutlich kleiner als sie, nach einigem Suchen für sie herausgelegt hatte.

Dann trat sie aus dem Schlafzimmer auf den Flur und wäre fast mit Timo Zander zusammengestoßen. Dessen Gesicht war gerötet. Er beugte sich aufgeregt flüsternd zu ihr herunter.

»Ich habe etwas gefunden. Sie sollten sich das ansehen. Schnell.«

Selin wunderte sich kurz, woher ihr Kollege so plötzlich trockene Kleidung hatte, aber dann zog er sie schon halb aus der Wohnung hinaus. »Zander! Was soll das? Ich habe noch nicht mal Schuhe an!«

»Sie müssen das sehen. Auf dem Parkplatz. Bitte. Ich glaube, er will abhauen.«

»Wer will abhauen?«
Aber Zander war schon wieder in die Halle getreten. Selin seufzte und schlüpfte mit einem Schaudern in ihre nassen Schuhe, dann ging sie ihrem Kollegen hinterher.

47

Hannes stand am Fenster und beobachtete entspannt, wie der Regen aufhörte und die ersten Sonnenstrahlen durch die Wolken brachen. So war es doch immer, oder? Zuerst spielte die Welt verrückt, und es knallte und blitzte. Alle Vögel waren still geworden, daran hatte er es gemerkt. Vögel, die konnten spüren, wie sich das Wetter veränderte. Vögel hatten Superkräfte und konnten auf ihre eigene Art und Weise in die Zukunft sehen. Und sie waren lebendige Vergangenheit. Dinosauriererben.

Vielleicht sollte er Joost ein Buch über Dinosaurier kaufen. Oder hatte er das schon getan? Aber Joost war erwachsen und kümmerte sich um den Laden. Aber den Laden hatten er und Lotte doch verkauft? Er versuchte, sich genauer zu erinnern, aber es war, als renne er mit dem Kopf gegen eine Wand, die das Licht nur verschwommen durchließ und hinter der er verzerrte Schemen erahnen konnte. Seine Mutter. Seinen Vater. Sich selbst als Kind. Ein Gewittertag. Im Garten? Es hatte Kuchen gegeben. Butterkuchen. Mit einer dicken Schicht braun gebrannter Mandeln obendrauf. Er mochte keine Mandeln. Er sollte sie vorher heimlich abmachen. Bevor seine Mutter das sehen konnte.

Joost mochte auch keine Mandeln. Aber Joost war – Joost war ...

Hannes drehte sich nicht um, als er eine Hand auf seiner Schulter spürte. Er hatte Lotte schon gerochen, bevor sie ihn berührt hatte. Lotte war nicht hinter der Wand, sondern stand jetzt neben ihm und roch nach Regen und Sommerflieder. Vertraut. Und warm.

»Es hat aufgehört zu regnen.«

»Ja. Das Gewitter ist vorbei.«

Er legte seinen Arm um Lottes Schultern. Und wie früher lehnte Lotte ihren Kopf gegen seine Brust und schloss die Augen. Hannes lächelte und schaute weiterhin über den Park bis hin zum Waldrand. Er wartete darauf, dass die Vögel, allen voran die immer hungrigen Amseln, kamen und auf der nassen Wiese die Würmer einsammelten, die der Regen nach oben getrieben hatte. Alles sah aus wie frisch gewaschen und geschrubbt.

Hannes summte leise vor sich hin, wurde aber abgelenkt von einer Bewegung auf dem Parkplatz. Der junge Mann, der Polizist, genau, ein Polizist war er, ging zusammen mit der Frau zu einem der Autos. Die Frau war ja auch Polizistin. In Zivil. Eine Hauptkommissarin. Eine schöne Frau, auch wenn ihre Augen nicht glücklich waren.

Das Auto war klein und hellblau, und Hannes wusste, dass es nicht den beiden gehörte. Es gehörte seinem Freund Jaro. Jaro hatte ihn damit schon oft mitgenommen. Zur Steilküste nach Wustrow waren sie gefahren. Da, wo die Uferschwalben ihre Nester in die sandigen Klippen gebaut hatten. Jaro hatte auch ein Fernglas dabeigehabt und zusammen mit ihm die tollkühnen Manöver der kleinsten europäischen Schwalbenart bewundert. Dicke Hummeln waren ihnen immer wieder dabei vor die Linsen geflogen und hatten sie zum

Lachen gebracht. Plüschmors. Er hatte Jaro das plattdeutsche Wort beigebracht.

Also gingen die Polizisten zu Jaros Auto. Die Frau sah durch die Scheibe, dann trat sie schnell einen Schritt zurück. Sie redeten.

»Lotte? Irgendetwas stimmt da nicht.«

»Mmm?«

Seine Frau lehnte immer noch an ihm, hielt ihn fest. Aber da draußen passierte etwas, und Lotte musste sich darum kümmern. Lotte konnte das. Er war dazu zu müde.

»Die sind an Jaros Auto.«

»Was?«

Hannes drehte Lotte zum Fenster. Mittlerweile hatte die Kommissarin ihr Handy aus der Tasche geholt und sprach eifrig hinein, während sie in Richtung Schloss ging. Der Mann, Zander hieß er, genau, wie der Fisch, blieb am Wagen stehen. Wer Zander angeln will, sollte das nachts tun. Nachts wagt sich der Zander aus den Tiefen der Flüsse und Seen in niedriges Wasser. Sein Vater hatte geangelt, aber nie einen Zander mit nach Hause gebracht.

»Was machen die denn da?«

Seine Frau war aufgeregt. Das war sie schon seit Tagen. Er wusste warum. Die Sängerin mit dem roten Kleid war tot. Jemand hatte sie umgebracht. Jemand Böses. Und Lotte hatte Angst. Er würde sie beschützen. So wie er es immer getan hatte, heimlich, denn Lotte mochte es nicht sehr, beschützt zu werden.

»Jaro kommt.«

Hannes konzentrierte sich wieder auf das Geschehen auf dem Parkplatz. Jaro lief auf sein Auto zu. Sein Gesicht konnte er nicht erkennen, aber seine Schritte waren schnell. Jaro war auch aufgeregt. Hannes war gut darin, das zu erkennen.

»Was, zum Teufel ...?«
Lotte war dabei, das Fenster aufzureißen. Was bei den alten Rahmen im Schloss nicht gerade schnell ging. Hannes trat zur Seite und ging die wenigen Schritte zum nächsten Fenster. Jaro stand vor dem Mann, der Zander hieß, und fuchtelte mit den Händen. Der Mann blieb ganz still stehen, aber er lächelte und schüttelte den Kopf. Hannes legte eine Hand gegen die Scheibe. Neben ihm hatte Lotte es geschafft, das Fenster zu öffnen.
»Jaro!«
Sie rief über den Platz, doch zu spät. Hannes hatte es kommen sehen.
Jaro holte aus und schlug dem Polizisten ins Gesicht.

48

Lotte war so schnell wie möglich zum Parkplatz gehumpelt, aber es war zu spät. Jaro hatte bereits Handschellen angelegt bekommen, und ein äußerst wütender Zander hatte sich geweigert, sie auch nur ein Wort mit ihm sprechen zu lassen. Und jetzt sah sie dem Polizeiwagen nach, der sich langsam vom Schloss entfernte und auf dessen Rücksitz Jaro saß.
»Sie haben ihn wirklich mitgenommen.«
Lotte sprach leise zu sich selbst und rieb sich müde die Augen.
Neben Jaros Auto standen zwei uniformierte Beamte und schienen auf etwas zu warten. Die Hauptkommissarin, die ebenfalls nicht glücklich aussah, telefonierte immer noch.

Lotte bemühte sich, einige Wortfetzen zu verstehen, aber die Entfernung war zu groß.

Endlich beendete die Polizistin ihr Telefonat und ging mit einem nachdenklichen Blick zum Schloss auf Lotte zu.

»Frau Hansen.«

»Was ist passiert? Warum hat Ihr Kollege Jaro mitgenommen?«

»Dazu kann ich Ihnen nichts sagen. Und Herr Jaroslav hat einen Beamten angegriffen. Wie Sie ja wahrscheinlich gesehen haben.«

Lotte schüttelte den Kopf.

»Das muss ein Irrtum sein.«

»Dann wird es sich sicherlich aufklären. Und vielleicht beginnt Ihr Freund damit, uns zu sagen, wie er wirklich heißt? Unter der Adresse, die er in den Unterlagen bei der Freifrau angeben hat, ist kein Jaro Jaroslav gemeldet.«

Lotte zögerte kurz. Jaro hatte ihr im Vertrauen erzählt, warum er hier auf Bucheneck war. Er würde es bei der Polizei selbst auflösen müssen. Es wäre sicherlich nicht gut, wenn sie es tat.

»Was haben Sie in dem Auto gefunden?«

Lotte drehte sich um und schätzte ihre Chancen ab, an den beiden uniformierten Polizisten vorbeizukommen, um auch einen Blick in Jaros Auto werfen zu können. Aber wie schnell oder unauffällig konnte sie ohne Deckung, mit einem geschwollenem Knie und einem Stock in der Hand schon sein?

»Ich muss Sie bitten, wieder ins Schloss zu gehen.« Der Tonfall der Kommissarin hatte sich verschärft.

»Frau Özcan, Sie wissen, dass ich ebenso wie Sie will, dass der Täter gefunden wird. Damit mein Mann entlastete wird. Aber Jaro ist ein Freund. Bitte! Was haben Sie gefunden?«

Lotte registrierte das Zögern in den Augen der Polizistin.

»Frau Hansen, ich darf Ihnen keine weiteren Auskünfte geben.«

Lotte blieb stehen. Etwas nicht zu dürfen, hieß ja oft, es eigentlich trotzdem oder gerade deswegen zu wollen. Sie war auf dem richtigen Weg. Und wirklich, die Kommissarin beugte sich zu ihr vor und sprach mit leiser Stimme weiter.

»Aber vielleicht können Sie mir ja helfen. Haben Sie schon einmal gesehen, dass Herr Jaroslav einen blauen Wollschal getragen hat?«

Lotte merkte, wie ihr kurz schwindelig wurde.

»Aber ... Aber das kann nicht sein ... Ich ...«

Sprachlosigkeit war etwas, das Lotte fremd war.

»Nein, Jaro hat keinen Schal, der so aussieht.«

»Ah, interessant. Wissen Sie denn, wer sonst so einen Schal besitzt oder vielleicht vermisst?«

Lotte biss sich auf die Zunge und schüttelte den Kopf.

»Nein? Das dachte ich mir.«

Die Kommissarin nickte den beiden Beamten zu.

»Die Spurensicherung wird bald hier sein. Passen Sie bitte so lange auf, dass sich niemand dem Wagen nähert.«

Lotte kämpfte mit sich.

»Frau Özcan? Jaro kann es nicht gewesen sein. Ich ...« Was zum Teufel sollte sie sagen? Was konnte sie sagen?

Die Frau vor ihr wartete, dann zuckte sie mit den Schultern.

»Wenn Ihnen doch noch etwas einfällt, dann rufen Sie mich bitte an. Das ist meine Nummer.«

Sie drückte Lotte eine Karte in die Hand.

Lotte nickte. Sie brauchte Zeit zum Nachdenken.

49

Der Gewitterregen hatte Wasser in den Bachlauf gespült, und da, wo am Morgen noch ein kleines Rinnsal zwischen den Ufersteinen geflossen war, rauschte zwar bei Weitem noch kein reißender Fluss, aber immerhin reichte die Strömung aus, um kleine Äste und Blätter mit sich zu treiben. Die Stelle, an der die tote Sängerin in ihrem roten Kleid gelegen hatte, wurde von Wasser umspült. Lotte fragte sich, wo sich die Leiche in diesem Augenblick befand. Gab es eine Familie, die sich um die Tote kümmerte? Lotte hatte mitbekommen, dass die junge Frau ursprünglich aus Frankfurt kam. Würde der Sarg in einem Leichenwagen den langen Weg über die Autobahnen antreten? Früher hatte sie viel öfter Leichenwagen gesehen, in Schwarz oder Dunkelblau, die Scheiben mit plissierten Vorhängen verdeckt. Warum gab es diese Wagen heute so viel seltener?

Ihr eigener Wagen, ein roter VW Golf Cabrio von 1985, der mittlerweile ein Oldtimerkennzeichen tragen durfte, stand mit zugezogenem Verdeck in einer der Garagen neben dem Gutshaus und wartete nur darauf, wieder hervorgeholt zu werden. Hannes und sie waren letzten Sommer an so vielen Tagen einfach losgefahren. Den Alleen folgend, immer der Nase nach. Bis an die Seen, wo sie sich ausgezogen und lachend in das kalte Wasser gestürzt und später im Halbschatten unter einer Weide auf der alten kratzigen Wolldecke liegend eingeschlafen waren. Lotte hatte gespürt, dass es vielleicht ihr letzter Sommer mit Hannes sein könnte. Sie liebte es, mit offenem Verdeck durch die Felder und Wiesen zu fahren, Hannes neben sich, der fröhlich im Radio nach Musik suchte, bei der er mitsingen konnte. Der Wagen hatte auch noch das alte Kassettendeck, und wenn sich ihr Mann ausreichend über das unmögliche Programm der Sender ausgelassen hatte, wühlte er im Handschuhfach und zog schließlich triumphierend eines der alten Bänder hervor. Zumeist war es Elvis, aber manchmal schlich sich auch eine von Lottes Kassetten dazwischen und die Stimmen von Daliah Lavi, Joan Baez oder auch Nina Simone verbanden sich mit dem Wind und dem Klappern des alten Wagens zu einer ganz eigenen Melodie.

Lotte starrte auf das Wasser zu ihren Füßen und fragte sich, wie sie von Leichenwagen zu den Sommerausfahrten mit Hannes gekommen war. Und sie befürchtete, sie kannte die Antwort. Aber sie hatte gerade keine Zeit für Trübsinn, sie musste dafür sorgen, dass Jaro wieder freigelassen wurde. Dafür brauchte sie die Hilfe ihrer Freunde.

Sie versprach sich, sobald wie möglich das Auto aus der Garage zu holen und wieder loszufahren. Dorthin, wo Hannes vielleicht sogar einen der Seeadler sehen könnte, die sich wieder an den Seen und der Küste angesiedelt hatten.

Plötzlich bemerkte sie, wie der Professor, einen schwarzen Beutel in der Hand, aus dem Wald schritt und sich in ihre Richtung wandte. Endlich! Von der anderen Seite kam Ute auf sie zu, in der Hand einen fürchterlich zerknüllten Hut und ein breites Grinsen im Gesicht, das bei Lottes Anblick in ein besorgtes Lächeln umschlug.

»Lotte!«

Der Professor war als Erster bei ihr und nahm ihre Hand.

»Was ist bloß los? Ich habe deine Nachricht gerade bekommen.«

Auch Ute war nun bei ihr und griff nach ihrer zweiten Hand.

»Ich auch. Was soll das heißen: Jaro verhaftet und alles falsch?«

Lotte drückte die Hände ihrer Freunde und fühlte sich innerhalb von Sekunden wieder besser. Der Professor hatte mittlerweile Utes Hand ebenfalls ergriffen, und so standen sie nun im Kreis, an den Händen verbunden wie eine Gruppe Kinder, die Ringelreihen tanzen wollten.

»Die Polizei hat Jaro mitgenommen.«

Der Professor ließ ihre Hand los und schüttelte den Kopf.

»Erst Hannes, jetzt Jaro. Was soll das? Wer ist als Nächstes dran?«

Ute sah Lotte an.

»Was heißt mitgenommen? Warum?«

Lotte fasste kurz zusammen, was in der letzten Stunde passiert war.

»Und mehr weiß ich auch nicht.«

Sie musterte ihre Freunde, und erst jetzt fiel ihr auf, dass keiner der beiden so aussah, als sei er in den Regen geraten.

»Wo wart ihr eigentlich, als es gewittert hat?«

Beide wurden wie auf Kommando gleichzeitig rot. Der Professor stammelte etwas von Gastfreundschaft, und Ute sah mit einem merkwürdigen beseelten Ausdruck in Richtung Schloss und sagte erstaunlicherweise einmal gar nichts. Lotte war zwar neugierig, aber es gab Wichtigeres zu tun. Sie klopfte ungeduldig mit ihrem Stock auf den Boden.

»Egal, wo ihr wart, wir müssen etwas tun. Die Polizistin hat mir zu verstehen gegeben, dass sie wohl einen blauen Schal in Jaros Auto gefunden haben. Sie glauben, dass es die Mordwaffe ist.«

»Oh.«

»Aber ...«

Ute und der Professor sahen sich an, doch Lotte ließ ihre Freunde nicht zu Wort kommen.

»Jaro war es aber nicht.«

»Warum nicht?

»Er kann es nicht gewesen sein. Die Sache stinkt.«

»Woher willst du das wissen?«

Ute musterte sie.

Lotte zögert kurz, aber egal, wie sehr sie Hannes beschützen wollte, sie musste ihren Freunden vertrauen und die Wahrheit sagen.

»Ich habe euch nicht alles erzählt.«

»Noch mehr Geheimnisse?«

Lotte nickte.

»Ja, leider. Aber ich ... Ach verdammt, ich wollte doch nur Hannes schützen. Und ich würde es wieder tun. Nur kann ich nicht zulassen, dass Jaro oder ein anderer Unschuldiger darunter leidet.«

Sie blickte Ute und den Professor an, dann wieder auf die Stelle, an der sie die Sängerin gefunden hatte.

»Alles war so, wie ich es euch gestern erzählt habe. Nur eine Sache habe ich ausgelassen. Als ich die Leiche gefunden habe, habe ich etwas gesehen. Da lag etwas unter ihr. Etwas Blaues. Ich erkannte, was es war.«

Lotte dachte an den Moment, als sie nach dem ersten Schock einen Schritt näher an die tote Sängerin herangetreten war. Sie musste sie nicht berühren, um zu sehen, dass sie tot war. Irgendetwas jedoch hatte sie dazu gebracht, näher hinzusehen, und als sie erkannt hatte, was es war, hatte sie einfach gehandelt.

»Es war Hannes' Schal. Sein blauer Schal. Und bevor ich die Polizei gerufen habe, habe ich dafür gesorgt, dass er verschwindet. Ich habe den Schal vorsichtig unter der Leiche hervorgezogen.«

»Lotte!«, rief der Professor erstaunt und entsetzt zugleich.

»Und dann bin ich in den Keller gegangen, durch die kleine Seitentür neben der Freitreppe – habe die Klappe der Ofenanlage geöffnet und ihn hineingeworfen.«

Dabei hatte sie den Ärmel ihrer Lieblingsbluse mit Ruß verschmiert, aber der Schal war im Feuer verschwunden, bis auf den letzten Wollfaden verbrannt.

»Ich habe nicht lange nachgedacht. Ich musste doch etwas tun. Wenn sie Hannes' Schal gefunden hätten und dann seine Uhr! Und wenn Hannes dann auf ihre Fragen keine Antworten hätte geben können? Ich wollte nicht, dass Hannes verdächtigt wird. Verhaftet. Ich hatte solche Angst um ihn und ...« Noch nie war es ihr so schwergefallen, einen Satz zu Ende zu bringen.

»... und ich hatte Angst, weil eine leise Stimme in meinem Kopf mich immer wieder fragte, ob Hannes es nicht doch gewesen sein könnte.«

Sie traute sich nicht, Ute oder dem Professor ins Gesicht zu sehen. Zum einen, weil sie sie erneut belogen hatte. Zum anderen, weil sie das Gefühl hatte, Hannes mit ihrer Tat an jenem Morgen verraten zu haben. Sie hatte befürchtet, ihr Mann, der friedfertigste Mensch, den sie kannte, hätte getötet.

Ute fand zuerst ihre Sprache wieder.

»Du weißt, dass das Blödsinn ist, oder? Hannes würde nie jemanden mit Absicht ein Leid zufügen. Egal, ob er sich erinnert oder nicht.«

Lotte nickte.

»Ja. Aber der Schal. Ich wusste nicht, was ich tun sollte.«

Der Professor hatte bisher geschwiegen, sah sie aber nun nachdenklich an.

»Lotte, du hast gesagt, die Polizistin habe dich nach dem blauen Schal gefragt und dir damit unter der Hand verraten, dass sie ihn in Jaros Auto gefunden haben. Aber wenn du den Schal von Hannes verbrannt hast, dann heißt das, dass jemand ...«

Er wurde von Ute unterbrochen.

»Genau. Wenn in Jaros Auto ein blauer Schal aufgetaucht ist, dann ...«

Lotte sah die beiden an.

»Ja. Dann kann Hannes es nicht gewesen sein. Denn dann muss jemand nicht nur den Schal in Jaros Auto versteckt haben, sondern ...«

»... sondern jemand außer dir muss ebenfalls gewusst haben, dass die Tatwaffe ein blauer Schal gewesen ist«, fiel Ute ihr ins Wort.

Der Professor führte Utes Gedanken weiter aus.

»Und wer den eigentlichen Schal, Hannes' Schal, in den Händen gehabt hatte, als er sich um den Hals der Sängerin zog ...«

Der Professor zögerte und sprach nachdenklich weiter.

»Ja. Das lässt nur einen Schluss zu und erklärt, was Diet... was ich im Wald gefunden habe.«

Lotte sah auf.

»Was hast du im Wald gefunden?«

Er hielt ihr den schwarzen Beutel hin. »Sieh selbst. Der Beutel hing an einem Baum. Nicht weit von hier.«

Lotte zog die Schlaufen auf und schnappte nach Luft.

»Mein Schmuck. Und ...«

Ute hatte über ihre Schulter geblickt und schrie kurz auf.

»Das ist ein Fangeisen! Ich weiß, dass die Wunden der Frau mit so einem Ding gemacht wurden. Der junge Kommissar hat den Bruder der Freifrau deswegen befragt.«

»Welchen Bruder? Ach egal. Erzähl das später.«

Der Professor musterte Lotte. Er konnte sehen, wie sie nachdachte und sich in ihren Kopf ein Puzzleteil mit dem anderen verband.

»Hast du einen Plan?«, fragte er.

Lotte schüttelte den Kopf, und kramte gleichzeitig in ihrer Tasche nach einem Stift und einem Zettel. Schließlich fand sie einen alten Briefumschlag, den sie sorgfältig auftrennte und glatt strich.

»Noch nicht. Aber ich denke, es wird Zeit, dass wir dem Ganzen ein Ende setzen.«

50

Selin lag endlich nach diesem beschissenen Tag in ihrem Bett und sah durch die offenen Fenster in den sternenklaren Himmel. Das Gewitter hatte die Luft gereinigt und Platz gemacht für ein Hochdruckgebiet, das sich laut Wetterbericht in den nächsten Wochen stabil über der Ostseeküste halten sollte. Das perfekte Urlaubswetter – und kurz überkam sie eine Sehnsucht nach warmem Sand, einem Strandkorb, süßem Wassereis und würzigen Fischbrötchen. Sie erinnerte sich an das Gefühl von Salz und Sand auf der Haut, wenn sie abends müde von Wasser und Sonne in die Ferienwohnung gekommen waren. Daran, wie Alex am Herd gestanden und einen großen Topf Spagetti mit Tomatensoße gekocht hatte, während sie Faye und Ella eine Geschichte erzählte und dabei deren verknotete Haare mit der Bürste zu entwirren versuchte. Nachts waren die beiden in ihr Bett gekrochen und hatten sich zwischen sie und Alex gezwängt. Wie lange war es her? Mehr als zehn Jahre. Faye und Ella waren schon lang nicht mehr nachts zu ihr ins Bett gekrochen. Wie hatte sie die beiden nur so schnell verlieren können? Als sie sich vor einer Woche verabschiedet hatte, war sie von zwei Augenpaaren, die so sehr denen von Alex ähnelten, kühl angeblickt worden. Nur Ella hatte am Ende den Blick gesenkt.

Selin schob den Gedanken an ihre Familie oder das, was davon übrig war, beiseite. Sie hatte schon vor einigen Wochen beschlossen, dass dies ihr letzter Auftrag sein sollte. Sie konnte nicht mehr, und der heutige Tag und die Panik, die sie im Wald überfallen hatte, bestätigten sie in ihrem Entschluss. Aber noch hatte sie eine Aufgabe, und sie musste einen Weg finden, sie zu lösen. Sie sollte schlafen, morgen wäre ein neuer Tag. Aber dann klingelte ihr Handy.

Während sie sich die Decke über die Schultern warf und durch die Schiebetür auf die Terrasse trat, hörte sie zu, zuerst mit offenem Mund, dann mit immer mehr Konzentration.

Schließlich legte sie auf und fragte sich, nachdem sie sich angezogen hatte, ob sie gleich den größten Fehler ihrer Laufbahn begehen.

Zander, der, wie Selin es sich gedacht hatte, weniger als zehn Minuten nach ihrem Anruf angezogen vor seinem Wohnhaus stand, stieg schweigend in ihren Wagen und schnallte sich an.

»Ich bin Ihnen wirklich dankbar, dass Sie mit mir kommen«, sagte Selin statt einer Begrüßung.

Er murmelte etwas Unverständliches. Es war offensichtlich, dass er mit dem, was sie vorhatte, nicht einverstanden war.

»Ich weiß, dass das Ganze etwas – unkonventionell ist und Sie keine Bereitschaft haben, aber ...«

Selin blinkte und bog auf die Bundesstraße. Wenige Meter nachdem sie das Ortsschild hinter sich gelassen hatte, beschleunigte sie. Sie hoffte, dass ihr ihr junger Kollege vertraute. Sie brauchte ihn heute Nacht an ihrer Seite.

»Frau Hansen bat mich, die Sache möglichst klein zu halten. Er ist wohl geständig und scheint seinen Frieden gemacht zu haben, und sie wünscht sich, dass es so bleibt.«

Selin konnte in der schwachen Innenbeleuchtung Zanders Miene nur schwer erkennen, aber sein ganzer Körper drückte sein Unbehagen und sein Missfallen aus.

»Ich verstehe immer noch nicht ...«

Selin unterbrach ihn.

»Ja, ich weiß. Auch ich habe tausend Fragen. Aber wenn es so ist, wie mir erzählt wurde, können wir morgen der Staatsanwaltschaft einen abgeschlossenen Fall vorlegen.«

»Aber der Hausmeister, er ...«

»Ich weiß nicht, warum er die Tatwaffe in seinem Wagen hatte. Vielleicht wollte er dem Täter helfen? Vielleicht ist er bezahlt worden dafür, den Schal verschwinden zu lassen? Wir werden das noch herausfinden. Die Kollegen in Warschau prüfen seine Geschichte. Er scheint wirklich dort im Archiv zu arbeiten, aber morgen wissen wir mehr.«

Der Mann hatte ihnen erzählt, warum er auf Bucheneck war. Selin war sich jedoch nicht sicher, ob sie ihm glauben konnte. Durch seinen Angriff auf Zander und die falschen Papiere hatten sie auf jeden Fall genug gegen ihn in der Hand, um ihn vorerst in Haft zu belassen. Sie merkte, wie Zander auf seinem Sitz hin und her rutschte. Er war nervös.

»Wichtig ist jetzt nur, dass wir gleich möglichst ruhig bleiben und niemanden erschrecken oder einschüchtern.«
Für einige Minuten konzentrierte sich Selin ganz auf die dunkle Straße vor ihr. Links und rechts der Straße begann hinter einem Fahrradweg und einem schmalen Graben der Wald. Selin meinte, in unregelmäßigen Abständen zwischen den Bäumen Bewegungen zu erkennen. Augen, die das Scheinwerferlicht reflektierten. Schatten.
Sie hielt das Steuer fest umklammert, aber drosselte die Geschwindigkeit nicht. Kalter Schweiß lief ihr den Rücken hinunter. Sie räusperte sich. Zander sollte nicht merken, wie nervös sie die Nacht machte. Sie hoffte, dass ihre Stimme sie nicht verriet.
»Sie haben keine Waffe dabei, oder?«
Selin wusste, dass Zanders Waffe sicher im Waffenschrank auf dem Revier lag.
»Nein. Es ist bei uns verboten, die Dienstwaffe zu Hause zu lagern – und seit zwei Jahren und der dummen Sache in Bayern achten die Waffenkontrollbeamten verstärkt darauf,«, erwiderte ihr Kollege ganz förmlich.
Die Sache in Bayern. Selin zuckte zusammen. Den Fund von einer großen Menge Sprengstoff und Munition bei mehreren Polizeibeamten, die einem rechten Netzwerk angehörten und Verbindungen in ganz Europa hatten. Es die *dumme Sache* zu nennen, ging ihr gewaltig gegen den Strich. Trotzdem lächelte sie.
»Öffnen Sie bitte das Handschuhfach. Die Kombination ist 13 058.«
In Selins Wagen war vor ihrem letzten Fall ein kleiner Tresor ins Handschuhfach gebaut worden, in den ihre Dienstwaffe genau passte.
Sie konnte hören, wie Zander einen Pfiff ausstieß.

»Ist das legal?«
Selin ignorierte seine Frage.
»Nehmen Sie die Waffe. Ich werde mit ihm reden – und Sie halten sich im Hintergrund. Für alle Fälle.«
Zander nickte und ließ die Waffe in die Tasche seines schwarzen Parkas gleiten.
»Ja, Frau Özcan.«
Selin atmete auf.

51

Am Schloss angekommen stellte Selin den Motor ab, und sie stiegen aus. Die meisten der Fenster waren dunkel, nur im zweiten Stock brannte ein Licht. Doch als sie die Freitreppe erreichten, stießen sie auf Ute Schneider und den Professor, die ihnen aufgeregt entgegenkamen.
»Frau Schneider?«
Selin beschleunigte ihren Schritt.
»Gut, dass Sie da sind.«
Ute Schneider stand jetzt vor ihr. Sie sprach schnell und hastig und bewegte dabei ihre langen Finger aufgeregt durch die Luft.
»Er ist plötzlich wütend geworden und hat Lotte mitgenommen. Sie sind runter zum Bach. Ich mache mir große Sorgen.«
Der Professor schwieg, aber auch sein Gesicht war vor Aufregung blass und angespannt.
Selin zögerte nicht.

»Los. Kommen Sie, Zander!«

Sie drehte sich um, merkte dann aber, dass Zander stehen geblieben war.

»Zander!«

»Wir sollten wirklich Verstärkung holen.«

Er wollte sein Handy aus der Tasche ziehen, als der Professor auf ihn zutrat.

»Los! Gehen Sie schon! Oder wollen Sie Ihre Kollegin alleine lassen? Ich werde für Sie anrufen. Machen Sie schon!«

Selin ging los und hoffte, Zander würde ihr folgen. Als sie seine Schritte auf dem Weg hinter sich vernahm, atmete sie erleichtert auf.

Der Park und der nahe Wald wurden vom Mondlicht erhellt. Selin bemerkte, dass ihr Körper einen klar umrissenen Schatten auf den Rasen warf. Mondschatten.

Sie hörte Zander hinter sich atmen, als sie näher an den Bach kamen. Dort, wo vor zwei Tagen die Leiche der Sängerin im Morgenlicht gelegen hatte, standen sich nun zwei Menschen gegenüber. Die kleine Gestalt Lotte Hansens war mit ihrem Stock gut zu erkennen. Ihr gegenüber, mit dem Rücken zu Selin, stand ein Mann. Graue Haare leuchteten im Mondschein.

»Ich rede, Sie geben mir Deckung.«

Selin wandte sich kurz Zander zu, dann trat sie näher an den Bach und hob die Hände. Sie wollte unter allen Umständen vermeiden, dass sich der Mann vor Lotte bedroht fühlte.

»Hallo«, sagte sie laut.

Der Mann lächelte sie an, und wieder fiel ihr auf, wie charmant und vertraut ihr sein Lächeln war.

»Lotte, wir haben Gesellschaft bekommen.«

Chris Christiansens Stimme klang warm und gelassen

durch die Nacht, und er sah Selin neugierig an, bevor er seine Aufmerksamkeit dann auf Zander richtete.
»Ich sehe, Sie haben Ihren Kollegen mitgebracht. Ein Gesicht, das wie für die Kamera gemacht ist. Kommen Sie doch auch näher, junger Mann.«
Selin warf Zander einen schnellen Blick zu. Er war blass, und sie konnte spüren, wie nervös er war. Sie stellte sich einige Schritte vor Zander und versuchte, die Aufmerksamkeit des Schauspielers auf sich zu lenken.
»Herr Christiansen.«
»Ach, nennen Sie mich doch Chris.«
»Chris.«
Selin lächelte.
»Chris – Frau Hansen rief mich an und sagte, Sie wollten gern mit mir sprechen?«
Das Gesicht des Mannes, den die meisten Menschen als Dr. Himmel kannten und liebten, verzog sich zu einem schmerzlichen Lächeln.
»Ja. Ich befürchte, so ist es.«
Er erhob die Stimme und breitete die Arme aus, als stünde er auf einer Bühne. Selin wartete auf Chris Christiansens großen Auftritt. Einmal ein Schauspieler, immer ein Schauspieler.
»Ich möchte ein Geständnis ablegen.«
Er machte eine Pause und sah sich um, als suchte er sein Publikum. Selin hoffte, dass er weitersprechen würde. Neben sich hörte sie Zander atmen. Ihr Kollege war immer noch nervös.
Chris Christiansen senkte seine Hände und starrte sie an, als sähe er sie zum ersten Mal. Dann seufzte er schwer und hob sein Gesicht, so dass es vom Mondlicht perfekt beleuchtet wurde.

»An dem Abend des Mordes hat meine Frau sich während des Konzertes aus unserer Wohnung geschlichen und die Reifen am Auto der Sängerin zerstochen.«
Er sah zuerst Lotte an, die ihm auffordernd zunickte, dann Selin und Zander.
»Als ich später zum Parkplatz kam, hat mich die junge Frau damit konfrontiert. Sie hatte meine geliebte Sanne im Verdacht und meinte, sie würde die Polizei und die Presse anrufen, wenn ...«
Er hielt inne und machte eine Pause, wie um die Spannung zu steigern, dann sprach er mit dramatisch gesenkter Stimme weiter.
»... wenn ich sie nicht für ihr Schweigen bezahlen würde.«
Er warf sich in Position, legte seine rechte Hand auf sein Herz und hob die linke mit einer ausgreifenden Geste in Richtung Himmel.
»Doch niemand erpresst einen Chris Christiansen!«
Dann senkte er die Stimme wieder zu einem Flüstern.
»Ich habe dafür gesorgt, dass sie schweigt. Dass ihre schöne, aber ach so kalte Stimme nie wieder zu hören sein wird. Ich habe meinen Schal genommen, um ihren zarten Hals gelegt und zugezogen.«
Er wurde wieder lauter, und seine Stimme ließ Selin zusammenzucken. Der Schauspieler schien das bemerkt zu haben, denn er zwinkerte ihr kurz zu.
»Doch als sie dann zu Boden sank, ihr bleiches Antlitz leblos und ... bleich ...«
Er verhaspelte sich.
»... ihr bleiches Antlitz so leblos, da begriff ich, welche Untat ich begannen hatte. Ich hob sie auf meine Arme, und getrieben von Reue und Gram ...«
Er senkte wieder seine Stimme.

»… bettete ich sie hier an das Ufer und überließ sie der Natur.«

Er richtete sich auf, und Selin rechnete beinahe damit, dass er sich gleich verbeugen würde.

»Nun sind Sie dran, meine Liebe.«

»Chris Christiansen. Ich verhafte Sie wegen …«

Selin brach ab.

»Haben Sie Ihren Text vergessen, Schätzchen? Lampenfieber?« Chris Christiansen lächelte sie mitfühlend an.

Selin konnte ein bisschen verstehen, warum Sanne die Reifen der Sängerin zerstochen hatte.

»Nein. Aber ich muss Ihnen leider sagen, dass ich zwar Ihre Darstellung bewundert, aber Ihnen dabei kein Wort geglaubt habe.«

Langsam drehte sie sich um und sah ihren Kollegen, der mit einem verwirrten Gesichtsausdruck hinter ihr stand, fragend an.

»Was denken Sie, Zander?«

52

Lotte hatte Chris' Auftritt mit Spannung verfolgt und dabei immer wieder unauffällig zu den beiden Polizisten geblickt. Daher hatte sie auch mitbekommen, wie der junge Kommissar langsam einige Schritte hinter seine Kollegin getreten war und dabei etwas aus seiner Jackentasche gezogen hatte. Sie schauderte, als sie im Mondlicht das schwarze Metall einer Waffe erkannte. Aber wenn sie jetzt etwas sagen würde, würde sie alles kaputt machen. Chris war in seinem Element. Er hatte sich so auf die Gelegenheit gefreut, wieder auf einer Bühne zu stehen – und sei es nur das Ufer eines Baches, das von Mondlicht erhellt wurde. Sie zollte seinem Auftritt Respekt, auch wenn sie fand, dass er wie immer am Ende eine Schippe zu viel auftrug. Doch nun hatte Selin Özcan mit einem einzigen Satz die Rollen neu verteilt und sah ihren Kollegen ruhig an. Sie schien die Waffe in seiner Hand nicht zu bemerken.

»Was denken Sie, Zander?«

»Was?«

»Ich möchte wissen, was Sie von dem Geständnis von Herrn Christiansen halten.«

Zander fuhr sich mit der Zunge über die Lippen und suchte sichtlich nach einer Antwort.

»Ich weiß nicht, was ich ...«

Die Kommissarin unterbrach ihn und drehte sich halb zu Lotte um.

»Kein Problem. Dann fragen wir mal Frau Hansen hier, was sie zu der Geschichte ihres Freundes Chris zu sagen hat?«

Lotte holte tief Luft und trat vor.

»Es würde passen, oder? Der alternde Schauspieler ...«

»He!«

»Entschuldige, Chris.«

Lotte setzte neu an.

»Der Schauspieler, der seine Frau schützen will und von der Sängerin erpresst wird. In einem Moment der Wut nimmt er seinen Schal und erwürgt sie. Dann trägt er sie zum Bach und lässt sie dort liegen.«

Die Polizistin nickte und sah von Lotte zu Zander.

»Wir sollten ihn verhaften, oder?«

Doch Lotte schüttelte den Kopf.

»Nein. Denn es gibt eine offene Frage. Also eigentlich viele offene Fragen, aber eine sticht besonders hervor.«

Eine Wolke schob sich vor den Mond, und es wurde für einen kurzen Moment dunkler. Das Plätschern des Bachs war zu hören und aus dem Wald die typischen Geräusche der Nacht. Lotte meinte, ein Schnauben oder Schnüffeln zu vernehmen, und sie wusste, dass diese erstaunlich lauten Töne meistens von den kleinen, aber eifrigen Igeln erzeugt wurden, die auf der Suche nach Würmern oder Schnecken über den Waldboden liefen. Weiter entfernt war in kurzen Abständen der Ruf eines Waldkauzes zu hören. Und dazwischen ab und an ein Knacken oder eine Art hohes Pfeifen. Die Fledermäuse, die sich hier am Bach dicht an ihren Schlafplätzen in den alten Buchen miteinander verständigten.

Die Wolke zog vorbei, und es wurde wieder heller. Lotte merkte, dass alle Blicke nun auf sie gerichtet waren.

»Die Frage ist, wie der verdammte Schal in Jaros Wagen gekommen ist?«

Sie sah die Kommissarin an, die nicht sehr beeindruckt wirkte.

»Das ist doch kein Problem, Frau Hansen. Ihr Freund hat ihn dort hineingelegt, um den Verdacht von sich abzulenken.«

Lotte sah Chris Christiansen an, der gelassen neben dem kleinen Bach stand und die ganze Szene neugierig beobachtet.

»Hast du den Schal in das Auto von Jaro gelegt?«

»Was? Nein. Das habe ich nicht getan, oder?«

Lotte lächelte ihren alten Freund an.

»Nein, das hättest du ja auch gar nicht tun *können*. Und niemand anderes hätte das tun können! Denn ich habe den Schal verbrannt. Am Morgen, bevor ich die Polizei gerufen habe.«

Es wurde still, und Lotte warf einen Blick auf Zander, der hektisch von ihr zu Selin sah. Die Hand mit der nach unten gerichteten Waffe zitterte leicht.

»Und dann war die junge Frau ja auch noch mit diesen merkwürdigen Bisswunden gezeichnet. Wenn Chris die Leiche am Bach abgelegt hat, woher kamen dann diese Wunden? Vielleicht doch ein böser Wassermann?«

Lotte hob ihren Stock etwas an. Plötzlich war ein merkwürdiges Lachen aus dem Wald zu hören, und ein unheimliches tiefes Rauschen erfüllte die Luft. Der Geruch von Rauch und Salz wurde von dem sanften Wind zu ihnen ans Ufer getragen. Feiner Nebel kroch aus Richtung des Baches auf sie zu. Lotte bemerkte, wie Zanders Hände stärker zu zittern begannen. Sie sprach leise weiter.

»Ich habe in der Nacht etwas gesehen, hier am Bach.«

Sie ließ ihren Stock wieder sinken. Vom Waldrand waren Schritte zu hören, ein Rascheln, ein leises Stöhnen. Zander fuhr herum. Ein weißer Schemen bewegte sich zwischen den Bäumen, tauchte auf, verschwand wieder. Zander drehte sich zu ihr, starrte sie an.

»Was geht hier vor?«

Seine Stimme war rau, er atmete hektisch.

Chris kam ihr zuvor. Aufgeregt zeigte er auf den Waldrand.

»Oh! Da!«

Aus dem Schatten der Bäume trat eine gebückte Gestalt hervor. Weiße Haut glänzte im Mondlicht. Über einem ebenso weißen Maul lagen dunkle Augen tief in ihren Höhlen.

»Was ...:?«

Zander keuchte auf, und selbst Lotte spürte den Impuls, wegzulaufen. In der Hand hielt die Gestalt einen langen Stock. Etwa zwanzig Meter von ihnen entfernt blieb sie stehen. Der Nebel schien von ihr auszugehen und über das Ufer auf sie zuzukriechen. Lotte drehte sich nun ganz zu Zander und der Kommissarin um.

»In der Nacht, als die Sängerin ermordet wurde, habe ich hier am Bach gestanden und einen Wassermann gesehen. Einen bösen Wassermann, der eine junge Frau getötet hat, um sie mit in sein unterirdisches Reich zu nehmen.«

Zander fuhr sich mit seiner freien Hand über das Gesicht.

»Was soll der Scheiß?«

Seine Stimme brach, und er sah panisch zu dem Wassermann, der sie bewegungslos beobachtete.

»Genau das habe ich mich in der Nacht auch gefragt. Aber die Lösung war so einfach.« Lotte nickte dem Wassermann zu, der näher kam. Sie konnte erkennen, dass das, was wie eine weiße Haut im Mondlicht schimmerte, ein Einmalanzug war, der bis hoch zur Kapuze geschlossen war. Das Gesicht unter der Kapuze war zur Hälfte mit einer Atemschutzmaske verdeckt, nur darüber funkelten zwei Augen in die Nacht. Sie nickte der Gestalt zu, die mit einer langsamen Bewegung die Maske abnahm.

Das Gesicht von Martin Vogel war im Mondlicht deutlich zu erkennen. Am Waldrand tauchte der Professor zusammen mit Dietlind Röge auf. Sie trug ein Bündel Kräuter in der Hand, die leicht glimmten, und er einen kleinen Lautsprecher. Aus dem Lautsprecher waren das tiefe Rauschen und ab und zu ein dunkles Lachen zu hören. Sie kamen ebenfalls näher, stellten sich in eine Linie mit Vogel. Der Professor schaltete den Lautsprecher aus. Sofort senkte sich Stille über die Lichtung. Aus den Augenwinkeln konnte Lotte sehen, wie Ute aus Richtung des Schlosses näher kam, neben sich die Freifrau und zwei weitere Männer. Konstantin mit seinem Vater. Der Koch trug einen Eimer, aus dem ein letzter Rest weißer Nebel aufstieg. Ute hatte die Idee mit dem Trockeneis gehabt.

Lotte trat näher an Zander heran.

»So einen Anzug haben Sie in der Nacht getragen, oder? Sie waren es, den ich am Waldrand gesehen habe. Sie haben Hannes' Schal gefunden und für Ihre Tat benutzt.«

Sie trat noch einen Schritt vor.

»Frau Hansen!«

Die Stimme der Kommissarin, warnend.

Aber Lotte wollte und konnte jetzt nicht aufhören.

»Und Sie haben die Sängerin ermordet.«

53

Lotte hielt die Luft an. Sie war dicht an Zander, dichter als sie es eigentlich gewollt hatte, und sie war wütend, wütend auf den Mann vor ihr, der ein Leben so grausam ausgelöscht hatte und der es, ohne zu zögern, Hannes angelastet hätte.

»Es ist aus, Zander.«

Die Stimme von Selin Özcan. Ruhig, bestimmt. Lotte sah wieder Zander an, der einen feinen Schweißfilm auf der Stirn hatte. Doch bevor sie noch etwas sagen konnte, griff der Polizist nach ihrem Arm und zog sie mit einer schnellen Bewegung zu sich. Sie spürte, wie das verletzte Knie erneut belastet wurde, und schrie kurz auf.

»Zander!«, rief die Polizistin.

»Zurück!«

Lotte konnte die Waffe nicht sehen, die er an ihren Kopf

hielt. Aber sie spürte das harte und erstaunlich kalte Metall an ihrer Schläfe.

»Alle bleiben, wo sie sind!« Unter der Jacke des Kommissars konnte Lotte sein Herz hämmern hören. Sein ganzer Körper vibrierte und strahlte eine Hitze aus, die ihr fast wehtat.

Lotte zwang sich, ruhig zu bleiben.

»Sie sollten aufgeben.«

Sie sprach leise, sanft. Sie hoffte, sie könnte ihn erreichen, doch er stieß nur ein hektisches, fast bellendes Lachen aus.

»Und Sie sollten Angst haben.«

Er zerrte sie einige Schritte zurück.

»Sie können mir gar nichts. Haben Sie so richtig Angst um Ihren kleinen Mann gehabt, als Sie seinen Schal gesehen haben unten am Bach? Ich habe gesehen, wie er zum Bach ging. Er pfiff vor sich hin, und dann setzte er sich auf die Bank und legte den Schal neben sich. Ein schöner Schal, ganz blau und weich. Und als er dann weiterging, ließ er den Schal liegen. Das war perfekt. Eigentlich hatte ich ja ein Seil dabei, mit dem ich Imken endlich zum Schweigen bringen wollte, aber der Schal war doch viel besser. Fremde DNA, mit Glück eine falsche Spur. Das war schlau, oder?«

Lotte hoffte, dass ihre Freunde und die Kommissarin Ruhe bewahrten. Wenn sie es schaffte, dass Zander weitersprach, dann ...

»Ja. Sehr schlau. Sie sind schlau, oder?«, sagte sie.

»Ja. Nur wer schlau ist, überlebt.«

Wieder waren sie einige Schritte weiter zurückgegangen.

»Sie wollten die Tat Hannes anhängen?«

Wut überspülte Lotte wie eine kleine Welle, als sie Zander lachen hörte.

»Klar! Am nächsten Tag habe ich erfahren, dass Ihr Mann

dement ist, und ich dachte, jetzt bin ich fein sauber raus. Besser geht es doch nicht! Ein Tatverdächtiger, dessen Schal und DNA am Tatort gefunden werden und der sich nicht erinnern kann. Keiner hätte weitergesucht, keiner. Es war perfekt.«

Lotte spürte, wie die Wut sich höher und höher in ihr aufbaute. Zander musste es auch gespürt haben, denn der Griff um ihren Arm wurde fester.

»Perfekt, aber dann war da einfach kein Schal mehr am Tatort. Er war weg. Sie waren das also. Sie sind auch schlau.«

»Manchmal.«

Aber Zander, der, einmal angefangen zu reden, anscheinend nicht wieder aufhören konnte, beachtete ihre Antwort nicht.

»Und dann war da die Neue. Die ist auch schlau. Glaubt man gar nicht, wenn man sie sieht. Aber die hat mich auf dem Kieker, hat mich von Anfang an so angesehen.«

Lotte nickte und blickte zu Selin, die merkwürdig ruhig einige Meter von ihnen entfernt stand.

»Ja, das hat sie, oder? Sie hat Ihnen von Anfang an misstraut.«

Das machte ihn sprachlos – und es verwirrte ihn sichtlich. Mit Zustimmung hatte er nicht gerechnet.

»Da habe ich mir gedacht, wenn es mit dem alten Mann so schwer wird, wenn die dumme Frau zu weich ist, einen Dementen zu verhaften, dann sorge ich halt dafür, dass es einen anderen Täter gibt. Zuerst wollte ich den Vogel rankriegen.«

Lotte blickte zu dem Pastor, der, den Stab in der Hand, neben Selin stand.

»Ich habe ihn nämlich erkannt. Er hat damals den Vater von Imken mit Farbe beworfen. Und sich dann in die Hosen gemacht, als der alte Wilhelm gedroht hat, ihn zu verklagen. Musste den Schwanz einziehen. Einen Schal hatte ich an dem Morgen im Wagen. Ich hab extra Blut von Imken, das noch am Fangeisen klebte, auf das gute Stück geschmiert. Bombensicher. Den Schal wollte ich Vogel unterjubeln, irgendwo in seinem vollgestellten Haus verstecken. Aber die Chefin hat dann ja beschlossen, ihn selbst zu befragen. Also war auch der Plan dahin.«

»Sie kannten Imken von früher?«

»Ja.«

»Sie sind auch bei uns eingebrochen?«

»Das? Ja. Ich wollte das Fangeisen loswerden, und wenn man es bei Ihrem Mann gefunden hätte ... Aber Sie haben mich ja gehört. Da habe ich schnell einige Sachen gegriffen und bin raus und ab durch den Wald. Den Beutel musste ich aber leider loswerden.«

Der Griff um ihren Arm lockerte sich, und Lotte versuchte, einen stabilen Stand zu bekommen.

»Ich musste so lachen, als die Neue meine matschigen Turnschuhe im Auto gesehen hat. Nichts hat sie begriffen. Doch nicht so schlau.«

Zander lachte leise.

»Also stand ich da. Eigentlich wollte ich den Schal dann bei Ihrem Mann verstecken. Wenn bei ihm auch noch die Tatwaffe mit eindeutigen Spuren gefunden worden wäre, hätte auch Frau Özcan nichts mehr für ihn tun können. Und der Anwalt auch nicht mehr. Aber dann hat der kleine Hausmeister ja gemeint, er wäre etwas Besseres als ich ... selber schuld. Ich hatte keine Lust mehr, noch länger hier herumzuhängen, und daher habe ich Nägel mit Köpfen gemacht.«

Er seufzte, und Lotte konnte seinen warmen Atem in ihrem Nacken spüren. Sie wusste, dass sie etwas tun sollte, aber es gab noch eine offene Frage.

»Warum das Fangeisen und die Wunden? Sie sind schlau, das haben Sie bewiesen. Hat es Ihnen Spaß gemacht, die Sängerin zu verletzen?«

»Nein. Manchmal muss man Gewalt einsetzen, um zu strafen oder abzuschrecken. Aber Imken war ja schon tot.«

»Warum haben Sie es dann gemacht?«

Wenn sie es schaffte, sich aus seinem Griff zu lösen ...

»Ach, das war auch einfach nur eine weitere Absicherung. Das Fangeisen habe ich vor einigen Wochen beim Laufen im Wald gefunden und mitgenommen. Es ist nicht richtig, Tieren so etwas anzutun. Ich hatte das Eisen noch im Auto. Und in der Nacht dachte ich, wenn die anderen Spuren nicht ausreichen würden, um einen Täter zu finden, dann ...«

Lotte wurde blass.

»Dann hätten Sie es so aussehen lassen, als wäre es die Tat eines Verrückten?«

Zander antwortete nicht, doch Lotte wusste auch so, was er geplant hatte. Den nächsten Satz flüsterte sie fast.

»Indem Sie noch jemanden getötet hätten? Mit den gleichen Wunden?«

Jetzt kam wieder Leben in Zander.

»Na und? Sie sind alle so verweichlicht. Es gibt so viele Menschen da draußen, glauben Sie wirklich, jeder davon ist wichtig?«

Lotte glaubte das sehr wohl. Aber diesmal ließ sie Zander ausreden. Ihre Grenze war erreicht. Sie merkte, wie sie nun doch zu zittern begann, während er weitersprach. So klang also jemand, der durch und durch böse war. Sie kämpfte darum, mit ihrer Wut ihre Angst in Schach zu halten.

»Und ja, ich hätte es nicht gern getan, verstehen Sie mich da richtig. Ich habe die Gerüchte über den Wassermann in die Welt gesetzt. Irgendjemand glaubt es immer. Und dann hätte es eine weitere tote Frau gegeben. Weiter entfernt und ohne Verbindung zu mir oder Imken. Ich hätte es nicht gern getan, aber ich hätte es getan. Es geht ums Überleben. Entweder man gehört zu denen, die es schaffen, oder man geht unter. Schwäche wird ausgemerzt. Das ist nur natürlich. Evolution. Wir sind dazu geboren, zu siegen.«

Lotte sah, wie Selin langsam näher kam. Auch die anderen hatten sich in Bewegung gesetzt. Zander schien es nicht zu merken, noch nicht. Er war zu sehr in seiner Erzählung gefangen.

»Und die Sängerin war ...«, sagte Lotte langsam und ruhig.

»Imken war eine Bedrohung. Sie wusste zu viel über meine Vergangenheit. Wissen Sie, ich habe alles hinter mir gelassen. Neu angefangen. Und ich war auf einem guten Weg, wirklich Macht zu bekommen. Echte Macht. Und dann muss Imken unbedingt nach Rostock ziehen – und ich laufe ihr über den Weg. Mieser Zufall! Aber Imken sagte, es sei Bestimmung gewesen. Und dass wir zusammengehören würden. Wie früher. Ich habe erst mal mitgespielt, doch dann hat sie mich erpresst. Wollte, dass ich auch öffentlich zu ihr stehe. Drohte, meine Vergangenheit auszugraben, wenn ich nicht mitmache. Aber ich werde nicht zum Opfer. Niemals.«

Er lachte leise; es war ein Lachen, das Lotte einen Schauer über den Rücken laufen ließ.

»Imken drohte, dass sie meine Vergangenheit öffentlich machen würde. Es gibt da einige Geschichten ... Dabei läuft es so gut. Ich bin Kommissar. Hoffnungsträger. Und mein alter Chef hat mich protegiert. Nur einmal habe ich mich gehen lassen – aber er hat es unter den Teppich gekehrt. Er wusste ja, was ich wert bin.«

Lotte hatte genug.

»Und jetzt? Was haben Sie jetzt vor? Nehmen Sie mich mit als Geisel? Und dann?«

Zander lachte wieder, ein kaltes, grausames Lachen, das ihr durch Mark und Bein ging.

»Geiseln halten einen nur auf. Und ich habe nicht vor, mich aufhalten zu lassen.«

Lotte spürte, wie er sich anspannte, ihr die Waffe fester gegen den Kopf presste. Für einen winzigen Moment blieb ihre Welt stehen. Dann drückte er ab – aber außer einem lauten Klicken passierte nichts. In der nächsten Sekunde sah sie, wie sowohl die Kommissarin als auch Vogel auf sie zustürmten. Zander stieß sie von sich und rannte los. Er war schnell, hatte den Waldrand fast erreicht. Doch dann zerriss ein lauter Knall die Nacht, und wenige Meter vor ihm spritzten Erde und Gestein auf. Der Polizist blieb abrupt stehen.

»Was wollt ihr?«

Hannes trat mit Jenny an seiner Seite aus dem Wald und stellte sich Zander in den Weg. Lotte atmete entsetzt ein. Die beiden sollten in der Wohnung sein. In Sicherheit. Doch stattdessen stand Jenny nun hier – zusammen mit Hannes, und ihr so friedlicher und sanfter Mann hielt eine Waffe in beiden Händen. Utes Waffe. Und seine Hände zitterten nicht. Er sah Zander ruhig an.

»Nennen Sie mir einen Grund, warum ich nicht noch mal abdrücken sollte.«

Doch Zander konnte nicht mehr antworten, da er im nächsten Moment von Vogel, der mit seinem Stab ausholte, zu Boden gebracht wurde, und eine Sekunden später kniete die Hauptkommissarin auf ihm und legte ihrem Kollegen Handschellen an.

Es war vorbei.

54

Das angekündigte Hochdruckgebiet hielt, was es versprochen hatte. Die Luft war trocken und warm. Lotte hatte die Tage dafür genutzt, mit Hannes im Cabrio quer übers Land zu fahren. Gestern hatten sie an einem See auf einem breiten Holzsteg gesessen und dicke Scheiben Brot mit Räucherfisch belegt und gegessen. Und genau da hatte Hannes nach oben geblickt und das charakteristische breite Flügelpaar eines Seeadlers entdeckt. Der Adler hatte über dem See seine Runden gedreht, wie um ihnen eine Freude zu machen. Dann war er in Richtung Osten entflogen. Auf der Rückfahrt war Hannes dann auf dem Beifahrersitz glücklich eingeschlafen, während aus dem scheppernden Lautsprechern des Autos Elvis leise von Liebe und Schmerz gesungen hatte.

Heute Morgen saß Lotte allein auf der Terrasse, vor sich ein weißes Stück Papier, auf dessen Rückseite ein Reiseunternehmen Werbung für Urlaub in Cornwall machte, in der Hand einen Bleistift.

Es gab einiges zu tun.

Aber bevor sie den ersten Punkt auf die Liste schreiben konnte, hörte sie Schritte auf dem Weg vor dem Schloss.

Hauptkommissarin Selin Özcan kam auf sie zu, in der Hand einen Weidenkorb und ein Lächeln im Gesicht.

»Guten Morgen, Frau Hansen. Ich habe Ihnen etwas mitgebracht.«

Lotte stand auf und begrüßte die Polizistin. Dann sah sie neugierig in den Korb.

»Erdbeeren!«

»Ich bin heute schon früh an einem Feld gewesen und habe den Pflückern einen Korb abgekauft. Und da es in der Nähe war, dachte ich, ich schaue vorbei.«

Lotte sah auf die runden und roten Früchte und dann zu der Polizistin.

»Möchten Sie einen Kaffee? Und vielleicht etwas Sahne zu den Erdbeeren?«

»Gern.«

In der Küche angekommen setzte Lotte eine frische Kanne Kaffee auf und suchte im Kühlschrank nach der Dose mit Sprühsahne, die Hannes immer hinter dem Gemüse versteckte, in der irrigen Annahme, Lotte werde sie dort nicht bemerken. Dann nahm sie zwei Schüsseln aus dem Regal und ein kleines Messer aus der Schublade. Mit den Messern hatte schon ihre Mutter immer das Gemüse geschnitten oder eben auch den grünen Strunk aus den Erdbeeren entfernt.

Dann stellte sie alles auf ein Korbtablett, das mit einem Bild von gelben und braunen Sonnenblumen bedruckt war, und ging wieder hinaus.

»Möchten Sie Milch oder ...«

Lotte brach ab. Auf dem Gartenstuhl am Tisch saß die Kommissarin mit geschlossenen Augen, zur Seite gefallenem Kopf, leicht geöffnetem Mund und gab kleine schnaubende Töne von sich. Ihr Besuch war eingeschlafen. Leise stellte Lotte das Tablett ab, drehte den Sonnenschirm so, dass das Gesicht der Frau im Schatten lag, und setzte sich mit einem Lächeln leise in ihren eigenen Stuhl.

55

Als Selin die Augen aufschlug, saß Lotte Hansen ihr gegenüber, vor sich zwei Schüsseln mit klein geschnittenen Erdbeeren und lächelte sie an.

»Geht es Ihnen besser?«

Selin setzte sich auf und wischte sich mit dem Handrücken über den Mund. Hoffentlich hatte sie nicht gesabbert.

»Wie lange habe ich geschlafen?«

»Zwanzig Minuten. Ich hätte Sie nach dreißig geweckt.«

»Es war ein früher Start heute.«

Selin dachte an das Erdbeerfeld und den jungen Mann, dessen Leiche die Pflücker im Morgengrauen zwischen den Pflanzen gefunden hatten. Dann schüttelte sie das Bild ab. Sie würde sich noch früh genug wieder mit dem Fall beschäftigen.

»Erdbeeren? Es gibt leider nur Sprühsahne, aber mein Mann schwört darauf.«

Selin sah auf die Dose auf dem Tablett und wurde von einer Welle von Erinnerungen an die Sommertage ihrer Kindheit überschwemmt. Tränen traten ihr in die Augen, die sie schnell wegblinzelte.

»Sprühsahne ist perfekt.«

Schweigend aßen sie die süßen Erdbeeren mit der noch süßeren Sahne.

»Frau Hansen, ich ...«

Doch sie wurde unterbrochen.

»Sagen Sie bitte Lotte, ja?«
»Ich bin Selin.«
Sie lächelten sich über den Tisch hinweg an.
»Woher wusstest du es, Lotte? Also dass es Zander gewesen ist?«
Selin hatte sich in den letzten Wochen mehr als einmal gefragt, ob sie es auch früher hätte sehen müssen.
»Klar war es mir erst, als dein Kollege Jaro den Schal untergeschoben hatte. Das war ein Fehler. Aber eine Ahnung?«
Selin sah, wie Lotte ihren Blick über den Rasen, die Büsche und Wege des Parks bis hinunter um Bach schweifen ließ.
»Eine Ahnung hatte ich wahrscheinlich ziemlich früh. Er war so schnell hier an dem Morgen. Er kam vom Parkplatz herüber, und er schaute sich nicht einmal um. Er suchte mich nicht, er zögerte nicht, er achtete nicht auf den Weg. Er kam einfach schnurstracks auf mich zu. Ich glaube, da hat sich schon ein Teil von mir gefragt, woher er das alles kennt. Und als er sich dann die Leiche anschaute, zog er vorher einen dieser weißen Schutzanzüge aus der Tasche und zog ihn an. Der Anzug war ganz zerknittert. Nicht ordentlich gefaltet und eingeschweißt, sondern nur zusammengerollt. Warum hatte er einen benutzten Anzug in der Tasche und zog ihn sich über?«
Selin unterdrückte einen Fluch.
»Damit er ihn später einfach zusammen mit allen anderen Anzügen der Kollegen entsorgen lassen konnte. Er hatte ihn an, als er die Sängerin tötete.«
Lotte nickte ihr zu.
»Ja, oder? Ich wusste das nicht, so weit hatte ich gar nicht gedacht, aber ich habe Zander gesehen und ihn sprechen gehört und wusste im gleichen Moment, dass er nicht koscher war. Verstehst du das? Es war ein Gefühl, nicht mehr

und nicht weniger. Ausgelöst durch sein Verhalten und die kleinen Ungereimtheiten, die seine Handlungen mit sich brachten. Es war wie bei einigen Leuten, die sich früher bei mir und Hannes beworben haben. Eigentlich stimmte alles, aber nach den ersten zehn Minuten im Bewerbungsgespräch wusste man, dass man sie nicht würde anstellen wollen.«
Lotte schüttelte den Kopf.
»Nur einmal habe ich es nicht gemerkt – ich glaube, der Bewerber hat meine Schwäche für lustige Männer ausgenutzt. Und der ist dann nach zwei Wochen mit der Tageskasse abgehauen.«
»Ist dir an meinem Kollegen noch mehr aufgefallen?«
»Ja. Über die Sache mit den Reifen bin ich auch gestolpert. Zwei zerstochene Reifen. Die hat Sanne zerstochen. Das war schnell offensichtlich. Als sie auf der Treppe auf uns beide zulief …«
»… war der Ärmel ihres Morgenmantels verdreckt, und sie hatte eine Wunde in der Handinnenfläche.«
Lotte nickte.
»Es ist dir also auch aufgefallen, ich war mir nicht sicher.«
»Ich wollte Frau Christiansen nicht in ihrem Zustand danach fragen, aber ich habe es bemerkt.«
»Sanne war schon immer fürchterlich eifersüchtig. Also hat sie die Reifen zerstochen und sich dabei verletzt. Und so kam die Sängerin nach dem Abbruch des Konzertes auf den Parkplatz und fand ihr Auto demoliert vor, und als Chris ihr hinterhergegangen ist und ihr Hilfe angeboten hat, hat sie ihn weggescheucht. Es war spätabends, schon dunkel, sie war auf dem Parkplatz des Schlosses, das sie ja nicht wieder betreten wollte, und jemand hatte ihre Reifen zerstochen. Was würdest du tun, wenn du an einem feindseligen Ort stehst und zwei kaputte Reifen hast?«

»Die Polizei rufen. Oder wenigstens den Pannendienst.«
Lotte nickte Selin zu.

»Ja, oder? Hat sie aber nicht. Warum nicht? Wen hat sie angerufen?«

»Zander. Ihren heimlichen Freund, den Polizisten.«

»Ja. Nach und nach fielen die einzelnen Teile dann an ihren Platz. Und Jaro und der Schal – danach waren wir uns ziemlich sicher, wer hinter allem steckte. Also brauchten wir einen Plan, und der hat ja auch gut funktioniert. Irgendwie.«

Lotte griff noch nach einer weiteren Erdbeere und sah dann Selin nachdenklich an.

»Und wann wurdest du misstrauisch?«

»Ich?«

Selin hatte nicht vor, Lotte mehr als nötig zu erzählen.

»Komm schon! Du hast ihm eine manipulierte Waffe gegeben. Du hattest ihn selbst im Verdacht, oder?«

Selin dachte an den Moment, in dem Zander die Waffe abgedrückt hatte. An den winzigen Moment der Angst, es könnte doch nicht ihre Waffe in seiner Hand sein.

»Das bleibt unter uns.«

Lotte nickte und legte die zwei Finger ihrer rechten Hand zuerst auf ihren Mund, dann auf ihr Herz.

»Pfadfinderehrenwort.«

Selin lachte.

»Ich kann mir dich nun wirklich nicht als Pfadfinderin vorstellen.«

Dann wurde sie ernst.

»Schon bevor ich die Stelle angenommen habe, gab es Unregelmäßigkeiten. Zander und sein ehemaliger Vorgesetzter waren einigen Leuten aufgefallen. Unnötige Härte bei Verhaftungen. Schnelle Erfolge samt hieb- und stichfesten Beweisen, von denen zwei Angeklagte unabhängig voneinander

behaupteten, sie seien ihnen untergeschoben worden. Keine großen Sachen, aber es gab Kollegen, die es bemerkten.«
Selin dachte an Katharina Friedrich, die Staatsanwältin, von der sie vor zehn Monaten das erste Mal in ihrem Büro in Berlin besucht worden war.
»Und vor einem Jahr wurde bei einer Verhaftung dann jemand tödlich verletzt. Zanders Vorgesetzter nahm die Sache auf sich und ging vorzeitig in den Ruhestand. Einige Leute glaubten jedoch nicht an die Version. Sie waren beinahe sicher, dass sein Schützling zugeschlagen hatte.«
Lotte konnte die Wut in Selins Stimme hören und dachte, dass sie selten jemanden kennengelernt hatte, der so für seinen Beruf brannte.
»Du bist wütend.«
Selin sah erstaunt auf.
»Ja, immer noch. Und ich werde es auch immer wieder sein. Ich glaube fest daran, dass die Polizei, dass meine Leute und auch ich auf der richtigen, auf der guten Seite stehen. Und wenn jemand das Ganze unterläuft, seine Macht für etwas Böses ausnutzt, dann werde ich wütend.«
Sie sah, dass Lotte zustimmend nickte.
»Wir haben Zanders Vergangenheit unter die Lupe genommen. Er ist in Hessen groß geworden. War als Kind in Zeltlagern, die der rechten Szene zuzuordnen waren. Da hat er übrigens auch Imken Wegener kennengelernt. Aber wir kamen an keine weiteren Informationen. Er war ein guter Schüler, Abitur. Einer seiner Lehrer erzählte, dass Zander es ›trotz allem‹ geschafft hatte, was immer das hieß. Er galt als Aufsteiger. Dann hat er ein Jurastudium in Marburg begonnen – und abgebrochen. Gerüchte über einen Streit mit einer Burschenschaft, aber nur Gerüchte. Keine Beweise. In seinem Motivationsschreiben für die Polizei stand, dass er

lieber praktisch arbeiten wollte. Er ist nie aufgefallen. Mustergültig. Also kam ich ins Spiel und wurde seine Chefin. Ich wollte nach einem längeren komplizierten Einsatz sowieso für eine Weile aus Berlin weg, und die Sache mit Zander war ein willkommener Anlass, mich auf die Stelle zu bewerben. Das Ganze war keine offizielle Sache. Nur die Bitte einiger höhergestellter Beamten, ihn unauffällig im Auge zu behalten. Ich habe ... Erfahrung mit so etwas.«

Lotte war, wie man ihr ansehen konnte, neugierig, aber mehr würde ihr Selin nicht über ihre frühere Arbeit erzählen.

»Als dann in der ersten Woche meines Dienstes der Mord hier geschah, dachte ich mir zuerst nichts. Dann aber wurde ich skeptisch. Zander schien ein großes Interesse daran zu haben, schnell einen Täter zu finden. Er lenkte die Ermittlung oder versuchte es. Das war auffällig. Er hielt sich für schlauer als andere und merkte daher gar nicht, dass wir ihn beobachteten. Und dann waren da viele Kleinigkeiten: Warum war er als Erster am Tatort? Warum lag das Handy der Sängerin unter ihr im Wasser? Wusste der Täter, dass es uns das unmöglich machen würde, auf Daten zurückzugreifen? Jeder andere hätte es doch einfach mitgenommen und zerstört. Die Kollegen, die die Wohnung der Sängerin durchsucht haben, waren erstaunt darüber, wie sauber es dort war. Zu sauber. Das Bad glänzte, nicht einmal im Abfluss waren Haare zu finden. Es gab keinerlei Hinweise auf einen Freund. Sie hat aber Kommilitonen gegenüber erzählt, sie würde jemanden treffen, den sie von früher kannte. Und ihr Rechner fehlte. Zander hat trotzdem versucht, die Ermittlungen auf Bucheneck zu konzentrieren. Ja, ich war misstrauisch. Und dann hast du mich angerufen und mich und Zander zu deiner ...«

Selin schenkte ihr ein offenes Lächeln.

»... Vorstellung eingeladen.«

Lotte schwieg, und als sie dann sprach, war ihre Stimme leise.

»Weißt du schon, wie er es gemacht hat? Also den Mord?«

Selin nickte.

»Ja. Er hat alles erzählt. Nicht mal seine Anwältin konnte ihn davon abhalten. Wir haben ein volles Geständnis. Er war und ist auf eine gewisse Art sogar stolz auf seine Tat. Den Plan, die Frau zu töten, hatte er schon länger. Imken Wegener wusste zu viel aus seiner Vergangenheit. Sie hat ihn mehr oder weniger mit ihrem Wissen erpresst. Laut Zander wollte er ihr Verhältnis beenden, aber sie drohte ihm. Sein ursprünglicher Plan war es, ihr nach dem Konzert in ihrer Wohnung aufzulauern. Er hatte schon alle Hinweise auf ihn beseitigt, deswegen die saubere Wohnung und auch der fehlende Rechner. Er wollte Imken Wegener in der Wohnung erdrosseln und es wie einen Raubmord aussehen lassen. Aber dann rief sie ihn an und erzählte von dem abgebrochenen Konzert und den zerstochenen Reifen. Er kannte Bucheneck und den Wald durch seine Orientierungsläufe. Hat sein Auto versteckt geparkt und ist zu ihr gekommen. Auf dem Weg hat er dann Hannes gesehen und den Schal mitgenommen. Er hat sie angerufen und in Richtung Wald gelotst. Dort ist er von hinten an sie herangetreten und hat sie erwürgt. Es muss schnell gegangen sein.«

Lotte lauschte Selins kurzem und seltsam sachlichem Bericht. *Es muss schnell gegangen sein.* Das hoffte sie für die junge Frau aus ganzem Herzen.

Selin sprach weiter. Sie musste das Ganze schon häufiger zusammengefasst haben.

»Er hat den weißen Einmalanzug angezogen und die Leiche in Richtung Bach gebracht. Er sagt, sie habe ihm von dem Gedicht über den bösen Wassermann erzählt, und da habe er gedacht, er könnte das ausnutzen. Er hat alles so präpariert, dass es eine Menge Hinweise gab, die auf Bucheneck deuteten. Es war ja in seinem Interesse, dass wir uns auf das Schloss konzentrieren und nicht auf das Leben der Sängerin in Rostock. Er wusste ja, wie wir arbeiten. Und wollte uns auf die falsche Spur bringen.«

»Eine falsche Spur. So wie der rote Schuh. Das erinnerte mich an Hänsel und Gretel. An die Brotkrumen. Es war so sinnlos. Der Schuh war sauber. Die Sängerin war nie auch nur einen Schritt in den Wald oder an das Ufer gelaufen. Und ausgerechnet Hannes musste ihn finden.«

Selin sah reumütig auf.

»Es tut mir leid, dass ich euch mit aufs Revier genommen habe. Aber ich musste es tun.«

Lotte winkte ab.

»Hannes fand es spannend. Und er konnte dir und Zander eine Menge über Elvis und Vögel erzählen.«

Selin merkte, dass Lotte noch etwas auf dem Herzen hatte, und sah sie schweigend an.

»Nur ich fand es fürchterlich. Weißt du, ich habe einige Stunden lang sehr, sehr große Angst gehabt, Hannes hätte ...«

Ihre Stimme brach, und sie musste neu ansetzen.

»Ich hatte Angst, Hannes hätte die Frau getötet.«

Selin richtete sich auf.

»Und das habe ich nicht verstanden, Lotte. Dein Mann ist so friedlich, so völlig ohne Aggression. Unser Experte sagte mir, es sei sehr unwahrscheinlich, dass bei einer Demenz gewalttätiges Verhalten nur als eine einzelne Episode auftritt. Es gibt Fälle, wo sich die Persönlichkeit grundlegend ändert, bei denen Steuerungszentren angegriffen werden. Aber die Veränderungen sind dann dauerhaft. Hannes versucht, den

Vögeln Melodien von Elvis beizubringen. Warum sollte er so völlig gegen seine Natur handeln und jemanden töten?«

»So einfach ist das leider nicht. Seine Demenz, also sein Vergessen und alles, was dazugehört, ist keine eigentliche Demenz. Keine normale Demenz, wenn es so etwas überhaupt gibt. Der Auslöser ist ein Tumor. Ein inoperabler Tumor, der für das Durcheinander in seinem Kopf verantwortlich ist. Nicht viele wissen davon. Die Ärzte haben mich gewarnt, uns gewarnt, dass es sein kann, dass er nicht nur vergisst. Das Ding wächst in seinem Kopf und ändert so vieles. Keiner weiß genau, was passiert.«

Sie flüsterte jetzt.

»Oder wie lang es noch gut geht.«

Selin griff nach Lottes Hand und hörte schweigend zu.

»Ich bin für jeden Tag dankbar, den ich meinen Elvis singenden Mann am Morgen neben mir aufstehen sehe. Dankbar, dass er bisher kaum Schmerzen hat und dass sein Sehnerv und seine Motorik nicht beeinträchtigt sind. Und ich habe Angst, dass er eines Tages einfach ...«

Sie brach ab, als sie hinter sich eine Bewegung spürte, und drehte sich um. Hannes stand an der offenen Terrassentür. Seine grauen und vom Schlaf noch verstrubbelten Haare leuchteten golden im Gegenlicht der Sonne. In der einen Hand hielt er einen Kaffeebecher, in der anderen sein abgegriffenes Vogelbestimmungsbuch. Ihr Herz wurde ihr schwer und leise summte sie ihr Lied.

»Wise men say ›only fools rush in‹.
But I can't help
falling in love with you.«

Drei Monate später

56

Das war sicherlich die erste Trauerfeier, bei der ein Elvis-Imitator die Musik gemacht hat.«
Lotte merkte, wie sich ein Lächeln auf ihr Gesicht stahl. Sie hätte nicht gedacht, schon wieder lächeln zu können. Es tat weh, in jeder Sekunde und mit jedem Atemzug. Sie vermisste Hannes so sehr. Als sie vor zwei Stunden gesehen hatte, wie die Mitarbeiter des Friedhofs die Urne mit Hannes' Asche in eine der Nischen des Kolumbariums gesetzt hatten, hätte sie vor Schmerz schreien mögen. Aber jetzt saß sie zusammen mit ihren Freunden im Liebstöckel an einem der Tische. Um sie herum unterhielten sich die Gäste der Trauerfeier leise, ab und an war aber auch ein Lachen zu hören. Wahrscheinlich, weil jemand eine weitere Geschichte über Hannes erzählte. Sie hatte sich gegen einen Trauerredner gewehrt, stattdessen waren nach und nach Freunde nach vorn getreten und hatten aus Hannes' Leben erzählt. An den Wänden des Restaurants hingen Bilder, die Hannes als Kind zeigten, mit einer Schultüte, als jungen Mann mit zurückgekämmtem Haar, eine Zigarette großspurig in den Mundwinkel geklemmt. Ihr Hochzeitsbild, mit dem zu großen Anzug und ihrem selbst genähten Kleid. Hannes neben

Ute, die ihm die Mütze ins Gesicht gezogen hatte. Hannes und Chris, vor einer Kneipe auf St. Pauli, verdächtig schief aneinandergelehnt. Hannes vor seinem Lieferwagen. Am Marktstand, Eier verkaufend, der Kamera zuzwinkernd. Vor ihrem ersten rollenden Supermarkt. Vor ihrem ersten Laden. Hand in Hand mit ihr am Strand. Dann Hannes, den nur wenige Tage alten Joost auf dem Arm und mit einem breiten und stolzen Lächeln im Gesicht. Hannes im Anzug an seinem fünfzigsten Geburtstag. Am Bug eines Kreuzfahrtschiffes. Vor einem Flugzeug. Bei Joosts Einschulung. Auf Reisen. In Brasilien. Hannes mit dem Professor. Am Grenzübergang in Mölln, kurz nach Öffnung der DDR. Sie beide vor dem noch völlig heruntergekommenen Schloss Bucheneck, auf der Haube von Lottes rotem Cabrio sitzend. Ihre goldene Hochzeit. Bilder über Bilder. Ein ganzes Leben. Es war besser, das Leben, das Hannes in vollen Zügen genossen hatte, zu feiern, als seinen Tod zu beweinen. Aber leicht war es nicht.

Lotte schluckte.

»Hannes hätte es gefallen.«

»Und ob!«

Ute sah sich um und hob ihr Glas.

»Auf Hannes! Auch wenn ihm ein Bier tausendmal lieber als der Champagner gewesen wäre.«

»Und er so langsam begonnen hätte, nach einem Weg zu suchen, die lahme Bande hier aufzumischen.«

»Wie damals, als er ganz unschuldig bei deiner Abschlussfeier und dieser ellenlange Rede des Direktors den Feueralarm ausgelöst hat.«

Lotte lachte.

»O ja. Er hatte für uns alle einen Tisch im Restaurant des Fernsehturms reserviert und wollte nicht zu spät kommen.

Aber er hat nicht geahnt, dass die Sprinkleranlage losgehen würde ...«

Ute drückte ihre Hand, und sie schwiegen, wie es nur sehr alte Freundinnen gemeinsam tun konnten.

In einer Ecke des Raumes standen zu ihrer Freude Jenny und Jaro nebeneinander und unterhielten sich leise. Lotte hatte ihren Einfluss genutzt und die Freifrau davon überzeugt, Jaro auf dem Gelände und in der Geschichte des Schlosses weiterforschen zu lassen. Und mit einigen geschickten und, wie sie hoffte, unauffälligen Schachzügen Jenny dazu gebracht, ihm zu helfen und die Geschichte der verschwundenen Gräber aufzuschreiben. Noch hatten die beiden nur eine Ahnung, was damals auf Bucheneck passiert war, aber Lotte war sich sicher, dass es eine verdammt gute Story werden würde.

Neben ihr wurde Ute plötzlich rot und prostete dem neuen Bewohner des Schlosses zu. Eine der freien Wohnungen war vermietet worden, und Jonny Heuer war sicherlich ein interessanter Zuwachs für ihre Gemeinschaft. Der Professor mochte das vielleicht noch etwas anders sehen, aber auch da würde die Zeit eine Lösung bringen.

Lotte sah auf, als ein weiterer Gast an ihren Tisch trat.

»Selin!«

»Hallo, Lotte. Der Sänger war phantastisch. Ich bin mir sicher, Hannes weiß das zu schätzen.«

Lotte wies auf den freien Stuhl neben sich.

»Da er ihn ja selbst noch ausgesucht hat und der arme Kerl zu einem Probesingen an Hannes' Bett kommen musste, denke ich das auch.«

»Es tut mir so leid.«

Selin war in den letzten Monaten regelmäßig zu Besuch gekommen, hatte bei Hannes gesessen und ihm wie die anderen vorgelesen oder Musik mit ihm gehört. Lotte hatte das zu schätzen gewusst und gehofft, dass etwas von Hannes' Frieden auf die junge Frau abfärben würde.

»Wie geht es dir, Selin?«

»Gut. Es gibt eine Menge zu tun, es hat die eine oder andere personelle Veränderung gegeben. Aber so langsam läuft es wieder rund. Und ich suche doch noch eine neue Wohnung.«

»Ja?«

»Ja. Meine Töchter brauchen etwas mehr Platz, wenn sie zu Besuch kommen. Vielleicht etwas, was etwas mehr im Grünen liegt.«

Lotte lächelte.

»Du bleibst also in Rostock?«

»Ich habe darum gebeten, ja.«

Selin stand auf.

»Ich muss leider weiter, aber du bist ja hier in guten Händen.«

Der frei gewordene Platz wurde sofort vom Professor besetzt, dessen Gesicht verdächtig rot war. Er sah sich vorsichtig um und beugte sich dann verschwörerisch zu ihr und Ute vor.

»Lotte?«

»Ja?«

»Ich habe uns den Schlüssel für die Urnenhalle auf dem Friedhof organisiert. Ute und ich holen dich bei Sonnenuntergang ab. Jaro fährt, Jenny steht Schmiere. Wir holen Hannes nach Bucheneck zurück.«

»O ja. Bitte.«

Lotte war kurz davor, wieder in Tränen auszubrechen, und spürte, wie ihre Freunde ihre Hände griffen und wärmten. Sie ließ ihren Blick über die Fotos an den Wänden wandern. Hörte Jenny etwas sagen und Jaro lachen. Sah die Freifrau, die sich mit nur schlecht verhohlener Abneigung von Dietlind Röge etwas erklären ließ. Neben der Küchentür stand Martin Vogel und redete auf Konstantin ein, der ihm nur halb zuhörte und mit Argusaugen überwachte, dass alle Gäste ihre Teller leer aßen. Jonny Heuer lehnte an der Bar und sah aus, als gehöre er eben genau dahin. Chris Christiansen fachsimpelte mit Elvis über das richtige Timing. Sanne stand neben ihm, und auch wenn sie ihr Gesicht unter einem schwarzen Trauerschleier verbergen konnte, wusste Lotte, welche Überwindung es Sanne gekostet hatte, zu kommen, und freute sich sehr. Freunde und Bekannte, im Anzug oder in Motorradkleidung, alt oder jung, standen zusammen und erinnerten sich an ihren Mann. Lotte wusste seit einigen Tagen, was Ute oben in ihrem Atelier trieb, hatte deren Versteck für Joosts Urne bewundern dürfen und im Gegenzug absolutes Stillschweigen versprochen. Joost lag nun wieder unter der alten Buche. Und so wie es aussah, würde Hannes ihm bald Gesellschaft leisten.

Sie atmete tief ein und stand auf.

Zeit, eine neue Liste zu schreiben.

Emily Winston
Der Mordclub von Shaftesbury – Eine Tote bleibt selten allein
Kriminalroman
319 Seiten. Broschur
ISBN 978-3-7466-3966-6
Auch als E-Book lieferbar

Willkommen in Shaftesbury!

Penelope St. James zieht aus London in den kleinen Ort Shaftesbury, um dort eine Partnervermittlungsagentur zu eröffnen. Der Anfang ist schwierig, denn Handyempfang gibt es nur auf dem Friedhof, und ihr neuer Nachbar Sam ist ausgerechnet Tierarzt – mit Tieren kann Penelope nun wirklich nichts anfangen. Als sie mitansehen muss, wie eine Frau überfahren wird, ist sie misstrauisch, denn sie glaubt nicht an einen Unfall. Zusammen mit Sam und den Dorfbewohnern stößt sie auf ein düsteres Geheimnis – das weitere Opfer fordern wird, wenn Penelope nicht schnell den Mörder findet.

Oh so very British: ein charmanter Krimi voller England-Flair mit einer Ermittlerin, die alle Herzen schneller schlagen lässt

Regelmäßige Informationen erhalten Sie über unseren Newsletter.
Jetzt anmelden unter: www.aufbau-verlage.de/newsletter

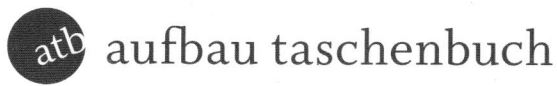

Craig Russell
Devil's Playground
Ein Film – ein Fluch – ein tödliches Geheimnis
Thriller
Aus dem Englischen von Wolfgang Thon
496 Seiten. Klappenbroschur
ISBN 978-3-352-00994-5
Auch als E-Book lieferbar

Hochspannend – mitreißend – meisterhaft

Hollywood 1927: Mary Rourke, eigentlich PR-Frau einer Film-Company, wird in die Villa von Norma Carlton gerufen, einem Star des amerikanischen Stummfilms. Norma hat in einem geheimen Film mit dem Titel Devil's Playground mitgespielt, der angeblich einen tödlichen Fluch auf alle an der Produktion Beteiligten gelegt hat. Als Mary die Schauspielerin tot auffindet, bekommt sie von ihrem Filmboss den Auftrag, diesen Mord zu vertuschen. Doch damit setzt sie eine Serie von Morden in Gang, wie selbst Hollywood sie noch nicht gesehen hat. Denn nichts ist, wie es scheint, und Mary kann niemanden trauen – nicht einmal in ihren eigenen Augen.
Ein grandioser Thriller über Ruhm, falsches Glück und gefährliche Illusionen

**Regelmäßige Informationen erhalten Sie über unseren Newsletter.
Jetzt anmelden unter: www.aufbau-verlage.de/newsletter**

Molly Flanaghan
Der Frühling bringt den Tod
Ein Krimi in Irland
240 Seiten. Broschur
ISBN 978-3-7466-3925-3
Auch als E-Book lieferbar

Gefährliche Gäste und alte Geheimnisse

Fiona hat besonderen Besuch in ihrem Bed & Breakfast: Die geheimnisumwitterten Schwestern Marge, Kate und Eve sind aus Amerika nach Ballinwroe gereist, um den Geburtsort ihrer Eltern zu besichtigen. Fiona genießt die Zeit mit den liebenswerten Schwestern – bis kurz nacheinander zwei ältere Männer tot aufgefunden werden. War es Mord oder ein tragischer Zufall? Fiona versucht, sich diesmal wirklich aus allem herauszuhalten – doch dann hat sie einen ungeheuerlichen Verdacht.

Eine junge Frau ermittelt an den rauen Klippen der irischen Westküste – atmosphärisch und voller liebenswerter Figuren

**Regelmäßige Informationen erhalten Sie über unseren Newsletter.
Jetzt anmelden unter: www.aufbau-verlage.de/newsletter**

Mary Ann Fox
Je dichter der Nebel
Ein Cornwall-Krimi
245 Seiten. Broschur
ISBN 978-3-7466-3924-6
Auch als E-Book lieferbar

Sommer, Sandwich und Schrecken der Vergangenheit

Juni in Cornwall. Mags Blake erreicht ein Hilferuf ihrer Freundin Mary Shifter. Ihr Partner, der Pilot Tim Robinson, ist nach einer Schlägerei verhaftet worden. Die Anklage lautet auf Mord. Mags kann das nicht glauben. Mit der ihr eigenen Hartnäckigkeit versucht sie, Tim zu entlasten. Was ist wirklich in der Nacht vor dem Pub geschehen? Und was hat Tims Vergangenheit bei der Royal Air Force damit zu tun? Gelingt es Mags und ihre Freunden auch diesmal, den Nebel zu lichten und die Wahrheit aufzudecken?

Ein sehr persönlicher Fall für die liebenswerteste Ermittlerin Südenglands

Regelmäßige Informationen erhalten Sie über unseren Newsletter.
Jetzt anmelden unter: www.aufbau-verlage.de/newsletter

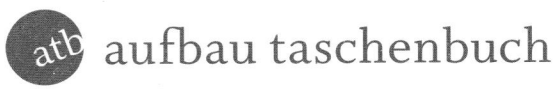